CENTAURUS 半人马座科幻书系

太阳系班车

SOLAR SYSTEM SHUTTLE BUS

灰狐 等◎著

航空工业出版社

内 容 提 要

《太阳系班车》是“晨星·晋康”科幻文学奖获奖作品集，包含9篇优秀原创科幻故事。作品风格多变，设定严谨，格局宏大，内容多从现实社会问题出发，上升到宇宙视野，让人产生多维度的思考和想象。其中，太初有七的《孤岛余欢》是一篇极富个性的科幻作品，让人对数学的奇妙和科学探索的边界产生巨大的憧憬和震撼。当一个人把逝去的光阴变成波动函数，未来的人生会产生怎样的变异？

图书在版编目（CIP）数据

太阳系班车 / 灰狐等著. -- 北京 : 航空工业出版社, 2021.4
（半人马座科幻书系）
ISBN 978-7-5165-2514-2

Ⅰ. ①太… Ⅱ. ①灰… Ⅲ. ①幻想小说—小说集—中国—当代 Ⅳ. ① I247.7

中国版本图书馆 CIP 数据核字 (2021) 第 069635 号

太阳系班车
Taiyangxi Banche

航空工业出版社出版发行
（北京市朝阳区京顺路 5 号曙光大厦 C 座四层　100028）
发行部电话：010-85672688　010-85672689

三河市双升印务有限公司印刷　　全国各地新华书店经售
2021 年 6 月第 1 版　　2021 年 6 月第 1 次印刷
开本：880×1230　1/32　　印张：10.5　　字数：253 千字
印数：1—7000　　定价：45.00 元

目 录

Contents

孤岛余欢

文 / 太初有七

一

我有一个朋友叫余欢，她昨天死了。

说是朋友，其实并不准确。当我接到警察局通知的时候，花了三十分钟，才把这个名字和我记忆里的那个小女孩对应起来。

是的，我们只见过一面，在二十七年前。

那时候我刚刚拿到应用心理学的硕士学位，打算考心理咨询师执照。在国内，心理师执照是需要工时累积的。也就是说，你必须有足够长的心理咨询时长，才有资格成为一名心理咨询师。

为了快速积攒工时，我和上海的民强高中合作，以近乎免费的价格为那里的学生提供心理咨询。

民强高中是上海可以排入前十的公立学校。上海人有个戏称，“进了民强，相当于一只脚进了清华，一只脚进了北大，如果不幸摔了一跤，那也能跌进人大”。考进这里的学生，说是千军万马过独木桥也并不夸张。如果考虑到这里每年可怜的招生名额，民强的录取率甚至比高考的重点大学还低。

民强高中的学生大多数都很成熟。这种成熟不是体现在外表上，而是体现在心智上。在做咨询的时候，我常常误以为对面坐的是个成年人。

多数学生对于自己的未来胸有成竹，充分理解现状的困难，同时也懂得利用资源来为自己解决困难，我不仅一次的感叹这就是中国未来的精英的样子。

但余欢是个特例。也正因为如此，她才让我印象深刻。

她的身上，有一种很明显的讨好型人格的特点。通常来说，优秀的学生自尊心会比普通人要强很多。因为在他们的成长过程中，他们会一直得到正面的评价，这些正面的反馈对于树立自信心有很大的帮助，与此同时，也给自尊心画了一道很高的界限。

大部分情况下，这对于个性的成长是有好处的。美国有个研究发现，年纪较大的入学者通常在日后生活中比较容易获得成功。这是因为年纪较大的孩子在同学中显得身体更加健壮，性格更加开朗，容易受到前来挑选橄榄球运动员的教练的青睐。这些青睐会形成一个良性循环，受到肯定，做得更好，继续受到肯定，继续做得更好，从而在未来生活中更容易获得成功。

但余欢，并不是这种模式下成长起来的孩子。要说其中的差别，大概就是驱动力到底是想要自己受到肯定，还是想要让别人高兴。

前者的驱动力来自自身的满足感，而后者的驱动力，来自于他人。

二

警察局联系我的时候，我其实是有点不满的。

作为一个遵纪守法的好公民，我这辈子一直在正轨上按部就班地行走。作为一个经验丰富的心理咨询师，这份工作给予我中产阶级的收入，却也没有任何暴富的可能。年近五十，一直和妻子感情良好，即使偶尔有过精神上的出轨，也迅速地通过自己的责任感纠正回来。两个孩子正在上高中，均成绩良好，不需要额外的操心。

可以说，作为一个连交通事故都没有遇到过的中年男人，我的人生没有任何和警局打交道的机会。

所以，当助手把电话转接过来的时候，虽然他极力克制，我依然从他的面无表情之中感受到一丝疑虑。毕竟，在大部分传统的中国人眼中，警局意味着麻烦，意味着“惹事”。

一直到坐在警局的办公室里，盯着装满热水的纸杯上飘起的白色雾线，我对余欢还是有些怨气。联系我的警官并没有在电话里说太多细节，只是告诉我有一些关于余欢的事情想要向我调查。

调查什么呢？这个孩子是犯事了，还是惹了什么祸了？为什么会向我这个八竿子打不着的人调查？我一边胡思乱想，一边忘了，余欢已经不是孩子了。二十多年过去了，按照年龄，她应该也已经四十出头了。

“余欢去世了，她留下遗嘱，希望你能为她处理身后事。”警官把一个旧笔记本推到我面前。

这个时候，我才有一种从自己的内心活动里猛地脱离出来的感觉。抬头看了眼警官，警官年纪不大，但眉头和嘴唇都紧闭着，看起来并不像是开玩笑的样子。

其实那一刻我倒也没有感觉到悲伤，但心里有一种突然间空落落的感觉。大概很多人都有过这样的体验，一个你听过名字的人在世界的某个角落突然离开，你可能不会难过，但一定会为生命的脆弱和无常影响到。

我愣了十秒，问道：“为什么会让我处理身后事？我已经接近三十年没有见过她了。她的家人呢？”

警官耸耸肩：“这也是我们希望你帮忙回答的事。毕竟，她的出现和死亡都有太多离奇的地方。”

按照警官的描述，余欢应该是病死的。但在死之前，她给110打了电话，通知了自己的所在位置，然后默默地在那个小出租屋里去世。

小出租屋是回迁房改造的隔间，最近那栋楼才开始出租，所以楼里的住户并不多，以至于完全没有其他住户和她有过接触。而房东是一周前把房子从网上租给她的，付款是通过银行账号转账，钥匙直接放在门口的地毯下面。

听起来，余欢似乎已经预感到自己的死亡，所以提前安排好了一切。

三

我低头摸了摸这本旧笔记本。黑色的塑胶封面上印着一小行字：“自由而无用的灵魂。”这句熟悉的话让我的回忆瞬间回到了二十七年前的那个时刻。

这句话是流传在我的母校学生中很有名的一句话，甚至比我们的校训更有名。大学毕业的时候，当时的社团还剩下一笔经费，于是大家开玩笑式的印了一小批笔记本分发作为纪念。由于社团的几个干部里只有我留在了上海，没有发完的那些理所当然地堆在我的出租屋里。后来去民强做心理辅导的时候，每个前来咨询的学生我都会赠送一本，算是给母校做个宣传。

余欢当然也有一本。我甚至能记起那个小女孩低着头，露出一截瘦弱的脖颈，肩膀总是硬邦邦地紧绷着，用气音一字一句地描读：自由而无用的灵魂。仿佛要把这几个字刻在心里，仿佛也绝望地永远触及不到。

也许是黄昏的日光太过忧愁，那一个场景有莫名的悲伤的美感。以至于这么多年之后，我依然能通过这个笔记本迅速地回想起那个场面。

笔记本封面的边角已经有破碎，明显是被主人反复使用过。打开封面的时候，我突然间有种肃穆感，仿佛要和一个老朋友久别重逢，甚至有些近乡情怯。

屏住呼吸，我打开封面，看到了一行字："我的身后事请联系赵夷老师处理。"下面是我工作室的联系电话，看起来应该是从工作室主页上摘抄下来的，因为只有主机号码，连分机都没有。

再往下，余欢详详细细地记录了她身后事的安排，银行账号和密码，余额恰恰好足够火化和公墓的费用。连置放骨灰的公墓，她都已经挑选好了。与其说让我处理，不如说是让我帮忙签个字罢了。

"她没有家人吗？"我有些疑惑地问。

出乎我意料，警官回答道："事实上，余欢已婚。但十年前，她莫名从家中消失。我们这里还可以查询到当年的失踪报案记录。我们联系了她的丈夫，她的丈夫目前情绪比较激动，也希望你能找出余欢指定你作为处理人的原因。"

我听懂了警官的潜台词，如果不给出一个合适的原因，大概众人都要怀疑我和余欢之间有某种不正当的关系。毕竟，相比自己的丈夫，更愿意把身后事交给一个陌生的男人，从常理看无论如何也说不过去吧。

四

不过说实话，虽然我觉得余欢给我留下了个麻烦事，但另一方面又有些莫名的感动。似乎穿越时空，感受到二十多年前那个小女孩沉甸甸的信任感。是怎样的信任，愿意在二十年后，把这件事交给我这样一个近乎陌生的人？在余欢消失的十年里，她又发生了什么？不得不说，这件事引起了我的好奇心。

一个合格的心理咨询师，好奇心绝对是必备的素质之一，否则你很难时刻保持了解病人的欲望。

同时我有一种感觉，余欢一定是因为多年前我们的那次谈话，才做出了这样一个选择。那么，如果她对我有一些期望，我希望不至于让她落空。

按照余欢的遗嘱，我把她的骨灰送往公墓。虽然她没有要求，但我还是自掏腰包为她定制了一块墓碑。然而在墓碑上填字的时候，我有些犯难。该刻些什么呢？“我来过，我爱过？”这种 QQ 空间签名明显不合适。这里埋藏着一个被爱的灵魂？她的丈夫看到应该会直接把我揍一顿吧。

最终我决定，暂且搁置这件事。在没有了解过她的过往之前，无论刻什么字都显得过于轻佻不庄重。于是翻开那本笔记本，我试图寻找到一些线索，来拼凑起余欢短暂的一生。

五

余欢遗嘱的那页，其实并不能算这本笔记本的第一页。它的性质，更像是一本书内页的封面。而再往下，出现有横格子的，才是这本笔记本真正的第一页。

这本笔记本看起来是用作日记本。因为第一页上端端正正地写着她来做心理咨询的那个时间，2002 年 5 月 31 日，也是我把笔记本送给她的时间。

不过笔记里没有太多个人情绪的内容，反而端端正正画了个 SWOT 分析图，上下方向是外部的机会和威胁，左右是内部的优势与劣势。

分析图的上方端正地写着一行字：大学志愿选填方向分析。

真是个老实孩子，我不禁带了点笑意。这个 SWOT 分析法是我教她的。彼时余欢正陷于大学志愿填报的苦恼中前来咨询。

“小赵老师，物理学真的这么没有前途吗？”余欢是江南水乡出来的孩子，小小的骨架，细眉疏眼，眉间轻蹙，自带一股忧愁的气质。

“这个要看你怎么定义前途这两个字了。”那时候我刚刚毕业没多久，内心的理想主义情怀尚未被社会磨蹉，恨不得把自己的满腔热情分享给这些未来的社会精英们。

“我喜欢物理学，而且越理论的越喜欢。”余欢说到自己热爱的东西，眼神里都有了神采：“研究物理学的时候，我感觉我在和世界对话，旁人没有办法干扰到我。我和世界是一个整体，其他人是一个整体。”

“但妈妈和老师都希望我去读金融。”余欢的情绪低落下来，“他们说金融好就业，即使做不到顶尖，依然能拿到很高的收入。”

从个人判断看，我其实并不认为余欢适合金融学。这是一个充满风险和压力的行业，看起来很容易把她压垮：“和你妈妈沟通过了吗？”

余欢摇摇头：“我不敢。”

余欢是单亲家庭的孩子。父母早早离异，母亲据说是个很好强的女人。之所以知道这件事，是因为在那次咨询之后，我便再没有机会见到过余欢。有些担心她的状况，便询问她的班主任志愿填报的结果。

“这孩子，太懂事了。”班主任叹息着摇摇头。

什么时候懂事也变成了令人惋惜的事？我有些愕然。不过当我偶尔在校园里见到余欢和她妈妈的时候，我瞬间明白了班主任的意思。

“我们班周末有个聚会，”余欢试探性地说道，手指下意识地扭成一团，眼睛却紧紧地注意着她妈妈的表情。

余欢妈妈看起来接近五十，不知是真实年龄还是被生活过度地搓摩。她的嘴唇时刻紧抿着，嘴角有两条很深的沟纹。她的眼神没有和余欢对视，倒是远远地落在地上不知道哪个石头上。

听到余欢的话，她眼角抽搐了一下，嘴张开又闭上，迟疑片刻后说：“你想去就去吧，妈妈也不是那么不讲理的，不过你自己要注意学习进度。”

余欢的表情却松弛下来，仿佛如释重负，又仿佛彻底失望，她轻快地摇摇头：“我哪有心思去呀，不过当个谈资和你说说罢了。有那闲工夫，我不如多做几张考卷。北大的金融也不是那么好考的。”

余欢妈妈微微露出一点笑意说：“也要注意劳逸结合。”

我突然打消了上前攀谈的念头。这样的委曲求全，余欢一定不希望被别人看到。

好几年后，我有一个患者说了她侄子的一个故事。小朋友想要去上海迪斯尼玩，爸爸妈妈提了一堆要求，暑假作业要做好，每天要写一篇日记，要通过洗碗做家务来攒积分。小朋友认认真真地准备了一个暑假，直到有一天，另一个小侄女来家中玩，听到了迪斯尼的事，马上要求周末就去，如果不同意就在地上打滚大哭。

我的患者说，小侄子听到大人们同意小侄女周末就去迪斯尼的要求的时候，瞬间委屈地大哭。

那一刻，我突然想到了余欢。

六

笔记本再往下翻，竟然又看到了我的名字。上面写着一句话："赵老师说，讨好型人格是一种心理疾病，他错了，这是一种宿命。"下面密密麻麻的公式，我一个也看不懂。看起来好像是微积分？我纠结了一下，还是迅速地翻过了这一页，毕竟大学毕业后，我就已经彻底把那些数学物理知识抛在了脑后。

我继续往下翻，下一页里贴着一张照片。

是余欢和一个男生的照片，看模样已经是大学期间。两个人站得很亲密，笑容灿烂。但不知是否是刚刚那句话的影响，我总觉得余欢的笑容里透露着一丝讨好的意味。

我把照片展示给警官看："这是余欢的先生吗？"

照片有些发黄，警官眯着眼看了片刻，确定地摇摇头："不是同一个人。"

我掀开照片背后，有个签名：余欢 & 张昕，中间画了个小小的桃心。我和警官对视一眼：看来有必要找这位张昕聊一聊。余欢消失的那十年，也许就与他有关。

找到张昕并不难，北大的校友档案里，记录着他的联系方式。张昕本人目前在一家互联网公司做 VP，算得上十足的精英了。

虽然张昕目前已经四十多岁，发际线明显上升，肚腩也大了一圈，但还是能迅速地和照片上那个俊朗的男孩子联系起来，大概是那股子自信的劲头，从来没有消失过。

得知我和警官的来意，张昕显得很诧异：“我和余欢大学分手后就再也没有见过面。其实我也曾经想过恋人做不成，还可以做朋友。但余欢好像认为我对她的影响太大了，所以刻意地避开我。”

“影响太大了？”心理咨询师的职业病发作，我忍不住进一步探究。

张昕站起来绕着他的大办公室走了几圈，点了支烟，仿佛要透过烟雾回到大学时光：“赵医生您觉得余欢是什么样的人？”

“一个很妥帖，很在乎别人感受的人。”我谨慎地选择措词。

“在我眼里，她是个很善良的人。”张昕苦笑道：“她似乎总是不忍心拒绝别人，害怕不能满足别人的期望，宁愿委屈自己，也要做到别人希望她做的事。”

“她这么好，你们为什么还要分手呢。”我忍不住嘲讽了一句。

张昕摁灭了手里的烟：“我那时候比较浑蛋，不仅没有体谅到她的痛苦，还利用她的性格让她做了一些不愿意的事情。我们刚认识的时候，余欢是一个很有趣的姑娘。她虽然读的是金融，业余却总喜欢去物理学院上课。关于这个宇宙的运行机制，她有自己的一套看法，我也正是因为这样爱上她的。”

说到这，我在这个男人的脸上看到了后悔的表情。

他忍不住为自己辩解了一下：“那时候我们都还年轻，总希望恋人为自己做出一些改变。但我也没有想到，余欢会为我做出那么多变化。到最后，她几乎是别人眼中的完美女友，不会出错，但也没有了激情。当初那个有趣的姑娘最终也消失不见了。”

我暗暗为余欢感到惋惜，她付出了那么多，最终却丢失了自己。“这是她要避开你的原因吗？”

张昕迟疑了一下：“有可能吧。分手之后，余欢有一阵子变得神神叨叨的。时常念叨着有效解个数越来越少。有一次，我有些担心，想要找她聊一聊，她却说，越靠近我，她的有效解越少，让我尽量避开她。”

有效解？我想起笔记本上的那页公式。这之间有什么关联吗？

七

我把那页公式拍了个照片，微信发给周大宝。虽然名字很土，但周大宝是我朋友圈里学历最高的一位。他在普里斯顿拿到了微观物理的博士学位，现在在美国一所常青藤大学读博士后。

由于我们两边有时差，我是在半夜接到他打来的电话。

迷迷糊糊地挂断了几次，他依然坚持不懈地打过来。最终我只得带着起床气走到阳台，压抑着怒气说：“你知道我这里现在是几点吗？！”

“谁管你是几点！你发给我的东西是哪来的？”周大宝在大洋彼岸大呼小叫。

“那个东西有这么重要的。”我打了个哈欠。

“这个作者是个天才！”周大宝热切地喊道：“他的发现会改变整个物理学界。快告诉我他的联系方式！”

阳台突然刮过一阵冷风，把我吹清醒了。

“她已经去世了。”

电话那头，周大宝也沉默了。

“那些公式，到底发现了什么？”我强打起精神问道。

“那些公式，提出了一个很大胆的假设，同时在一定层面上证明了这个假设。”周大宝的声音很失落，但还是努力地给我这个外行解释：“你觉得人际关系，应当属于哪个学科？”

“如果是个体层面的，基本上应该算是心理学的范畴。如果扩大一些，那就是社会学层面的范畴。”说到自己的学科，我还是很有自信的，不过周大宝的嘲笑声让我觉得自己可能有所疏漏，又补充道：“其实经济学和人的行为也是有关系的，有一门学科就叫行为经济学。现在据说生物学在这方面也有突破。”我努力回忆了一下最近看到的科普文章。

周大宝不屑地打断了我：“完全错了，人际关系是一门自然学科，是研究量子力学的学科。”

“什么？”我怀疑自己听错了。

周大宝叹了口气：“也难怪你不相信。在业界这点也一直有很大的争议。你知道人与人之间的关系具有随机性，个体的行为是很难进行预测的。但当个体集合成整体的时候，人群的行为就有可预测性。这一点其实和物理学是一样的。当粒子处于微观状态的时候，它的行为是很难预测的，但是当粒子的数量足够多时，它在宏观层面就有了特性。”

“这么一说，好像还挺有道理的。”我还是有些糊涂，“但这和那页公式又有什么关系呢？”

说到自己的专业，周大宝倒是很有耐心，只是偶尔还是会显露出对我智商的鄙视：“那么赤裸裸的德布罗意公式和薛定谔方程你都没有看出来，大学学的东西都被狗吃了吧。”

德布罗意公式又是个什么鬼！为了搞清楚真相，我只能按捺着心里的不耐烦，顺着周大宝的话问：“薛定谔嘛，我知道的，和那个什么猫有关系。”

周大宝似乎已经懒得理我了，自顾自地继续说：“这个作者提出了一个假设，基于德布罗意关系式下的薛定谔方程式代表了电子云的三维空间分布，方程式的无数个可能解，表现为电子云的形式。尝试着对薛定谔方程式进行优化后，将波函数，粒子质量和势场的变量中再加入时间变量，居然得到了电子云的四维空间分布。这意味着加入时间的维度后，薛定谔方程的可能解代表着未来事件的发展发现。”

我终于忍不住爆发，大喝一声：“周大宝，你他妈的给我说人话！”房间里妻子似乎被我的喊声吵到，不满地丢了个枕头过来。我只好委屈地降低声音：“你能用我这种凡人听的懂的话来解释一下吗。”

周大宝被我吓了一跳，终于恢复了正常人的聊天模式：“好吧，杨氏双缝实验你总知道吧，这可是高中的内容！”似乎只要我说一个不知道，他就要挂电话了。

幸好我大儿子正在读高二，偶尔听他说起过：“杨氏双缝实验是物理学里非常经典的一个实验。这个实验不仅证明了光的波粒二象性，同时提出了观察者效应的理论。当人们试图观测光子通过哪一条缝的时候，呈现的是两条痕迹，即粒子态。当人们不观察的时候，则呈现干涉条纹，即波态。这意味着人们观察的行为，能够影响光子的状态。”

“知道知道。”我连连点头，也不管周大宝是否能看得见。

周大宝终于满意地继续说：“你提供的那页公式上，作者做了一个假设，他把时间变量加入薛定谔方程，得到了一个结论：个体的未来时空是一团不确定的电子云的状态。只有当个体真正到达了那个时间点后，这团电子云才会坍塌成波函数。所以我们才会说，未来是未知的，一切皆有可能。”

“那既然未来是未知的，为什么还会有命运这一说呢？”大概是博后养成的毛病，周大宝总喜欢提问。

想到杨氏双缝实验，我突然灵机一动：“因为观测行为。”

周大宝显然对我的领悟能力很满意：“是的，如果有强观测行为介入，未来的电子云很可能就会提前坍塌。但什么样的行为才是强观测行为，这件事一直是研究人员的困惑。而你的那位作者提出了一个天才的看法，其他个体的期望行为造成了强观测。”

“怎样的生活经历才能让他提出这样的想法。”电话那一头，周大宝还在赞叹。我的内心却无比的沉重。

我终于明白余欢的那句：讨好型人格是一种宿命是什么意思。她大概是已经推测出自己的未来被他人的强观测造成了巨大的影响。

“未来的电子云坍塌之后，会有什么样的影响？”我一边害怕得到答案，一边继续忍不住问。

“你的未来就被其他人的期望决定了。”周大宝的答案不出我意料，但依然血淋淋的：“咱们都一把年纪了，肯定有过这样的体验。有些事情，不管你怎么努力，似乎就是无法脱离那个魔咒，事情永远会往最不想要的方向进展。这个很可能就是因为你未来的电子云已经坍塌了。”

“但大部分时候，事情还是按照顺利的方向发展的。为什么会有这样的区别？”

“这要回到期望这件事。”周大宝说：“除了他人的期望，自己作为个体的期望也是一种强观测。未来电子云受到这两种强观测的拉扯和作用。内心期望强的人，换句话说，就是内心比较坚定的人，他自己的强观测会占据上风。但对于那些内心比较脆弱的人，他未来的电子云就很容易受到外界观测的影响了。”

八

周大宝给了我一个解释，但却是我无法对外公布的解释。虽然这件事看起来是科学，但在没有相关物理基础的人看来，就是玄学。

最终我还是必须从拿手的心理学出发，给她的先生貌似一个合理的交代。

而且在内心深处，我隐隐地有些不安。如果说余欢一直生活在他人的魔咒里，那这个魔咒是否也有我的一笔？当年在咨询的时候，当我笃定地说出：“余欢你是典型的讨好型人格的时候”，是否也是把我的观察强加于她身上？

这个念头让我萎靡了好些天，甚至也不敢继续往下翻那本笔记，生怕看到一页公式写着，是因为我而害了她一生。

最近工作上也屡屡出错，连助理都旁敲侧击地暗示我：“赵老师，您要是最近状态不好，休息一阵也行。”休息是不能休息的，我的工作室里人不多，压力基本都在我一个人身上。家里妻子是指望不上的，她也就能顾上我们家的一亩三分地。两个孩子到高中课业也加重了，补习班的费用不能省。

中年男人最可悲的就是，生活的压力让你像陀螺一样无法停转，连逃避的喘息都显得奢侈。

所以警官联系我，说找到余欢消失前最后供职的公司时，正好是我决定要重新正面面对这件事的时候。

我又一次翻开笔记本新的一页，依然是一堆看不懂的公式，但有一行字我是看懂了：有效解 10 个。这行字被大大地圈起来，看起来用劲很大，甚至划破了一点字面。圈旁边的纸皱巴巴的，蓝色水笔的痕迹有一些晕开的样子，看起来，就像有一滴眼泪落在上面。

从这一页的日期看，大概是余欢在进入这家公司三四年后的时间。

我本来已经预期会听到余欢在这家会计师事务所过得不尽如人意的消息。但相反，她的前老板和同事们普遍对她评价颇高，认为余欢业务能力很强，人际关系也处得很好。

“我本来都打算让她自己带个团队，没想到后来她突然辞职了。”余欢的前老板是个精明的矮个子女人。

“可能是太上进了吧。”一堆称赞的声音里，有个弱弱的声音引起了我的注意。

说话的是个三十多岁的姑娘，当时她在余欢的手下工作：“我看过一次余欢崩溃。这也是她在公司里唯一的一次崩溃。当时老板想要给她升职，给我们接了个很难的 CASE，结果做了一个月进展还是很慢。有一天加班结束后，我回来拿钥匙，却看见余欢一个人号啕大哭。”

“你有听见她说什么吗？”我忍不住问。

“我没敢进去，”姑娘说：“只是断断续续地听到，我不想上进，为什么人人都要逼我上进，我的能力就这些，为什么不能有人告诉我，这样就好？”

九

我拒绝了余欢先生会面的要求，只是托警官给了他一个作为心理咨询师的判断。在我的职业生涯中，见过太多貌合神离的夫妻。有些夫妻虽然同处一室，交流却比普通的同居舍友还少。越是高知家庭，冷暴力通常越严重。

余欢和她先生，无非也就是这些原因中的一种。我又何必再次去确认自己的假设呢。

我翻开了这本笔记的最后一页。时间是余欢消失前的那一天。

这一页上，有效解大大地写着“0”。

“这意味着她未来的电子云彻底坍塌了。”周大宝说，他已经了解清楚余欢的前因后果，再回头看这些笔记，不由得心生唏嘘：“她已经没有未来了。只能在他人期望的束缚中生活。”

“余欢的消失，又有什么用呢？”

“这大概是唯一的破解方法吧。”周大宝说：“彻底地脱离产生期望的社会关系，也许可以重新电子云化。我相信余欢在和前男友张昕脱离联系的时候，可能就是在实验这件事。然而她还是不够坚决，一直到最终可能解为 0 了才走上这条路。”

“她会去哪呢？”我忍不住猜想。

“不管去哪都行。”周大宝说：“重要的是遗忘。只有所有的人都彻底的忘了她，这些强观察行为才会消失。在大家逐渐遗忘了她的这十年里，余欢就是那只薛定谔的猫，你不知道她是死是活，也不知道她处于何种状态。对于世界来说，余欢是未知的。”

十

我以为关于余欢的一切，会就这样结束。甚至我已经想好了她的墓志铭，这是早些年很红的一本书《无声告白》里的一句话：我们终此一生，就是要摆脱他人的期待，找到真正的自己。

然而，我收到了一张明信片，一张来自余欢的明信片。

准确地说，是余欢生前寄出的明信片，这毕竟不是个恐怖故事。

明信片是一座岛的风景，在网上查阅之后我发现，这是一个名叫可可斯岛的无人岛。这座岛屿坐落在太平洋的一角，距离哥斯达黎加西海岸有 300 多英里。一百多年前曾经被开发成旅游区，后来由于海岸线上涨，岛上居民逐渐搬迁走。岛上虽然没有人居住，但还保留着一些基本的生活设施。

所以，余欢消失的十年是去了这个岛上吗？她一个人在这座岛上居住了十年？她为什么要寄这样一张明信片给我呢？无数个疑问缠绕在我心中，让我百思不得其解。

最终我是这样说服自己的。余欢既然把这么重要的生后事交给我，如果她有一些事情想让我知道，我有责任把它弄清楚。潜意识里，我觉得余欢是一个很会揣测人心的聪明人，她会寄这样的明信片给我，明显就是预料到依我的性格，绝对无法抑制自己的好奇心不去探究。

哪个中年男人能拒绝枯燥平淡生活中燃起的一丝火花？

十一

前往可可斯岛没有直达路径，必须通过它临近的伊帕戈斯群岛中转。伊帕戈斯岛上至今还住着土著人，但随着旅游业的发展，这些矮个子的高山直立人后裔也逐渐融入现代社会。

不过要直达伊帕戈斯岛还是不容易。岛上没有机场，所以我不得不先乘飞机到哥斯达黎加首都圣何塞，到了圣何塞之后再搭船前往伊帕戈斯。这里的气候倒是很宜人，和上海热得要爆炸的气候相比，这里就如同常年处在湿润的春天一样，有一种原始的生机勃勃。

这种感觉到了伊帕戈斯岛上之后就更加明显了。我本来已经被轮渡折腾得吐了好几轮。这里的轮渡船吨位很小，一点风浪就起伏得很厉害。我这种连车都晕的人，只觉得胃里被搅得翻天覆地。

然而不适感从登上伊帕戈斯岛之后，就神奇地消失了。潮湿的海风带着一丝咸味，混杂着热带植物的气息，很快抚慰了我身体的不适。我突然明白为什么很多人会渴望一次说走就走的旅行。在一个完全不同的世界里，所有的压力和烦恼似乎都留在那个现代社会里。

幸好我还记得我的任务。余欢这个名字像一个密码，时不时催促我不要忘了正事。

伊帕戈斯岛不大，岛上只有三四家旅店，而且都聚集在岛的东南角，主要是因为这里地势比较高，不容易受到涨潮的影响。我手机里存了张余欢的照片，在我想来，十年时间并不算很长，在这附近找找年纪比较大的妇人，想必能打听到些消息。

但出乎我意料，大概是近年来伊帕戈斯岛旅游业开发得比较好，国内好几条航线开通了非圣何塞的航班后，来岛上度假的中国人络绎不绝。光是我住的旅店，就碰上好几拨国内游客。有夫妻，也有穷游的年轻人。而在岛上这些土著人看来，亚洲人的长相很难有区分，更不要说三十岁和四十岁的女人有什么区别了。

打听了一圈，没有任何效果，我的信心蔫了大半，在酒店里要了打啤酒，决定坐在沙滩上吹吹海风。

伊帕戈斯的海风特别寂寥。

我也去过不少海岛度假，巴厘岛，济州岛，冲绳，却没有一个海岛的海风让我有这种感觉。不知道是不是这里的历史太久远。远远的，我似乎看到可可斯岛在黑夜里若隐若现的样子，沉默，凝重。

大概是这种心情作祟，老高夫和我搭话的时候，我难得地没有拒绝，反而抛了瓶啤酒过去。有什么比在古老的岛上，听一位沧桑的老人讲故事更有意境的事呢？

“年轻人，你是来岛上度假的吗？”老高夫已经七十多了，从一出生就在岛上，当了五十多年的渔夫。

年轻人这个词似乎有魔力，让久违的蔫坏劲从我五十多岁的身体里爆发出来。

“我来这，是为了一个女人。”

“噢太浪漫了！浪漫的中国人！”老高夫和我碰了下酒瓶，咧着嘴笑道：“这个女人一定有个很美的名字吧，像我的赛琳娜一样。”

“嗯，她叫余欢，翻译成你们的语言就是 happy fish，快乐的鱼。”

“噢，多么自由的名字，中国人的浪漫！”老高夫举起大拇指，说着说着却露出迟疑的表情，“这个名字在中国很常见吗？我在十年前，也见过一位 happy fish。”

酒瓶从我手里滑落。

十二

人生很有趣的一点在于，你永远不知道下一秒会发生什么，这种未知让人充满不安，紧张，但也充满期待。就像现在，当我几乎想要放弃的时候，却在沙滩的一位老渔夫口中，得到了余欢的消息。这除了证明命运的反复，别无他解。

老高夫对余欢的照片记忆已经很稀薄了，但余欢眼角的泪痣还是让他准确地想了起来：“就是她，我这辈子从来没有见过第二个亚洲女人眼角有斑。”

说完，他似乎想到了什么，突然露出有些悲伤的表情：“年轻人，你要找的女人就是她吗？如果是的话，那你还是放弃吧。这条 Happy fish 应该早就不在人世了。”

“为什么？”我没有告诉老高夫余欢最近才去世。

“十年前，我卖给了这个女人一条小渔船，她自己一个人去了天堂岛。”老高夫说。

“天堂岛？”

老高夫指了指黑暗中的可可斯岛：“就是那里，我们有个传说，只有想要离开人世的人才会去那座岛。那座岛，去了就回不来了。”

我跟随老高夫回到他的家里，这是个用泥沙堆砌成的小房子，屋顶是用晒干的芭蕉叶一层一层地盖着，看起来很是简陋。

内部的设施也完全风格一致，风化地坑坑洼洼的大石头垒成的床，被虫子蛀了一个一个孔洞的椅子。老高夫翻箱倒柜地找了半天，终于在他老婆的帮助下翻出一张年代久远的照片。

“那会儿我还从来没见过这种照完就可以打印出来的相机。”说起当年和余欢的合照，老高夫依然啧啧称奇。

我顾不上纠正他拍立得早已经是很常见的东西，仔细端详着这张照片。余欢和明显比现在年轻一点的老高夫，站在一艘很破的小木船前，难得地露出一个爽朗的笑容。

“这么艘破船能划到可可斯岛吗？”我不敢相信。

“什么破船，那可是我心爱的‘黑珍珠号’！”老高夫气得跳脚：“要不是我年纪大了划不动了，我才舍不得把它卖给她。别说划到天堂岛，就是跨越太平洋也没问题！”

高夫太太凑上来安慰道：“这个你不用担心，这船虽然看起来破，但还是很牢固的。这姑娘划到可可斯岛肯定没问题。”

当然没问题，她不仅划过去了，还好好地回来了。

“我想去可可斯岛看看，哪里能买到船票或者能雇人送我过去吗？”

老高夫和高夫太太一起摇头：“这你就别想了，一年前海平面上涨，可可斯岛已经完全被淹掉了。就是送你过去，你也上不去。”

十三

绕了一大圈，线索还是断了。现在我只知道，十年前余欢从老高夫手里买了艘船，然后自己划到了可可斯岛上，可能待了一段时间，也可能待了十年。然后预期到自己的身体可能面临死亡，于是回到上海租了间房子，临死前留下遗嘱托付给我。

这其实和她的性格很像。在伊帕戈斯岛的这趟行程里，越靠近这座岛，我想起了越多关于余欢的事情。说来也奇怪，我们其实只有很短的时间打过交道，但似乎我对她的了解，比她亲人都多。

余欢是这么给我介绍她的名字的："我的梦想，是在一座孤岛上，一个人默默地度过自己的余生。所以我叫余欢。"很古怪的介绍，却让我印象深刻。

现在看来，倒是真的一语成谶。

我在旅馆里退了房，和老高夫告别，打算回家了。

"你就这么走了，不再找你的 Happy fish 了吗？"老高夫瞪大眼睛。

"还能找什么？岛上我也去不了了。也找不到更多的线索了。"我苦笑。

"No no no, 年轻人不要这么快放弃，多去看一看，我相信你一定会有收获的。"老高夫突然很坚定地握着我的手，比画了一个向天空的手势："阿帕神会实现你的心愿的。"

看了看还有不少的时间，我决定按老高夫的推荐去阿帕神庙附近逛一逛。这里有个集市，每隔三天会有一次对阿帕神的祭祀活动，届时会有很多土著人出来售卖纪念品。

来都来了。最终老高夫这句对中国人百试百灵的魔咒打动了我，我决定去买点纪念品带回去。

祭祀活动是个很有趣的集体舞蹈。数十个成年男性，脸上和身上都涂着五颜六色的植物汁液做成的染料，围着篝火唱歌，跳舞，讲诉阿帕神当年降临的故事。

那些咿咿呀呀的古老语言对我来说完全没意思。但我却有个意外发现。

祭祀场地入口处的宣传照上，我看到了余欢的照片。她像个小姑娘一样，穿着土著人的花裙子，在祭祀的舞蹈中一起手舞足蹈。

我突然就体会到了古诗里说的："山穷水尽疑无路，柳暗花明又一村"的感觉。

我跑去找到祭祀舞蹈的领班，问这张照片是怎么回事。领班是个年纪很大的老妪，她眯着眼睛看了很久的照片才想起来："这个姑娘过去的十年里，偶尔会来集市上交换一些东西，有空的时候，也会和我们一起跳舞。"

"这里有谁和她比较熟吗？"我急忙问。

老妪摇摇头："没有人认识她，她也不和我们任何人过多地联系。她来了，我们欢迎。她走了，我们不多问。"

我瞬间对这个垂暮老人肃然起敬，这是大智慧啊。

十四

在伊帕戈斯岛的最后一天非常有趣。这就像是玩解密游戏一样，当你发现了一条线索以后，你会逐渐找出更多的碎片，而最终拼凑在一起，就变成了一幅全景。

余欢的事也是这样，我本以为已经找不到任何线索，但祭祀舞蹈的照片却给了我新的思路。余欢虽然独自住在可可斯岛上，但还是需要和伊帕戈斯岛上的人交换生活用品。所以，只要我留心去找，十年的时间总是能留下很多痕迹。

泰坦尼克号里有一幕，年老的萝丝身边放着她这些年经历的照片，去跳伞，去骑马，去当飞行员。而现在的我，就像电影里的导演一样，用自己的眼睛去拼凑余欢人生的图景。

这是多么美妙的十年。

我找到一幅余欢画的油画，她用这幅画换了一包玉米种子。油画画的是她在岛上的生活，夕阳的余晖下，她像一个小妇人一样倚在木门旁，美得让眼睛都涨涨的。

我找到了一句中文。是余欢在交换猪肉的时候教给土著人的小姑娘，快乐的鱼。

我找到了一张邮局的收据，很多很多的书，签名人是余欢。

我听到了她唱过的歌，看到了她跳过的舞，欣赏了她见过的日出与夕阳。

……

我终于安心了，余欢人生最后的十年，终于逃脱了魔咒，找到了真正的自己。

然而，这真的是真相吗？

十五

我曾经非常痛恨自己这种怀疑主义者的性格，而此刻，尤其严重。

坐在圣何塞飞回上海的飞机里，我强迫自己去欣赏窗外的云朵，但心思依然还是忍不住回到我的背包里。那里面最夹层的地方，有一个白色的信封。

这是老高夫老婆卖给我的。

确认了余欢在岛上的生活之后，我再一次与老高夫夫妇告别，表示自己这次真的要走了。

“你找到你的 Happy fish 了吗？”老高夫有些紧张。

“找到了，happy fish 确实很 happy，这就够了。”

听完我的话，老高夫似乎如释重负，拍拍我的肩。我的疑心病此刻又突然发作，回想发现余欢行踪的整个过程，看起来似乎也太顺利了些，仿佛有人设计好了一切，刻意展示给我看。而老高夫的表现，更是进一步加深了我的怀疑。

所以，当老高夫老婆单独找到我，暗示我她手上有一些不一样的东西时，我犹豫了很久，还是买下了那个信封。

十六

回到上海后，我重新回归到之前有序的平淡的生活。几个月后，周大宝从美国回国做复旦的访问学者，我们两个老友时隔多年终于又有机会坐在一起重新聊聊天。

“余欢这事真是太可惜了。”周大宝点了支烟：“她要是当年读了理论物理，也许咱们中国真能出个诺贝尔物理学奖。”

我摇摇头：“事已至此，让故人安息吧。”

“对了，我记得你之前给我发过微信说在伊帕戈斯岛上找到了余欢的消息？”周大宝好奇地问。

我想起自己在岛上最后一天时，曾经很高兴地告诉周大宝进展，不过后续就没有再告诉他了。

“嗯，不过后来，我又收到了个信封。”我大概描述了一下老高夫老婆给我信封的过程。

周大宝的神色却突然凝重起来：“老赵，这事没你想得那么简单。”

“怎么？”我突然有些不好的预感。

“上回通电话的时候，咱们说过杨氏双缝实验。”周大宝说。

“嗯，强观测行为会让未来的电子云坍塌。”这个理论让我印象深刻。

“和杨氏双缝实验齐名的，还有另外一个延迟选择实验。”周大宝难得地有耐心地解释道："简单地说，延迟选择实验就相当于在杨氏双缝实验的基础上，在两条缝上都分别装上粒子探测器。打开探测器开关，我们就能够知道某个粒子究竟是从哪个狭缝中过来的；关掉探测器开关，我们就不能知道粒子的来源。首先我们发现，打开探测器开关，我们得到的是两个单缝衍射条纹；而关闭探测器，我们得到的是双缝干涉条纹，再这一步说明的依然是，观测会决定结果。

但进一步发现，即便粒子已经通过了狭缝，如果我们这时拨动探测器开关，条纹仍然会发生相应变化，然而依照经典理论，不论粒子在双缝处发生了什么，当粒子通过双缝之后都不应该再被双缝所干扰了；这个结果就好像双缝的影响被「延迟」到粒子运动到屏幕的那一刻才体现出来，所以叫作延迟选择实验。"

"这意味着什么？"我听得云里雾里。

"这意味着，人们现在的观测行为，会影响过去的状态。"周大宝小心翼翼地说："关于余欢岛上这事，我有一个假设。"

他大概也被自己的假设吓到，咽了口口水才继续说道："余欢很可能是希望通过你的观测，来影响她过去十年的生活。"

周大宝说的每一个字我都懂，但连在一起我都不懂。

周大宝大概也看出我的茫然，继续解释道："我们之前说过，余欢这十年，由于没有人知道她在做什么，所以她其实是处于薛定谔的猫的状态。也就是说在这十年里，她的生活有无限的可能。但当你踏上那个岛开始，你就像延迟选择实验里的探测器开关一样，你的行为成为了一种观测，而这种观测决定了余欢那十年会坍塌成什么样子。"

"所以我才觉得那些线索像是有人设计好了一样！"我恍然大悟。

"是的，大概就是余欢，希望通过你的观测，让她过去的十年坍塌成她设计的样子。如果你相信这就是她过去的生活，你的期望就成为一种强观测。那么她的生活就会真的成为你看到的样子。”周大宝沉默了片刻，不安地问：“那个信封，你没有打开吧？”

我手中的啤酒瓶掉落在地上，啤酒流出来浸湿了一个开口的信封，透出里面的内容。那是一封协议，是余欢和老高夫签订的协议。老高夫要在有人来询问余欢名字的时候，把她事先安排好的内容展现出来。信封里还有另外一张老高夫老婆偷拍的照片，那张照片上的余欢，衰老，颓废，生活里的沧桑和不尽如人意都刻在脸上的沟壑里。

啤酒瓶在地上炸裂开，那一刻，我听到了生命破碎的声音。

梦境直播

文／霜月红枫

一

“叮铃铃……”预先设定的手机闹铃声将姜轶洋从梦中惊醒。

他摸索着关掉“头罩”的开关，然后一把将这玩意儿从头上扯下来，往床上一扔，就探头去看床头的嵌入式电脑屏幕。

“头罩”在床上委屈地蜷缩成一团，就像刚和主人度过一个亲密夜晚后，天明时分便被无情抛弃的女人。

它的质地也和女人一样柔软，虽然是由金属制成的，上面密布着无数个电极，但它可以很贴服地套在人的脑袋上，只在眼、鼻、口的位置有开口，方便呼吸，就跟戴普通头罩一样舒服，没有任何不适感。

这样的设计，是为了让使用它的人毫无障碍地入睡，以及做梦。

它有个很高大上的名字，叫“脑细胞电子脉冲成像器”，能够用微传感器捕获人在梦境中的脑电波，然后转换成电信号发送给电脑，电脑再通过先进的成像技术将这个人所做的梦一丝不差地显示在屏幕上。

但大家还是喜欢叫它“头罩”或者“梦境头罩”。因为它的外观和质地真的跟头罩差不多，既轻薄又柔软，还有多种颜色可供选择。姜轶洋选择了黑色，黑色让他想到沉睡后的黑暗，有这样的暗示，他相信自己能更好地入睡。

第一次戴上它时，姜轶洋站在镜子前，看见自己变得像个蒙面大盗。于是他突发异想，或许有一天，自己可以去盗走别人的梦。

也难怪他有这样的想法，因为现在“梦境直播”的竞争实在太激烈了！每个人都可以很便宜地买到“梦境头罩”，把它与电脑相连，舒舒服服地躺在床上睡一觉，就能向所有人直播自己的梦境，然后得到观众的打赏。精彩的梦境会受到狂热的追捧，一夜醒来，赏金上万，甚至几十万都是常有的事。在这个物质极度丰富的时代，人们不再有饥饿和匮乏，很多人都愿意为吸引自己的东西一掷千金。

巨大的经济利益吸引越来越多的人加入了梦境直播的行列，而提供直播的平台也越来越多。无论平台也好，直播者也好，都在想方设法使出浑身解数来吸引更多观众。然而被丰富的直播内容宠坏的观众，却越来越挑剔，口味越来越刁钻，有时直播者醒来，看到的是满屏的差评和臭鸡蛋。

然而这还不是最坏的结果，最坏的结果就是像姜轶洋这样，醒来后在电脑屏幕上看到的是几乎没有什么人气的直播间，冷清得就像孤寂的雪夜。从来访记录中，他看到整整一晚上只有三个人进入了他的直播间。

1 点 25 分，有人溜达进来，看了两分钟，扔下一个臭鸡蛋走了。

2 点 16 分，又有人进来，看了不到半分钟，就破口大骂：“播的都是些什么玩意儿，无聊死了！”然后瞬间从直播间消失了。

5 点 40 分，终于等来了第三个人，他倒是耐着性子看了五分钟，然后留下一句话：梦境很一般，不够吸引人。

姜铁洋在电脑上查看系统自动录下的昨夜梦境的视频。

第一个人进入直播间时，他正梦到自己编的程序被老板挑剔，忍不住辩白了几句，结果被老板威胁要开除，于是他马上认了怂，堂堂男子汉顿时矮了半截，跪在地上不停地哀求老板，哭得一把鼻涕一把泪的，看得他恨不得扇自己两耳光！平时在公司被老板欺负也就算了，现在竟然在梦中都不敢雄起，简直是一身奴骨，懦弱无能，难怪会被人扔臭鸡蛋。

第二个人进来时，他正在黑暗的地道里一直走，一直走，一直走……对方不觉得无聊才怪！

第三个人看到的，是他被一条黑狗追赶的梦境。姜铁洋想起白天自己被小区里一条宠物狗惹烦了，便踢了它一脚，惹来那条狗冲自己不停地狂吠，结果晚上就做了个被狗追得到处乱窜的噩梦。还真是日有所思，夜有所梦。不过这种被狗追的梦很多人都做过，难怪对方会觉得没有吸引力。

姜铁洋叹了口气，又去看直播平台的视频排行榜。

每个人的梦境都会被自动录成视频，供那些不想熬夜的人在白天观看。直播平台还弄了个排行榜，按照打赏的数目和人气分别给视频排名。人气高的，通常打赏的数目也高，所以两个排行榜中上榜的视频高度重合。

姜铁洋点开了打赏排行榜。

排名第三的视频，是一位少女在黑暗的巫术森林里奔跑逃命，最后被一条人头蟒身的怪物一口吞下了肚子。这怪物的头是一个面貌狰狞的男人，布满了恐怖的欲望。巨蟒的身体比十人合抱的大树还要粗，当它张开血盆大口时，森林里顿时刮起了可怕的旋风，少女瞬间被吸入它嘴里，只剩下两条露在外面不断挣扎的长腿，然后她的腿渐渐静止下来，整个人彻底滑进了巨蟒腹中。

这惊悚的一幕看得姜轶洋心脏激跳不已，然而当他点开排名第二的视频时，满屏的血腥就像极富冲击力的炮弹，瞬间击中了他的胃，叫他差点连隔夜饭都吐了出来。梦境的主人公是一个孱弱的男孩，被人欺侮后突然化身为可怕的杀人狂魔，血洗了一整座城市。当姜轶洋看到他鸡爪一般瘦骨嶙峋的手，伸进另一个男孩的胸膛，直接掏出血淋淋的心脏时，终于忍不住跑到洗手间里狂吐一气。因为没吃早饭，连胃酸都吐出来了，酸汁刺激了喉咙，令他很不舒服。

但他还是强忍着，点开了排名第一的视频。这个视频令他的呼吸顿时急促起来，一个男人和美女在床上颠鸾倒凤，美女身材曼妙，惹人遐想。正当姜轶洋想入非非之际，美女却突然变成了外星生物，很像电影《异形》中那种可怕的怪物，它身上、嘴里流出的恶心的黏液几乎涂满了整个屏幕……

看到美女变成外星怪物的一刹那，姜轶洋吓得差点滚下了床。然而更可怕的是，梦里的男人竟然不为所动，依然在跟那个可怕的外星怪物做着最原始的事。姜轶洋想要马上关掉视频，但体内却有种莫名的冲动和好奇，令他竟然看完了整个视频，然后长长吁了口气，感到一种无聊的满足和难言的空虚。

这确实是种很奇怪很矛盾的感觉，一边觉得很恶心，一边又忍不住要看，而且还想看更多视频，以填补那种莫名的空虚。于是这个周末姜轶洋都宅在家里，靠叫外卖填饱肚子，然后在各种各样的梦境视频中消磨了一整天。

每个周末都是如此。

明明是阳春三月，踏青的好时光，但他已经很久没有闻过花香，呼吸到林间的新鲜空气了。他所租住的这套只有一居室的老旧公寓里，弥漫着难闻的臭气：地上到处是灰尘和垃圾；床脚乱扔着未洗的臭袜子；沙发上堆着脏衣服，在一堆乱七八糟的杂物中露出几本皱巴巴的编程书，不知有多久没有打开过了；桌上有未吃完的饼干，塑料袋里的饼干渣洒得到处都是，还有吃过方便面后留下的油渍，卷筒纸长长的尾巴从桌上耷拉下来，在空中晃晃悠悠……

所谓久在鲍肆不闻其臭，姜轶洋早已对蜗居的狗窝习以为常，除了躺在床上不停地点开一个又一个视频外，他对周遭的一切都熟视无睹。当他终于看完排行榜上所有视频，想再重温一下前面三个视频时，发现它们因为过分恐怖、血腥、色情，触犯了互联网管理条律，被人举报后删掉了。但直播者一夜之间所得的赏金已经丰厚得令人眼红，更有人赶在视频被删前就已经下载到电脑上，于是平台的论坛上，到处都是用暗语求要视频的帖子，这些视频被私下传播扩散，更为直播者带来大量的人气。

姜轶洋不知道那些直播者都经历了什么，竟然能拥有那么可怕怪异的梦境，然而也正是这样的梦境，才令它们在众多平庸的梦境中脱颖而出，吸引那些有窥私欲又追逐刺激的人津津有味地观看。

姜轶洋觉得是因为自己的经历太简单，所以梦境才那么平常。作为一个没什么想象力的小程序员，他的生活轨迹就是从公司到家里的两点一线，每天按部就班，就像一台调试好的机器，没有任何意外出现，更不可能有什么新奇的素材，所以他的梦境才乏善可呈，毫无吸引力。

如果能盗走别人的梦就好了！姜轶洋不止一次这样想过。他实在太想出名，太想赚大钱了。前女友因为他没钱买房而离开了他，那时他就发誓自己一定要出人头地，让那个势利的女人后悔莫及，让她回过头来求他，让自己好好扬眉吐气一把！

然而无论欲望多么强烈，在现实中他依然是个一文不名的穷屌丝。因为懒而穷，又因为穷而更懒。他不想做那些辛苦的工作，才把目光瞄准了“梦境直播”，睡觉就能赚钱，简直跟天上掉馅饼差不多。然而正因为轻松，门槛低，才使得加入“梦境直播”行列的人越来越多，竞争越来越激烈，能杀出重围的只有极少数人，绝大多数人都像姜轶洋这样当了炮灰。

每次看到精彩的梦境视频，姜轶洋都恨不得盗为己有。

任何事物大热之后，都会出现模仿者和剽窃者，就像以前的网络小说，几乎每部大热的作品都遭到了疯狂的抄袭。由于维权成本太高，惩罚力度太小，很多抄袭者不但不会受到惩罚，还会名利双收。

然而梦境却是不可控的，没有人知道自己会做什么样的梦，所以根本无法模仿。姜轶洋在网上找过很多关于梦境的攻略帖，比如这篇：《如何才能做一个吸引人的梦》。

第一，尽量让你的生活变得多姿多彩，去旅游、骑行、徒步，去夜店、约会、打架……做一切你从未做过的、突破传统的事，这样你的梦境才会变得狂放不羁，充满另类的吸引力。

第二，尽量多看排名靠前的梦境视频，多看一些血腥、暴力、色情的书和影视剧，睡觉前尽量回想你所看过的东西，加深印象，把它们牢牢刻在大脑皮层，这样就有可能使你的梦境中也出现这些元素。从互联网大数据来看，最受欢迎的视频中，都或多或少具有这三种元素。

第三，可以购买别人的梦境视频，转发到自己的直播平台上。姜轶洋试过这种方法，买过几个视频，但因为直播间人气不够，得到的赏金还不够买视频的钱，所以就放弃了这个方法。

第四，直接下载别人的梦境，放在自己的直播间吸引人气。以前曾有人这样做过，但技术的发展很快补上了这个漏洞。如今强大的互联网随时随地都在对比着每个人上传的信息，一旦发现你的视频跟别人的相似度过高，又未曾得到对方允许转载的授权，该视频就会被禁止上传，三次以后，就会被封掉直播间，所以基本上没人敢再冒险盗取别人的梦境。

因此，只有前两条路可以试试。作为一个技术宅男，姜铁洋无法让自己的生活变得多姿多彩，只有不断地看，吸收别人的东西。这样做似乎还真有效果，他的梦渐渐变得有趣起来，进入他直播间的人缓慢地增加着，基本上是一天增加一两个的节奏，三个月以后，他的粉丝终于艰难地突破了一百人。

二

周末过后，姜铁洋顶着两个黑眼圈去上班。他的公司在市中心，那里不仅房价吓人，房租也高得惊人，姜铁洋既买不起，也租不起那里的房子，只能每天坐地铁从远郊赶到市区去上班。

上班高峰期，地铁上挤得水泄不通，每个人都被压得像沉积岩里的古生物，还夹杂着各种汗臭和难闻的体味。和姜铁洋挤在一起的是一个面容姣好的少女，她的脸蛋被密封车厢里的热气熏得通红，鼻尖渗出微微的汗珠，看上去就像个诱人的苹果。

地铁到站了，又上来一拨人，将两人挤得更紧地贴在一起，少女身上的香水味和她天然的体味混合在一起，简直就像浓烈的催情剂，令姜铁洋禁不住阵阵心猿意马。看过的那些视频此刻都在他脑子里争先恐后地冒出来，像一群邪恶放肆的妖精，拼命诱惑他，撺掇他胆子大点儿，再大点儿……

血液似乎全都集中到下半身了，他脑子里一片混沌，鬼使神差地伸出手，在少女诱人的臀部上摸了一把。还没来得及回味指尖销魂的柔软滋味，他脸上就挨了重重一巴掌。

“色狼！不要脸！”少女涨红着脸骂道。

一车厢的人都朝姜轶洋看过来，无数鄙夷的目光像一把把“嗖嗖”飞来的刀子，把他的脸皮割得一点不剩。

姜轶洋死死低着头，恨不得有个地洞钻进去，地铁一到站就狼狈地挤下车。因为中途下车，他又不得不等到下一班地铁，最后到公司的时候很悲摧地迟到了两分钟，不仅这个月的全勤奖泡了汤，而且这一天他都在那一巴掌的屈辱中度过，根本无心工作，因为编的程序出现了几个 BUG，又被老板好一顿臭骂，简直衰到家了！

这天晚上，姜轶洋梦见自己变成了一条喷火的巨龙，把一团又一团火球喷到老板身上，把对方烧得翻滚惨叫，痛不欲生。最后那个可恶的家伙被烧得灰飞烟灭，他心里别提多解气了！巨龙得意扬扬地在空中游弋，看见不顺眼的人就喷火烧他，直到把整条街都变成了火海。突然，他看见在地铁上扇自己耳光的女孩，于是火焰毫不留情地包围了她，对方哭着跪下来，苦苦哀求他放过自己，并答应让他为所欲为。姜轶洋得意地大笑着，朝少女扑了过去……

第二天醒来后，姜轶洋看到自己的直播间如同炸了锅一样热闹，满屏都是鲜花和礼物，留言都是这样的：

精彩！

太刺激了！

人家也好想做这种梦哦……

主播真是太有想象力了，传授一下秘诀呗！

……

姜轶洋兴奋地去看自己的打赏收入，现金加鲜花和礼物的总价值一共是一百五十六元，虽然并不多，但这是他进行梦境直播以来获得的第一笔收入，是零的突破啊！他激动地在床上打了两个滚，然后又去看论坛，果然看到有人推荐他昨夜的梦境视频，他赶紧留下自己直播间的地址，然后灵机一动，又主动把视频转发到更多论坛。很快，他直播间的来访人数就直线上升，到下个周末的时候，已经突破了一万。

三

尝到甜头后，姜轶洋决定不折不扣地去实践攻略帖里的第一条，让自己的生活变得多姿多彩。

现实的冒险为他的直播增加了刺激的作料，同时也改变了他。如今他再被人扇耳光骂“色狼”也不会觉得脸红，而且整个人就像个动不动就爆炸的火药桶，跟同事吵架，跟路人吵架，跟送外卖的吵架，最后甚至跟老板吵架，结果立马被炒鱿鱼了。但他并不在意，因为他的粉丝人数已经超过了十万，一晚上的直播收入就有好几千，甚至上万，还通过帮商家打广告赚了更多钱，他早就想辞掉原先那份毫无前途的工作，专心搞直播了。

为了维持粉丝的忠诚度，他必须不断提供新鲜又刺激的内容，有一段时间他的梦境没什么新意，结果关注他的粉丝人数“刷刷”地往下掉，每天醒来后看到减少的数字都令他心惊肉跳。为了维护粉丝的数量，他白天的时间都花在看各种各样的视频上，并大量搜索攻略帖，想找到提高梦境质量的方法。

《用催眠来定制你的梦境》这篇文章就在这时进入了他的视线。

为了满足大量像姜轶洋这样的梦境直播者的刚性需求，“梦境催眠师”这一职业应运而生，号称可以定制梦境，把你所需要的各种内容用催眠的方式输入大脑，让它们进入潜意识，从而能够更好地在梦境中呈现出来。

催眠师中有一些是懂催眠的真医生，但也有许多是糊弄人的骗子。姜轶洋经过反复比较后，找了个口碑最好、评价最高的催眠师。当然收费也是最高的，千元一次的催眠费用让不少人望而却步，但对姜轶洋来说却不算什么，一次成功的直播就可以赚比这多好几倍的收入。于是他在催眠师的网上诊所付了定金，又预约了催眠时间，就在他直播开始前的一个小时。

晚上十点，催眠师如约出现在网上诊所里，两人通过网络视频进行交流，催眠师向他展示了自己搜集的数万种梦境素材，分为不同的类别，就跟电影分类一样，什么恐怖、战争、科幻、奇幻、动作、情感、情色、喜剧等等，每种分类下面又有成千上万种素材，每种素材还精心撰写了内容简介。这些视频素材都是催眠师及其助手从网上的各种直播间里搜索下载的热门视频，以及各类影视剧的片段剪辑，当然都是最吸引眼球的部分。

催眠师让姜轶洋从众多视频中选择一种，想选几种也可以，但价格也会成倍增长。

“即使把这些视频以催眠的方式输入你的大脑，但受你自身意识的影响，最后呈现在梦境中的内容也不会跟原视频完全一样，因此不会被系统判定为抄袭。”

催眠师还打了个比方，就像做饭一样，相同的食材在不同厨师手中，用不同的调料和烹饪手法制作出来，最后呈现出的菜色是截然不同的，就像水煮鱼和糖醋鱼一样不同。直播者的潜意识对素材的影响也与此类似，所以即使有直播者选用了同样的素材，但最后直播出来的内容也是大不相同的。

催眠师的话打消了姜轶洋的顾虑，他选了一个看上去最刺激的视频，然后在催眠师的指示下躺在床上，戴上梦境头罩后，又往耳朵里塞上与电脑相连的耳机，催眠师魔魅般的声音霎时传入他的耳朵，将他拽进一个迷幻的旋涡里……

意识似乎一层一层地荡漾起来，有什么试图侵入，本能地抗拒，被诱惑着放松，然后接纳、融合……

他的意识开始涣散，眼皮渐渐耷拉下来，就在入睡的一瞬间，“梦境头罩”自动触开了预先设定的直播间，于是他的梦境开始向十万粉丝同步直播——

四

自从采用催眠的方式后，姜轶洋再也不用担心自己的梦境不够吸引人了。贵，果然是有道理的。因为有源源不断的新鲜素材，他的梦境精彩纷呈，赢得了大批粉丝的追捧，打赏收入以前所未有的速度增长。而那位催眠师也在赚了不少钱以后，成立了一个公司，招募了不少人手，通过团队运作，他们搜集到的素材越来越多，推销的力度越来越大、范围越来越广，吸引了更多直播者成为他们的客户。直播和催眠俨然形成了产业链，创造了一个又一个财富神话。

作为最先尝试催眠的人之一，姜轶洋抢占了先机，不过短短一年多的时间，就让自己的粉丝数量突破了百万，成为直播平台上蹿红速度最快的主播之一。

然而副作用也在逐渐显现。

他变得越来越暴力。大量进入他潜意识的暴力视频，重塑了他的性格，让他变得冲动、易怒。以前那个胆小懦弱的宅男，似乎已经被催眠彻底扼杀了，就像蛇蜕皮一样，只剩下被偷梁换柱般改造过的暴力骨骼。

在前女友那儿，他第一次意识到自己的变化。

利用梦境直播赚来的钱，他买了房和车，过上了成功人士的生活，并特意邀请前女友来参观自己那位于某高档小区的豪宅，那个见钱眼开的势利女人果然提出了复合的请求。

他心里冷笑着，把她拽上了床。

“恶魔，你这个恶魔！”

深夜，满身伤痕的前女友哭着跑出了他家，从此再也没敢跟他联系过。

姜铁洋像尊铁塔般立在洗手间的镜台前，看着里面那个完全陌生的男人，他的眼中有种令人心惊的凶残，脸上的肌肉也呈现出一种野蛮横生的态势。

“恶魔？”他龇开牙齿，露出一个可怕的冷笑，“我喜欢这个名字！”

他索性把自己直播间的名字改成“恶魔的王国”，把签名改成了“人挡杀人，佛挡杀佛”。在梦境中，他俨然成了横扫一切、无法无天的大魔头。而他的肆无忌惮，却对那些平日里谨小慎微、备受压抑的人产生了强烈的吸引力，他的梦境成为他们打破规则、反抗权威，表达对现实不满的宣泄口，甚至对他有了一种病态的崇拜。在粉丝狂热的追捧下，姜铁洋就像吹大的气球一样膨胀起来，就连走路都快横着走了。

然而他唯我独尊的美梦，却被一只狗给破坏了。

他似乎天生跟狗有仇似的，在以前租住的那个破小区里，就曾被狗追咬过，这次搬到了高档小区，又被一只恶狗给盯上了。

它是底楼一户人家养的宠物犬，一身白毛，体型不大，叫声却极响亮。主人在楼梯间给它安了个窝，平日用铁链子拴着，无论谁经过楼下，都能听见它惊天动地的狂吠声。楼道里整天弥漫着狗身上特有的腥臭气息，弄得这个单元的人怨声载道，找物管投诉了多次，但这家的主人是个六十多岁的老太婆，独自一人居住在这里，把这狗当命根子一般，谁要敢动她的心尖肉，她就撒泼打滚摆出一副拼命的架势，后来连警察都惊动了，但谁都拿这老太婆没辙。于是这狗就继续大摇大摆地霸占着楼梯间，每天被老太牵着在小区里散步，见人就扑，吓哭过好几个小孩，就连成年人见了它都得绕道走，俨然成了小区一霸。

这日，姜轶洋不巧在楼道里跟恶狗狭路相逢，老太却不见踪影。狗脖子上还拖着条铁链子，估计是挣脱了铁链跑出来的。这狗不改恶霸本色，冲姜轶洋狂吠不已。若是过去，他早吓得落荒而逃，但现在他是“人挡杀人，佛挡杀佛”的魔头，哪儿容得下一只狗挡自己的道，二话不说一脚踢过去，那狗被踢了个正着，越发疯了一般，扑上来又叫又咬。姜轶洋又狠命给了它一脚，后者惨叫着被踢飞出去，摔下来打了个滚，四只脚立起来又倒下去，看样子伤得不轻。

见方才耀武扬威的恶犬现在只能倒在地上哀鸣，姜轶洋心里顿时涌起一阵报复的快感，趁四下无人，他又冲小狗的脑袋狠狠踩着，一脚又一脚，直到把它的脑袋踩得变形，口里流出鲜血，身体终于一动不动后，才得意扬扬地吹着口哨回家。

他有个预感，今晚的梦境直播一定会很精彩。

果然，这晚梦境的主题就是——虐狗。在梦里，他无情地折磨一条小狗：用火烧它的尾巴，对着它惨叫的样子哈哈大笑；用绳子勒它的脖子，把它勒得奄奄一息；用铁钉戳它的肚子，把它戳得血迹斑斑；最后用穿皮靴的脚活活踩死了它……

这个视频激起了轩然大波，遭到一群爱狗人士义愤填膺的讨伐。然而有争议才有话题，有话题才有人气，他的视频在唾骂声中被转发了无数次，最后还上了热搜榜，而他直播间的人气也跟着水涨船高。

第二天，姜轶洋正兴高采烈地查看打赏收入，并跟联系自己的商家谈广告分成时，房门被人敲响了，开门一看，竟是恶狗的主人找上门来了。

“你杀了我的小白！”老太婆双眼通红，一副恨不得将他生吞活剥的样子。

“小白？”姜轶洋假装糊涂地望着对方。

“我的宠物犬小白，它被你活活踩死了！”

“你凭什么认为是我干的？”

“我去保安室调看了楼道的监控录像，就是你这个疯子干的！那么可爱的狗狗竟然被你活活踩死，你简直是个丧心病狂的变态！”说到最后，她几乎是歇斯底里地尖叫起来。

有隔壁邻居打开房门，探出头来看。

姜轶洋感到很头疼，再让这老太婆嚷下去，整幢楼的人都会知道他是变态，他可不想活在人们异样的眼光中。

“有什么事儿先进来再说吧！”他忍着气把门拉开。

老太气呼呼地走进来，姜轶洋赶紧“砰”的一声关上房门。

“对不起，我不是故意的，是你家的狗冲上来想咬我，我才……”

“你胡说！我看了监控，小白只是冲你叫了几声，它从来不会乱咬人，是你先踢它的，最后还残忍地把它踩死了……”

老太边说边捶胸顿足地嚎哭，摆出一副绝不善罢干休的架势。姜轶洋一阵心烦，勉强压着火气问：“你想怎么样？”

“我要你赔偿我一万块钱。”

“一万？”姜轶洋差点没跳起来，“你想敲诈我，没门！”

这死老太婆绝对是想钱想疯了，就她那条不起眼的杂种狗，撑破天了也就值几百块，竟然想敲诈一万，真把他当傻子吗？

“小白打出生就一直陪着我，非常通人性，就跟我儿子似的，叫你赔一万还便宜你了。不给钱也可以，你来给我儿子抵命！”

看着对方仇恨的目光，姜轶洋只觉得格外可笑，看来这老太婆也是孤独怕了，竟然把狗当儿子。懒得跟这疯婆子计较，他不屑地挑了挑眉，说：“要不我买条跟它一模一样的狗赔给你？”

“一模一样？”老太嘶声叫道，“怎么可能一模一样！我跟小白在一起七年了，整整七年，那份感情是用钱能买到的吗？你以为我稀罕你那点臭钱？你把这七年赔给我，把小白赔给我！”

“死老太婆，你不要太过分！”

姜轶洋忍无可忍地骂了一句，这下可捅了马蜂窝了，老太顿时又哭又闹：“我过分？你踩死了我的宝贝儿子还说我过分？你这个没人性的冷血动物，刽子手，杀人狂！”

“只是一条狗而已！我踩死了又怎样？你再无理取闹，别怪我不客气！”

“你不客气？好、好……”老太气得浑身发抖，豁出去般不要命地喊，“来啊，有种你连我一块儿踩死！反正小白死了我也不想活了！你把我杀了，就等着挨枪子儿吧，像你这种浑蛋就活该被枪毙！有娘生没娘养的浑帐王八蛋！……”她越骂越难听，越骂越恶毒，简直让人难以想象一个人的嘴里怎么会冒出那么多肮脏可怕的词儿。

这些辱骂的话就像一根“滋滋”燃烧的导火线，终于引爆了埋在姜轶洋心底的炸药，他暴怒地挥手给了老太一拳，把她整张脸都打歪了。后者惊叫着摔倒在沙发上，鲜血从嘴角流了出来。

“杀人啦！……”老太捂着脸杀猪般地惨叫起来。

姜轶洋急红了眼，顺手抓起沙发上一堆脏衣服，把它们死死按在老太脸上，她两条枯瘦的腿绝望地乱蹬着，让他想起那个被吞入怪物口中的少女。这一幕竟令他莫名地兴奋起来，他脸上露出狰狞的笑，两只手越发用力，死死压住老太的面部……

如果这里有面镜子，他一定会惊讶地发现，自己此刻的表情简直跟那蟒身人头的怪物一模一样！

渐渐地，老太停止了挣扎。姜铁洋喘着气移开衣服，对方的脸已经变成了青灰色。他试了试鼻息，确定她已经断气。

他茫然呆坐了一会儿，竟然没有丝毫紧张和恐惧，这一幕似乎早已在梦境中经历过多次，那一个接一个充斥着血腥和暴力的夜晚，就像一个巨大的熔炉，慢慢将他人性中善的一面熔化掉，只剩下黑暗的恶，以及无所畏惧的兽性。

而在他早已扭曲的心理看来，这正是自己从懦弱走向强悍的开始。

只坐了片刻，他就开始准备善后事宜。看过那么多凶杀电影，他早就胸有成竹地知道该如何处理一具尸体。他觉得至少有上百种选择，不过他还是选择了对自己而言最方便的一种。

他先去超市买了一个最大号的行李袋，把老太的尸体装进去，等到晚上没人的时候，偷偷扛着行李袋下楼，把它塞进了汽车的后备箱。然后他驾车来到河边，捡了好几块大石头，把行李袋塞得满满的。最后他开车驶上了大桥，在桥中间停下车，把沉重的行李袋拖出来，往桥下一抛——

黑夜中传来一声“扑通”的轻响，就像老人绝望的呻吟。一切罪恶都被夜色掩盖，他得意地扬起嘴角，不慌不忙地把车开回了家。

这天晚上，姜铁洋破天荒地没有进行梦境直播，因为担心自己杀人的过程出现在梦境中，这跟杀狗是两回事，他可不想惹来什么麻烦。

那老太一人独居，老伴早就死了，有个女儿远在国外。据说老太曾在国外跟女儿生活过一段时间，后来不知为什么事闹翻了脸，两人断绝了母女关系。现在老太独自一人住在国内，她性格孤僻，很少跟亲戚来往，也没什么朋友。唯一陪伴她的只有一条狗，而她也因为这条狗跟小区的人交恶，没人愿意搭理她，她一向独来独往，如今突然消失了，也没有任何人关心过问。

几天后，姜轶洋又恢复了梦境直播，这次杀人的经历似乎彻底释放了他心里的恶魔，他的梦境变得越来越怪异，越来越可怕，也吸引了越来越多的人。他的粉丝终于突破了千万，而他也一举成为直播平台最炙手可热的主播之一。

五

某天，姜轶洋收到直播平台的短信，说他们准备利用最新的梦境交互技术，搞一个面向全网的大直播。作为最红的主播之一，姜轶洋荣获平台的邀请，将跟另外三名主播一起经历一场梦境的历险。预计这场直播会有数亿人观看，除了打赏收入以外，他们还将获得可观的广告收入分成。听了平台报出的巨额奖金后，姜轶洋立马心动了，在还没完全弄明白这到底是一场什么样的直播之前，就一口答应了下来。

三个月后，直播终于开始了。

这是平台为了宣传推广梦境交互技术而策划的一场直播。

有了梦境交互技术，不同直播者可以把自己的梦境跟别人的连通起来，可以随时进入别人的梦境，也让别人进入自己的梦境。就像打游戏一样，由以前的单机游戏变成了网络游戏。每个人的梦境都是一个游戏空间，而不同梦境的交错、重叠、融合，将会使这个空间变得更加复杂多变。直播者也不再是一个人表演独角戏，而是可以跟进入梦境的其他直播者有更多互动，共同演绎出更加丰富多彩的内容。

可以预见，有了这一技术，未来的梦境直播必将更精彩更有趣，吸引更多观众，获得更大收益，这也是直播平台不遗余力推广它的重要原因。

他们花了整整三个月的时间，通过各种媒体地毯式轰炸宣传即将到来的全新的梦境直播，并使之成为一个举国讨论的热门话题，就连国外的社交平台上，也有不少人在期待这场面向全球的精彩直播。

而四名直播者的资料更是被宣传得广为人知，连带也给他们的直播间带来了爆涨的人气。

除了姜轶洋以外，另外三名直播者分别是：

罗梓绮，26岁，公司职员。

李承骏，19岁，在校大学生。

胡大为：38岁，出租车司机。

巧合的是，他们竟然是姜轶洋当初曾看到的排行榜上前三位的梦境直播者。如今他们和姜轶洋一样，都已成为万众瞩目的网络红人，收入甚至超过了一线明星。

为了确保这场直播的成功，直播平台特地和国内做娱乐节目最知名的某电视台合作。在电视台的直播大厅里，共有一千名热心观众获邀亲临现场观看直播。这些观众都是直播平台的会员，而平台挑选现场观众的唯一标准，就是他们打赏的数目。当这一标准被公布后，直播平台的打赏金额顿时成倍疯长，许多人为了能到现场看自己的偶像而不惜一掷千金。这场直播还没开始，平台便通过打赏抽成赚得盆满钵满，并通过挑选现场观众的活动，又为即将到来的直播狠添了一把火！

经过前期的大肆炒作后，这场直播终于在万众期待下拉开了帷幕。

直播大厅被布置得宛如梦境：背景是深蓝色缀满无数星子的夜

空，一些小小的类似萤火虫的光点在空中飘浮着；一群穿着黑色纱衣的梦之精灵跳起了迷人的舞蹈；几个滑稽的小丑上台，模仿人们在睡梦中的各种姿态和动作，惹来现场观众阵阵开怀大笑……

暖场的表演结束后，四名主角终于登场了，掌声和尖叫声顿时热烈得像刮起了一阵龙卷风。

主持人别出心裁地穿着睡衣上场，使出浑身解数来逗乐观众，调动全场气氛，时不时抖几个包袱，卖弄一下自己的幽默和学识，将四位直播者征战平台的光辉业绩大大吹捧了一番，当然更不忘推介梦境交互技术。经过他的三寸不烂之舌加上夸张的动作、激扬的情绪，一番天花乱坠的描述后，所有人都知道了这一技术不仅代表着最新的科技成果，而且将对娱乐业造成颠覆性的影响，甚至会改变人类未来的生活方式。

声势造足以后，接下来终于到了人们翘首以盼的最高潮——梦境直播。

全场的灯光突然熄灭了，从顶空飘下更多“萤火虫”，它们发出的深蓝色的光成为大厅唯一的照明光源，整个场景迷离而梦幻。

伴随着强劲的音乐声，舞台的地板突然滑开了，四个银色的“蛋”从四个方向冉冉升上舞台。“蛋壳”裂开后，露出里面的银色金属床。四位直播者戴上“梦境头罩”，分别躺在四张床上，准备开始他们奇妙的梦境之旅。

为了防止太过紧张而无法入睡，四位直播者事先都服下了大剂量的安眠药。要让别人随时观看自己的梦境，还要保证梦境能让大多数人满意，对每个人来说都是件颇有压力的事，所以失眠已经成为很多直播者最头痛的问题。特别是拥有大量粉丝的直播者，如果每天不能按时开始直播，粉丝掷出的臭鸡蛋和排山倒海的唾骂声几乎能让屏幕炸掉！而在这个人人都有众多选择的时代，只要有一丁点儿让粉丝不满意的地方，都可能被后者无情地抛弃。所以风光无限的直播神话背后，却是直播者每天如履薄冰，不得不靠安眠药入睡的残酷现实。

为了保证睡眠质量，姜铁洋特意加大了安眠药的剂量，因为他知道自己一旦中途醒来，就铁定无法再入睡，他可不想像个傻子似的在全球观众面前出糗！

直播者在床上躺好后，床的四周升起了金属栏杆，防止他们在梦中从床上跌落下来。然后银蛋合上了大半，只在顶端留下一道透气的缝隙。

大厅里的光点一个接一个地熄灭，当这些“萤火虫”消失了一半后，音乐也变得舒缓起来，是每个直播者都很熟悉的钢琴曲《梦之声》，由德国著名作曲家肖恩创作，据说它优美的旋律能让人彻底放松，更好地入睡。自从梦境直播火遍全球后，为直播者量身谱写的安眠曲不断涌现，这首《梦之声》就是其中最受欢迎、流传最广的一支曲子。

在《梦之声》的柔美旋律中，四位直播者先后进入了梦乡。每一位入睡之后，他所在的银“蛋”就会变成黑色，而他的梦境也同时出现在舞台中央的大屏幕上，并通过网络向全球观众实况转播。

六

当姜铁洋发现自己置身于一片黑色森林中时，他迷迷糊糊地意识到自己已经在梦境中了。他做梦时偶尔会意识到自己在做梦，只是这种自我意识通常十分模糊，也无法控制梦境的走向。

现在他甚至不知道这片森林是自己的梦境，还是他人的梦境，整个人处于一种茫然混沌的状态，直到前方传来一声可怕的狼嗥：

“嗷！——”

周围的树叶似乎都害怕地颤抖起来，姜铁洋连忙躲在一片灌木丛后，紧张地朝外看去——

几头体型比雄狮还大的恶狼，正团团围住一位少女，似乎打算分享一顿美餐。它们发绿的眼睛好像夜晚的磷火，森然可怖。少女恐惧的啜泣声则似悲惨的雨滴，把这片丛林都变得湿漉漉的，如同经历了一场厄运的冲洗。

姜铁洋认出被饿狼包围的少女正是四个直播者之一的罗梓绮，她似乎毫无反抗之力，只是抱着脑袋、蜷缩着身子不停地哭泣。

这时，其中一头狼似乎察觉到了什么，突然转向姜铁洋这个方向，眼中深绿的凶光竟化作有形的利箭，“嗖”的一声朝姜铁洋飞射过来，后者吓得赶紧趴在地上，才躲过了这一支利箭。

然而还没等他喘过气来，那头恶狼便张开满是獠牙的嘴，凶狠地嚎叫着，朝他直扑过来——

姜铁洋吓得立马拔腿狂奔，另外几头狼也紧随其后，把他当成了新的猎物。他想像以往一样在梦境中召唤出火龙或神兽，但这个梦境似乎不由他控制，除了狼狈逃命外，别无他法。

姜铁洋跑得快要断气了，几只狼却越追越近，就在他几乎绝望的时候，前面赫然出现了一座黑色的小木屋。它隐藏在森林深处，周围密密的树木和荆棘把它完美地掩盖起来，就像埋葬着一个不为人知的秘密。

姜铁洋不顾一切地冲到木屋前，却发现那该死的门竟然上了锁！

他拼命撞门，用尽了吃奶的力气，门却纹丝不动。他又抱起一块大石头，用力朝锁砸去，砸了几下后，锁终于断了。

这时群狼已经赶到了身后，他的肩上陡然传来一股寒意，是尖利的狼爪！它抓破他的衣服，深入了血肉。梦中的他感觉不到疼痛，却有一种冰冷入骨的恐惧。他惊惧地回头，便看到一对绿幽幽的眼睛，一排白森森的利齿正闪烁着骇人的寒芒。

就在狼牙咬上颈动脉的一刹那，姜铁洋用最快的速度挥出拳头，击中了恶狼的腹部。他在生死关头爆发出的能量相当惊人，恶狼竟然被打飞出去，当它再度扑来时，姜铁洋已经冲进屋里，关上门，身体死死抵在门板上。

还没来得及松口气，姜铁洋的眼睛又蓦然瞪大。

这儿哪是什么森林小木屋，分别就是城市里一户普通住宅。

眼前是一个贴着粉红色墙纸的房间，一个十三四岁、扎马尾辫的小女孩，正趴在书桌上认真地写作业，橙黄色的阳光从玻璃窗上透进来，似乎带着橘子糖一般的甜香。

这个平静、安详、美好的世界，却突然被一声尖锐的门铃给惊扰了。阳光在窗台上晃了晃，被吓得缩了回去。房间里的光线骤然暗下来，像有一片无声的黑水逐一漫过了地板、墙壁、家具……

姜铁洋震惊地看着眼前的变化。小女孩的身体也被黑暗吞没，她却毫无所觉，依然蹦蹦跳跳地跑去开门。

一个四十多岁的男人站在门外，他的面容让姜铁洋有种莫名的熟悉感。

“陈叔叔？”

“你爸在家吗？”

“我爸出去打麻将了。”

“你妈呢？”

“……跟爸爸吵了一架就跑出去了……呜呜呜……”小女孩抹起了眼泪。

“别哭，别哭！怎么回事儿，这是？”

“我妈说爸爸整天赌钱，不顾家，跟他大吵了一架。爸爸打了妈妈，还打了我，呜呜呜……”

“让我看看！脸都打红了，这老罗也真是，自家孩子下这么重的手。别哭了，瞧叔叔给你带什么好吃的了。”

“呀，生日蛋糕！”

“今天不是你生日吗？叔叔特地给你买的。”

“谢谢陈叔叔！”

“让叔叔进去，咱俩一起吹蜡烛，切蛋糕，给你过一个难忘的生日。”

小女孩高高兴兴地让中年男人进了屋。

房间里突然弥漫着一种可怕的气氛：木板在不明原因地震动，几个玻璃杯毫无预兆地炸开，墙壁上渗出了鲜红的液体，作业本突然飞到半空中解体，零碎的纸张像雪花一样在屋内乱舞……

姜轶洋仿佛置身于一部恐怖片的现场，心脏不受控制地激跳不已。

更诡异的是，小女孩跟那个中年男人似乎根本没察觉到周围有什么异常，依然若无其事地谈笑着，在生日蛋糕上插蜡烛，点火，许愿，吹蜡烛，切蛋糕……

小女孩津津有味地吃着蛋糕，脸上露出了久违的笑容。

“蛋糕好吃吗？”被她叫作“陈叔叔”的那个男人问。

“好吃！”小女孩仰起沾着奶油的可爱的小脸，甜甜一笑。

“瞧你脸上，沾了这么多奶油。”男人也在笑，眼里却射出绿幽幽的光，就像恶狼的眼睛。

姜轶洋心里一紧，突然想起当初所看到的视频，那个吞下少女的人头蟒身的怪物的脸，可不正跟眼前这个“陈叔叔”一模一样？

男人突然伸手抹去女孩脸上雪白的奶油，然后把手指放进嘴里陶醉地吮吸着，似乎在回味那甜美的滋味。

姜轶洋惊恐地看到，男人的脸突然变了，长出了又黑又密的毛，嘴不断朝外突起，尖利的獠牙从嘴里支出，瞬间变成了一张恶狼的脸。伴随着一阵骨节“咯吱”作响的声音，他的背部也在不断膨胀，越胀越大，终于有什么撑破了衣服，从背上冒出来，“刷”的一下展开，竟是一对巨大的魔翼。

姜轶洋吓得跌倒在地，而那狼头怪物扇动着魔翅朝小女孩扑去，房间里顿时响起了女孩撕心裂肺的哭叫声……

房间更剧烈地摇动起来，仿佛正经历着一场可怕的地震，墙纸大片大片地剥落，石灰簌簌地往下掉，衣柜倒下，桌子碎裂，地板翻转……

眼看一大块天花板朝自己当头砸下，姜轶洋吓得就地一滚，滚到角落里，堪堪躲过了掉下的石块。

就在这时，门突然打开了，一位少女走了进来。

是罗梓绮！

在她进门的一刹那，震动突然消失了，一切仿佛凝固般静止。

一道幽蓝的光照着这位美丽的少女，她就像一个突然闯进噩梦的迷路者，穿着一袭白裙，长发及腰，神情凄迷，清瘦的身体显得衣裙空荡荡的，仿若一缕游魂般荡了进来。

房间就像海啸过后的现场，怪物不见了，只剩下受伤的小女孩。她紧紧抱着自己的身体，蜷缩成很小很小的一团，就像一只垂死的小猫，发出断断续续的啜泣声。

看见小女孩的一刹那，罗梓绮脸上划过震惊、愤怒、痛苦、憎厌、嫌恶等诸多复杂的表情，就连她的黑发也无风自扬，在空中凌乱地飞舞，就像一朵爆炸的黑色蘑菇云。

她突然发疯似的冲上去，一把将小女孩从地上拽起来，使劲摇晃着对方，冲那张泪痕斑驳的小脸大吼：“你为什么要开门？为什么要吃那该死的蛋糕？为什么不拿刀宰了那个混蛋？”

愤怒将她清秀的脸蛋扭曲成骇人的模样，而小女孩只是耷拉着脑袋，像个破碎的布娃娃一样在她手里歪来倒去。

“你完了！彻底完了！”罗梓绮死命捶打着女孩，泪流满面地哭骂，“你已经不干净了，既肮脏又下贱，还有什么脸活在世上？不如死了算了！你去死啊，去死啊，为什么还不去死？！”

小女孩麻木地任凭少女拳打脚踢，没有丝毫反抗。罗梓绮终于打累了，停了手，这时女孩才慢慢仰起头，那张虽然稚嫩，却酷似少女的脸上，突然露出一个凄惨又诡异的笑：“我，不就是你吗？”

少女惊恐地望着那张跟自己一模一样的脸，吓得连连后退，小女孩尖利的声音却紧迫着她不放：“既然这么肮脏、下贱，为什么还要活在世上？为什么还不去死？你早该死了、死了、死了……”

诡异的童音接连不断地响起，就像一滴一滴淌着毒汁的诅咒。罗梓绮拼命摇着头，捂住耳朵，突然间爆发出一声凄厉的尖叫，就像平地刮起了一阵猛烈的飓风，整个屋子飞速旋转起来，霎时变成了一个巨大的搅拌机，把屋顶、墙壁、地板、家具……所有的一切，全都卷进去，搅得粉碎！

姜轶洋和小女孩、罗梓绮一样，都位于风暴的中心，无数碎片在他们周围狂飞，不时撞上身体，没有疼痛的感觉，却有一种深入骨髓的恐惧，真实得可怕！

房子很快被席卷一空，飓风终于消失了。

姜轶洋睁开紧闭的双眼，发现他们所在的地方只剩下一望无际的旷野。天空是黑色的，脚下的草也是黑色的，黑色的野外只有一群黑色的狼，它们绿幽幽的眼睛活像地狱的鬼火，正朝他们紧逼过来……

小女孩吓得紧紧抱住罗梓绮，拼命想要把自己隐藏起来。姜轶洋惊讶地看到，女孩的身体竟然渐渐陷入罗梓绮体内，越陷越深，就像融进了一团固体奶油中。最后她整个人都消失在罗梓绮身上，而后者却似乎变成了那个胆怯的小女孩，把身体紧紧蜷缩成一团，像沉没在黑色草原上的一只可怜而无助的羔羊，除了等待噩运的降临，再也无路可逃！

群狼眨眼间便扑到了跟前，它们都长着跟“陈叔叔”一样的脸，这张脸上布满了狰狞的兽性。姜轶洋终于明白了，小女孩就是童年的罗梓绮，这段可怕的往事被她锁在自己记忆的最深处，却被他误打误撞地释放出来。

眼看他们就要葬身狼腹，这时不知打哪儿射来一道激光束，就像锋利无比的切割机，绕着群狼转了一圈，顿时血肉四溅，那些先前还强悍无比的恶狼被激光像切肉一般轻而易举地粉碎。

“咚、咚、咚——”一阵沉重无比的脚步声，将大地都震得颤抖起来。

姜轶洋和罗梓绮抬头望去，只见前方走来一个巨人，确切地说，是一个全副武装的铁甲战士。它的身体足有百米高，全身包裹着厚厚的铁甲，手里拿着硕大的激光枪，就像一个无敌的人形机器。

七

伴随着铁甲巨人的出现，周围的一切都在急剧变化：一座城市拔地而起，广阔的旷野变成了被无数摩天大楼分割的街道；群狼不见了，代之以惊慌奔逃的人群，他们就像一群可怜的蚂蚁，被巨人的脚掌毫不留情地碾压；一座座高楼就像面粉做的积木，被巨人肆意踢倒、踩碎，倒下的大楼又压死了更多人。

这简直是灾难片中的场景，而姜轶洋和罗梓绮也成了两只惊慌失措的蚂蚁，只能和其他“蚂蚁”一起奔跑逃命。

然而巨人的视线已经锁定了他俩，两道激光束从背后射来。“快趴下！”姜轶洋扯着罗梓绮趴倒在满是砖砾的地面上，激光射中了前方一幢残存的大楼，倒塌的楼体扬起了遮天蔽日的粉尘，两人被掩埋在一堆崩溃的钢筋和砖石之下。

巨人依然机械地前进，继续它的毁灭之旅，用脚掌踩碎一切，用激光杀死一切。

它是一个没有任何感情的机器，它存在的目的只有一个——毁灭！

当巨人走到方才那幢倒塌的大楼废墟上时，砖石堆突然“哗”的一声炸开，从里面蹿出两条人影。

是姜轶洋和罗梓绮。他们不是对方梦境的产物，只是两个闯入的外来者，所以对方不能随心所欲地“消灭”他们。然而身处梦境的两人并不知道这一点，他们只是本能地逃命，绝不想再被倒塌的大楼埋葬一次，那种恐惧的滋味一点也不好受！

“到巨人身上去！”姜轶洋说。如果只是逃跑，他们永远也逃不过激光束的扫射，还不如跳到巨人身上，或许能不被发现地躲过一劫。

趁巨人刚刚提起的脚掌又落到地上时，两人迅速跳上它的脚背，然而他们还没站稳就差点摔下来。铁甲很滑，巨人又在一刻不停地行走，它的脚颠簸得就像风暴中的小船，若不是两人用手指死死扣住铁甲的缝隙，只怕早就被甩下来了。

“爬到……巨人……头顶上去！”姜轶洋喘着气费力地说。和巨人的脚掌相比，它的头顶无疑要平稳许多。

“不……我不行……”罗梓绮仰头看着那一百多米的高度，害怕地直摇头。

“不行就只有等死！”姜轶洋没好气地说。

他们别无选择。要么摔下去被巨人踩死，或被激光射死，要么拼死爬到巨人头顶，或许还有一丝生机。

姜铁洋率先往上爬，罗梓绮也只好咬着牙跟在后面。巨人这身钢铁盔甲滑不唧溜，但它是由一块块钢板拼接而成，组合的地方有细小的缝隙。两人用手指抠着缝隙艰难地往上爬，从巨人的小腿一点一点爬到了腹部，再爬到胸膛……

罗梓绮累得手酸脚软，忍不住往下一看，下面就像一个深渊，近百米的高度令她一阵头晕目眩，腿肚子也不停地打着颤。

“不……不行，我真的爬不动了。”她带着哭腔对姜铁洋说。

“那你干脆跳下去摔死，省得拖累我！”姜铁洋冷酷地回答。

这时，巨人似乎察觉到了什么，它突然停下脚步，低头朝自己胸口看去。

“天哪，它不是机器，它能听见我们说话！”罗梓绮惊恐万状地说。

“闭嘴！”姜铁洋十分恼怒，这个没脑子的蠢女人，存心想引起巨人的注意吗？

他把身体紧贴在铁甲上，连大气都不敢喘一口。然而晚了，巨人已经看见了他们。它张开两个手指，拎起他俩朝空中一甩，就像甩掉两只讨厌的爬虫。

两人尖叫着从高空落下，罗梓绮紧紧闭上眼睛，害怕得差点晕了过去。然而身体落下的地方，却不是硬邦邦的地面，而是软绵绵的座垫。她惊疑地睁开眼，发现自己竟然落进了一辆敞篷跑车里，姜铁洋正在她旁边惊魂未定地喘着气。

“你们怎么进来的？”驾驶员转过头来问。

后座上的两人惊讶地发现，驾驶员竟然是另一个梦境直播者——出租车司机胡大为。

“开快点，巨人追上来了。”罗梓绮朝后看了看，焦急地说。

姜铁洋也从汽车后视镜里看到，巨人果然正大步流星地朝他们追来，手里的激光枪已经举起，正朝他们瞄准。

“快跑 S 形，否则我们会被击中的！”姜铁洋焦急地说。

胡大为猛一打方向盘，跑车立刻在路上左弯右拐，激光束次次都落了空。然而这样一来，跑车速度减慢了不少，很快就被巨人追上，它巨大的脚掌高高抬起，朝跑车用力踩下来——

“啊！”罗梓绮吓得抱着头尖叫。

胡大为情急之下，用力一拉制动杆，跑车突然腾空而起，惊险万分地擦着巨人的脚底边缘飞起，然后从车厢两侧伸出一对羽翼，钢铁的身体瞬间变得柔软……

这辆跑车竟在刹那间变成了一只巨大的鹏鸟，而胡大为手中的制动杆则变成一把锋利的铁锥，他不停地拿锥子刺在大鹏身上，喝令：“快，飞快点！向左转，不，不是这边，叫你向左转，绕过那幢房子，听见没有，你这只笨鸟！”

大鹏身上被铁锥扎得鲜血淋漓，不时发出悲痛的哀鸣。罗梓绮看不下去了，冲胡大为说：“你怎么能这么残忍，它也是有生命的呀！”

“少废话，信不信我一脚把你踢下去？”胡大为冲她一瞪眼，懦弱的罗梓绮吓得往后一缩，不敢再多话了。

虽然飞在空中，但巨人的激光束却如影随形地紧追不舍。在对方密集的攻击下，大鹏已经飞得险象环生。

“飞到巨人头顶上去！”姜铁洋说，“这样它就看不见我们了。”

胡大为又使劲扎了大鹏一锥子：“快，飞到那家伙头上！”

大鹏奋力拍打着翅膀，载着三个人飞向铁甲巨人。激光束在空中划出一道道交错的蓝线，像织就了一张恐怖的光网。突然，这张光网擦到了大鹏的翅膀，它顿时哀鸣一声，身体像断了线的风筝般坠落下去——

“就差一点了，你给老子振作起来，快飞过去，快！”胡大为发疯似的捶打着大鹏，疼痛激发出大鹏最后一点力气，它拼命扇动受伤的翅膀，朝巨人的头顶滑翔而去！

终于，他们重重跌落在巨人头上。这是一块足有篮球场般大小的地方，三人被降落时的冲击力从大鹏背上甩出去，虽然有些小擦伤，但并无大碍。

大鹏却伤得不轻，它伏在地上，舔舐着身上的伤口，发出哀哀的悲鸣。

“你这只笨鸟，竟敢害老子摔一跤！”胡大为刚缓过气来，就冲大鹏又打又骂。

“它救了我们的命，你别再打它了！”这下连姜轶洋也看不过去了。

“我的老婆，我想打就打，想骂就骂，你管得着吗？”胡大为瞪着眼睛说。

“你老婆？”

姜轶洋震惊地看到，大鹏身上的羽毛正在消失，尖喙也缩了回去，翅膀收缩不见，身体渐渐有了女性的曲线，头上长出了浓密的黑发……

眨眼工夫，大鹏果然变成了一个三十多岁的女人。她的身上依然血迹斑斑，满是被铁锥和激光伤过的痕迹，实在惨不忍睹！

“你怎么能这样对待自己的妻子！”罗梓绮震惊之余，终于忍无可忍地嚷了起来。

“这是我家的事儿，你少管闲事！”

“你这是家暴！”

“小丫头片子，再啰唆，连你一块儿揍！”胡大为冲她挥了挥拳头。

罗绮梓敢怒不敢言地瞪着他，然后又转头问女人：“这人是个浑蛋，你为什么不跟他离婚？”

女人眼中突然涌出豆大的泪珠，凄然哭诉道：“只要我一提离婚，他就往死里打我。也报过警，但警察一走，他就打得更厉害。我从家里逃出去好几次，但无论躲到哪儿，他都能想办法找到我，然后更变本加厉地打我。他还拿我们的孩子威胁我，说要是我再报警或再逃跑，就先掐死孩子，再跟我同归于尽！”

女人哭得浑身都在颤抖，似乎积蓄多年的痛苦都在这一刻决堤而出。

胡大为恼羞成怒地扇了女人一耳光，破口大骂道：“臭娘们，吃我的喝我的，还敢动不动就往外跑，你就是个欠揍的贱货！”

“如果不是为了照顾两个孩子，我怎么会辞职当一名家庭妇女？”女人捂着脸痛哭，满腹的委屈都化作止不住的泪雨，“我整天从早忙到晚，照顾孩子，还要伺候你。你却从来没给过我好脸色，心情不好就拿我撒气，赚了钱就玩女人，甚至连孩子的生活费都不给……”

“住口！”胡大为暴跳如雷，“臭娘们，看我不打死你！”他像疯了一样往死里打自己的老婆，拳脚如暴风雨般落到女人身上，后者被打倒在地，口鼻流出鲜血，他却依然不肯罢手，边打边骂，满脸的横肉嚣张得几乎要撑破皮肤，“贱货，别再痴心妄想了，这辈子你就是死也要死在我家里！”

“住手！住手！”罗梓绮突然高声尖叫起来，满头的黑发也随之狂肆飞舞，衬着她怒火燃烧的面容，先前那只懦弱的小白兔瞬间便化身为地狱的魔女。

姜轶洋暗叫不好，他早在小木屋中见识过罗梓绮发怒时的威力，正打算拔腿开溜，然而已经晚了，伴随着少女的尖啸声，平地乍然刮起一阵龙卷风，把几人都卷入了风中。姜轶洋被转得头昏眼花，不停地呕吐。龙卷风的速度越来越快，威力也越来越大，就像一个高速旋转的钻头，赫然钻穿了巨人的头顶，四人尖叫着坠入了巨人的脑袋，那是一个漆黑不见底的深渊……

八

“叮铃铃……”

一阵铃声惊醒了姜轶洋，他发现自己竟然站在一所学校的走廊上。罗梓绮和胡大为站在他旁边，一脸茫然，似乎还没回过神来，而胡大为的妻子却不知去向。

一间间教室的门打开了，学生像潮水般涌出了教室，在走廊上、操场上你追我赶，嬉戏玩耍。

“风在吼，马在跳，瞎子在看报，聋子听报告，瘸子一蹦三丈高，小儿麻痹满街跑……”有人在用《黄河颂》的调子唱一首骂人的儿歌。伴随着一阵哄笑声，姜轶洋看到远处走来一个瘦小的男孩，他的右腿比左腿短，脚板外翻，拄着拐杖蹒跚地走着，显得十分吃力。一群孩子跟在他身后，拍着手又唱又笑，儿歌很快变成了多人大合唱，还有人怪声怪气地喊着“瘸子、残废……”

“那不是李承骏吗？”罗梓绮惊讶地说。

的确，小男孩看上去就是童年的李承骏。在众人的嘲笑声中，他紧紧咬着下唇，一副快要哭出来的样子。突然，有人从背后偷偷把拐杖一扯，李承骏的身体顿时失去了平衡，一个趔趄摔倒在地。他愤怒地回过头，却只看见一群笑得前俯后仰的孩子，根本不知道方才推他的是谁。泪水在眼眶里打转，他咬着牙爬起来，一瘸一拐地走进了厕所。

另外几个男孩相视诡异一笑，也跟了进去。不一会儿里面就传来了打闹声，夹杂着李承骏带着哭腔的声音：“你们也太欺负人了！”

“就欺负你了，怎么样？死瘸子！哈哈哈……”另外几个男孩大笑起来，伴随着推推攘攘的声音，还有李承骏的哭声，他突然大叫一声，拐着脚踉跄地跑出来，姜铁洋看见他身上沾染了黄色的尿液。另一个男孩也追出来，手里提着废纸篓，大笑着把它扣在了李承骏头上。肮脏的厕纸糊了后者一头一身，他的脸憋得通红，突然握紧拳头，愤怒地大吼一声："你们太欺负人了！"

声音刚落，他手中的拐杖突然变成了一把冲锋枪，他毫不犹豫地端起枪，朝欺侮自己的人疯狂扫射。"哒哒哒哒——"密集的子弹击中了一个又一个孩子，有的倒在血泊里，有的尖叫着逃跑，学校顿时一片混乱。

李承骏杀红了眼，健步如飞地追赶自己的同学，再也看不出半点残疾的样子。姜铁洋等三人赶紧躲进一个办公室，把门反锁才躲过了这场杀戮。枪声不断传来，可以想见外面血流成河的场景，这所学校瞬间变成了屠杀现场、人间地狱！

等到外面的动静小了，三人才小心翼翼地打开门，然后大吃一惊。眼前哪是什么学校，分明是先前他们被铁甲巨人追杀的那座城市。前方便是刚才还被人欺侮的李承骏，他端着枪，踩着尸体和鲜血一步一步朝前走，每走一步身体就长高一米，越长越高，越长越壮，很快变成了高达百米的巨人，身上覆盖着厚厚的铁甲，手中普通的机关枪也变成了威力惊人的激光枪。

屠完整所学校后，他又开始屠戮整座城市！

兜了一大圈后，姜铁洋等三人又鬼使神差地回到了先前被巨人追杀的梦境中。为了逃命，他们不得不使出了各自的绝活：姜铁洋突然变成一条喷火的巨龙，胡大为骑着大鹏飞上天空，巨蟒和群狼也出现了……

直播厅内，看到大屏幕上热闹的场景，主持人不失时机地向观众解说："他们的梦境已经融合在一起，真是太精彩了！我们成功了，梦境交互技术成功了！"

现场掌声雷动，仍在梦境中的几人却陷入一场混战之中，苦不堪言！

火龙口中不断喷出熊熊的火焰，铁甲巨人很快被大片火海包围，盔甲变得通红，就像燃烧的岩浆。巨人被彻底激怒了，突然伸出巨掌，抓住火龙的尾巴，把它提起来在空中抡了好几圈，然后用力扔出去，火龙重重撞上了远处一幢摩天大楼，倒塌的楼体又正好砸在它身上……

“啊！——”姜铁洋惨叫着惊醒过来，然后发现自己回到了直播厅里。

他是第一个从梦境中醒来的人。现场所有观众都在冲他热烈欢呼，一波接一波的声浪就像一个大大的气泡，将他托举上了云霄。姜铁洋整个人都轻飘飘的，在一种近乎虚幻的喜悦中享受着属于自己的胜利时刻，并且清楚地意识到，目前正有数亿双眼睛注视着自己，这 刻，他已经红遍全球！

“真是一场超乎想象的精彩直播！”主持人兴奋地递过话筒，“请问你觉得这一次的梦境跟以往有什么不同？”

姜铁洋知道他提问的目的，于是借机把梦境交互技术大大夸奖了一番，正说得滔滔不绝时，直播厅里突然响起一声怒骂：“你这个刽子手，杀人狂！”

好熟悉的声音！

姜铁洋浑身一抖，转头望去——

是她！

那个被他掐死后又抛尸河中的老太婆。

她浑身上下正淌着水，头上还挂着两根水草，就像一个刚刚从河底爬出来的老妖婆。

“你……你是谁？我不认识你！”

姜铁洋恐惧得心脏都在缩紧，但他知道这是直播现场，自己绝对不能表现出半点异常。

主持人却敏感地嗅到了猛料的气息，顿时像猴子一样兴奋地跳过去，迫不及待地问：“这位大妈，请问你为什么说台上的直播者是刽子手、杀人狂？”

“她是个疯子，别听她胡说八道！”姜铁洋情急之下大声喊道。

“我没疯！他才是变态杀人狂！”

老太婆身上淌下的水已经在脚边汇成了小溪，她用可怕的眼神狠狠地盯着姜铁洋，一字一顿地说：“他不仅踩死了我的宠物狗，还把我给……”

“住口！”姜铁洋惊恐地大喊一声，就像平地起了个炸雷，直播大厅瞬间轰然垮塌——

九

“啊！——”

姜铁洋惨叫着惊醒过来，入目是正在徐徐打开的银蛋，银床上的栏杆正在回缩，耳边是潮水般热烈的掌声，明亮的灯光耀得他一阵眼花，他情不自禁地伸手挡了挡，心下是一片茫然的惶恐。

“欢迎醒来，我们的直播英雄！”

主持人夸张的声音被话筒放大了数倍，他热情而做作地给了姜铁洋一个大大的拥抱，然后说：“请告诉数亿观众，你醒来后的第一个念头是什么？”

姜铁洋用力掐了自己手臂一下，顿时痛得龇牙咧嘴。

“我要先确定一下自己是不是真的醒来了。”他对着话筒说。

现场响起了一片笑声，方才大家都已经在大屏幕上看到了他梦见自己醒来的那一幕。

“我能好奇地问一下，方才在梦中骂你是刽子手、杀人狂的那位大妈是谁吗？”这位主持人和梦中那个一样好奇且执拗，像只嗅觉灵敏的狼狗，以挖掘劲爆话题为毕生最大追求。

“你会认识自己噩梦中的所有人吗？”姜铁洋冷冷地怼了回去。

主持人尴尬地笑了笑，又对全场观众说：“现在还有两位直播者没有醒来，让我们继续欣赏他们精彩的梦境直播！”

他朝舞台中央的大屏幕一指，所有人的视线都被吸引过去。姜铁洋也成为观众之一，和比他先醒来的罗梓绮一起，观看剩下的两个直播者在梦境中的大战。

由主角变成观众的感觉很奇异，跳出梦境来看先前那场自己曾经参与过的激烈战斗，里面的每个场景都有种如临其境、感同身受的真实感。

只见在铁甲巨人凶猛的火力下，胡大为的处境已经岌岌可危。他拼命拿铁锥猛刺着跨下的大鹏，催促对方快点逃命。

“飞快点，你这只笨鸟！如果我有什么事，你这辈子都别想再见到你儿子！”

听到这恶毒的威胁，大鹏伸长脖子悲凄地长鸣一声，突然转过头怨恨地盯着胡大为。

“你那是什么眼神？想造反吗？”胡大为恼怒地说着，突然把铁锥用力刺进了大鹏眼中——

现场观众顿时发出一片惊呼声，有人尖叫起来：“太残忍了！快停止直播，快，把他们都叫醒！”

“对，对，把他们叫醒！”现场的附和声越来越高，还有人在愤怒地抗议：“我已经受够了这场血腥的直播，快点结束它吧，上帝！”

主持人正在满头大汗地安抚观众，这时屏幕上变故陡生，被刺瞎一只眼睛的大鹏突然调转头，发疯似的拍打着翅膀，扇起一阵飓风，以无与伦比的速度，像一发出膛的炮弹般笔直地冲向铁甲巨人！

“你疯了！快转过来，快……”胡大为惊慌失措的声音，被一记猛烈的撞击声打断！

轰——

铁甲巨人倒下了。

李承骏醒了过来。

大屏幕上变成了一片漆黑，直播厅中三个银蛋都恢复了原来的颜色，唯有胡大为那一只却依然是黑色。

现场突然安静下来，主持人似乎也察觉到了不对，冲工作人员大喊道："快把银蛋打开！"

银蛋打开后，胡大为依然静静躺在床上，没有半点醒来的迹象。节目负责人立刻宣布中断直播，急救人员也冲进了直播厅，对胡大为进行紧急抢救，然而一切都是徒劳，他已经猝死在睡梦中。

事后，网上针对这次直播事件展开了一场声势浩大的讨论，各路专家学者纷纷发表意见，有人给出了这样的解释：人类具有强烈的自我保护意识，即使在梦境中，也会下意识地隐藏一些不欲为人所知的东西。然而梦境交互技术却使得他人有机会突破这个人的保护屏障，从而窥见到隐藏在对方潜意识中的秘密。

经过调查和尸检发现，胡大为患有心脏病，在睡梦中突发急性大面积心肌梗死。人们自然把他的死跟梦境直播联系起来，不少人认为他罪有应得，甚至有人认为，胡大为在潜意识里就觉得会为自己的暴行付出代价，否则也不会梦见妻子跟自己同归于尽。

虽然众说纷纭，但这次直播中的猝死事件已经引起了管理部门的高度警觉，开始对梦境直播进行大力整顿。梦境交互技术被禁止使用，并且因为梦境的不可控性，所以被禁止直播，只能录成视频，通过审核后才能上传到互联网。于是含有不良内容的视频都被过滤掉了，网上流传的关于梦境攻略的热帖也变成了这样一些内容:《如何做一个可以通过审核的梦?》《避免梦境出现不良内容的七条准则》《向低俗说“不”，小编为你梳理十大最吸引人的梦境元素》……

以上皆为后话。

再回到全网直播那一晚。这场盛大的直播因为死了人而草草收场，姜铁洋起初有些沮丧，不过转念一想，这个事件肯定能成为热门话题，给自己带来更多人气，于是又精神大振，开始在心里飞快地计算着将来能捞到多少好处。

这时他并不知道，今晚还有个更大的“惊喜”在等着他。走出直播大厅后，迎接他的不是疯狂的粉丝，而是两位警察。

“你们小区的保安恰好也在看这场梦境直播，并且看到了很久没有露面的一位住户。对方曾到保安室调看过监控录像，说你踩死了她的宠物狗，要找你理论。如今这位失踪的住户在你的梦境中出现，并指控你是‘杀人狂’，而你却说不认识对方。保安察觉不对便报了警，现在请你跟我们回警局接受调查，在那里你将接受最先进的‘神经审讯’，让‘读脑仪’找出你隐藏在大脑中的所有秘密！”

“这种审讯跟梦境直播很相似，对吗？”其中一个警察略带讥讽地盯着姜铁洋，“都是让别人知道你的思想。如今这个时代，要想隐藏秘密越来越难了！”

“在另一个直播者罗梓绮梦境中出现过的那位‘陈叔叔’，现在正坐在我们的审讯室里，相信‘读脑仪’已经从他的大脑里找出了当年犯罪的记忆。”

两位警察的话就像尖锐的钉子，钉入了姜铁洋的脑袋。他脸色苍白，缓缓转头望向身后：一大群崇拜者正在远处冲他挥手尖叫、欢呼、高喊着他的名字，还有人拿着纸笔，拼命想要突破几十位保安组成的防线，冲上来找他签名。

这原本是他人生中最辉煌的一天，他却不得不坐上警车，奔向命定的结局，无路可逃！

质　子

文／灰　狐

“艾萨克，快！清点人员。”保安队长马库斯用沙哑的声音吩咐道，声音在潮湿的洞窟里回荡，显得瓮声瓮气。

艾萨克擦擦额角的汗，借着荧光棒微弱的光线打量四周。组成这支狩猎队的除了马库斯和他手下的四个安保人员外，剩下的都是基地的后勤和科学家，他们本就不该溜出营地来。

“全体都在。”艾萨克无力地回应。他没有说出那个大家都明白的事实：他们抢回了已经活不成的艾迪，但丢了所有的装备。

厚甲兽群还在洞口徘徊，遮住了从外面来的光线。

正当队员们瑟瑟发抖，感到绝望的时候，洞里突然亮了起来。艾萨克向洞口看去，正好看到最后一只厚甲兽惊慌逃走的背影，随后出现在洞口的，是赛特卡人黝黑而且棱角分明的脸。

安全了！

狩猎队排成一列走出洞口，站在一群赛特卡人之间。队员们低着头，如同犯了错的孩子。

对面走出一个赛特卡人，身材比其他人更高大一些，双肩厚厚的棕色毛发夹杂着少许的金色，大概是头领一类的人物。

赛特卡头领张开嘴，吐出一长串用嘶嘶声、下颚敲击声、喉咙摩擦声组成的赛特卡语。

马库斯挥挥手，“好了好了，我听不懂你们的话。我知道这个时候我应该说声谢谢，你们救了我们的命。那么，我们该回营地了。”他走近那个赛特卡人，双手交叉放在胸前——那是赛特卡人表示尊敬和问候的动作，“下次我们不会出现在这片区域了，我保证。”

如果乔伊在就好了，艾萨克想，接触赛特卡人四年多的时间里，乔伊是唯一一个能够听懂，并且大致能说出一部分赛特卡语的人类。

赛特卡头领看上去像是接受了马库斯的谢意，它后退一步，让开一条路。

马库斯挤出一个笑脸，然后带领着灰头土脸的队伍向营地方向走去。

但是，当赛特卡人看到队员们从山洞里抬出奄奄一息的艾迪来时，情况变了。

一个赛特卡人猛地跳出来，挥舞着四只手臂抢走了艾迪，并把抬着简易担架的四个队员带倒在地上。当队员们反应过来发生了什么的时候，那个赛特卡人已经带着艾迪退了回去。

赛特卡人以艾迪为中心围成一个圈，没有人再理会狩猎队的人。头领发出了尖细而且持续不断的声音，像是进行某种仪式。然后，它将肌肉虬结的前臂插进了艾迪的胸膛。虚弱的艾迪连一丝呻吟声都没发出，就失去了生命。

“见鬼！你们他妈的在干什么？”马库斯冲进赛特卡圈子，想从艾迪身上将赛特卡头领推开，可是头领纹丝不动，马库斯自己却被撞翻在地上。他爬起来，愤怒地瞪着头领，双手不停地握成拳头，又松开，再次握紧。

头领停下动作，举起滴着血的前臂，两只上臂向前伸出，手心向上。

艾萨克知道那个动作，不是道歉，不是承认错误，而是邀请加入的意思。

周围静得可怕，几次呼吸之后，马库斯向地面吐了口痰，转头向营地方向走去。

经过艾萨克的时候，他恶狠狠地对艾萨克说："你最好让你家那个通灵小子给我一个合理的解释。"

"不行！"安吉拉捧着不锈钢咖啡杯，斩钉截铁地说。

"为什么不行？"艾萨克提高了声音，"那些赛特卡人就在我们面前杀掉了艾迪，还邀请马库斯一起参加他们的仪式。现在马库斯就在门外站着，他只要乔伊去向他们要一个解释。"

"不行！艾萨克，乔伊只有六岁，现在还不到他考虑生死问题的时候。而且，他更不能从一起——就像马库斯说的——一起屠杀开始。"

"那你让我怎么去跟他们说？"

"去告诉他们，自己犯下的错误自己承担，谁让他们在离基地那么远的地方打猎的？乔伊是将来人类了解赛特卡人的关键人物，没事别来烦他。另外，你去问问他，是不是让乔伊连第二天的天气也一起告诉他？"

"这个……"

"好了，别再说了。"安吉拉好像突然想起了什么，她站起身，"天都黑了，乔伊还没回来，还不赶紧去看看。"

艾萨克猛地醒悟过来，他跟在安吉拉后面出了房门。

他的妻子大步走过门廊，向不远处的栅栏走去，好像完全没有看到正绷着脸站在门口的马库斯。艾萨克对着保安队长耸耸肩，快步向安吉拉追过去。

马库斯站了很久，最终意识到自己作为一个保安队长，终究是无法从基地的核心人物那里讨到答案的，他摇摇头，离开了。

快走到栅栏时，艾萨克远远地看到雷厄姆正在栅栏边站着。他是乔伊在赛特卡人中的看护者，平时总带着乔伊和其他六七个幼年赛特卡一起生活，这样可以让乔伊在赛特卡人群中成长，利用人类语言天赋最高的时候学习赛特卡的语言和社会习俗。

在这之前，在艾萨克印象里，雷厄姆一直是一个温和可靠的长者，虽然语言不通，但也没什么区别，和艾萨克年迈耳聋的老奶奶一个样。可是今天的事情发生后，他看所有的赛特卡人都像是杀手。

乔伊在奇怪的橘子味花生酱的香气中醒来，他还记得入睡前雷厄姆对他说：“睡醒之后，你就能参加‘邦克’队伍了。”

他翻身下床，试着活动四肢，没发现什么异常。

窗外的天空呈现出飞船起落架一样的深蓝色，天晚了，早已超过艾萨克和安吉拉规定的回家时间。

乔伊连忙推开屋门，向栅栏的方向跑去。

艾萨克、安吉拉和雷厄姆三个人站在栅栏旁，形成一个三角形。艾萨克的脸上带着愤怒和疑惑的表情，在灯光的照射下好像塑料玩具兵。

“爸爸！妈妈！”乔伊加快脚步。

“感觉怎么样？”看到乔伊，雷厄姆走了两步迎上来。

“好像没有什么不一样。”乔伊用赛特卡语说。

“明天你就知道了。”雷厄姆用前臂轻轻拍拍乔伊的肩膀。

艾萨克脸上露出厌恶的表情，他粗鲁地打开雷厄姆的前臂，一把抓住乔伊的胳膊，“走，我们回家。”

安吉拉对雷厄姆做出一个再见的姿势，转身跟在艾萨克身后。

“爸爸，轻点！”乔伊被艾萨克拖得跌跌撞撞，他回过头，看到雷厄姆还站在栅栏边上，目送他离开。

一直到吃晚饭，有四五次，艾萨克总是想对乔伊说些什么，但话到嘴边时他又闭上了嘴。乔伊以为自己会挨骂，因为忘了回家的时间，可是不知怎么的，艾萨克一直没提这事，只是脸上的表情总是不对劲。

吃过晚饭，乔伊回到自己的房间，才想起今天发生的事。

他脱掉衣服，站在镜子前，看到了蔓延在胸前、肩部和胳膊上的红线。这就意味着他可以参加邦克战队了吗？

邦克是赛特卜孩子们之间的一种游戏，他们会抬起上臂，后仰身体，将自己圈成一个环，然后在草地上疯狂滚动着相互撞击。有着人类身体的乔伊无论如何都做不到那样，所以每次游戏的时候，他只能远远地在旁边看着，即使有雷厄姆陪着，也会让他感到十分的孤独。

直到今天。

乔伊闭上眼睛，想象着他的朋友们玩邦克时的样子，抬起上臂，身子后仰……

他居然做到了，不费吹灰之力！乔伊睁开眼睛，看到镜子里圈成环状的自己。没有甲壳和深棕色的皮肤，乔伊苍白瘦弱的身体就像房檐下挂着的腊肠一样干扁，但即使这样，乔伊也感觉到无比自豪。他迫不及待地想向别人炫耀自己的新本领。

他推开房门，去找爸爸妈妈。

安吉拉正在书房里整理资料，艾萨克坐在门廊下，对着紫色的天空抽着烟。

乔伊想了想，走进书房。

“妈妈，看！”乔伊说着，便自顾自地表演起来。

房间里传来一声惨叫，艾萨克扔下烟头冲进屋子。

他跑到书房门口，看到安吉拉捂着嘴，惊恐地看着书房中央的一坨颤抖着的肉色物体。

艾萨克抬脚想踢，又硬生生地收住了力量，他发现那个怪物正是自己的儿子——乔伊。

“见鬼！”他上前蹲下，在令人眼花缭乱的姿势中找到了乔伊的肩膀，把他拎起来，“这到底是怎么回事！”

不知是因为声音太大，还是艾萨克手上的力量太狠。乔伊吸吸鼻子，大声哭了起来。

艾萨克手上的力量放松了些，但很快，仿佛下定了什么决心，他又加大了力量。

“别哭！”他吼道，声音盖过了乔伊的哭声，“告诉我，你做了什么！”他看着乔伊的眼睛，一字一句地说。

乔伊不敢再哭，而是小声地抽泣。

夜晚的冷风从敞开着的房门吹进来，吹在乔伊裸露的皮肤上。他猛地打个冷战，起了一身鸡皮疙瘩，但是却不敢动。

安吉拉推开艾萨克，试探着将乔伊抱了起来。皮肤之下的骨骼已经变了样子，安吉拉换了几次姿势，才找到一个比较舒服的方式。她抱起挂着泪珠的乔伊，回到小卧室。

“我错了。”乔伊轻声说，尽管他还不知道他错在哪。

“不，孩子，你……”安吉拉说，“艾萨克只是……只是有点被吓到了。他今天过得不太顺。”

“我刚才向你表演的时候，你讨厌我吗？”

“我？没有，一点都没讨厌，真的。”

“那你为什么叫那么大声音？”

“嗯，对不起。我……我也被吓到了，我不知道你还能那样。”

“我也是刚刚才会的。”乔伊笑了，脸上还挂着两道泪痕。

“跟我讲讲。”

“是雷厄姆，他想让我参加邦克队伍，然后他就让我睡了一觉，醒来之后你们就把我接回来了，我就会了。”

“这些也是今天才弄上的吗？”安吉拉轻轻地抚摸着乔伊身上淡红色的纹路，那里微微有些隆起发肿，看上去像是远古民族在身上画的战纹。

乔伊点点头。

“你困了，睡觉吧。明天早晨我们再来看看，你都能做些什么。”安吉拉轻轻抚摸乔伊的头顶，开始小声哼唱从遥远的地球学来的儿歌。

不一会儿，乔伊睡着了。

看到安吉拉从小卧室出来，艾萨克急忙凑上去，“这到底是怎么回事？”

安吉拉瞪了艾萨克一眼，走进书房。

“我也不太清楚，乔伊说他想和那些赛特卡孩子玩什么游戏，于是雷厄姆把他改造成了这样。”

“见鬼，他们不能这样！”

“等等，这也许是他们的好意。”安吉拉用手托着下巴，胯部靠在办公桌上，“也许在赛特卡人看来，这是送给乔伊的礼物，是表达善意的方式。”

“善意?！他们把咱们的儿子变成了怪物！”

“没错，别忘了我们让乔伊和他们一起生活是为了什么。会听、会说他们的话只是第一步，如果想融入他们的生活就要更深入。”

“天哪，你知道你在说什么吗？那可是我们的孩子！”

“你知道你在说什么吗？”安吉拉反问，“我们所做的事情关系到几百亿的人类！”

“你……”

“这是赛特卡人第一次送给人类礼物，说明他们已经接纳了乔伊。我们暂时不要干扰这件事，观察一段时间再说吧。”

“好吧。”艾萨克低下头，盯着自己的鞋尖，那上面有两块暗褐色的污渍，也许是艾迪的血？他摇摇头，阻止自己开始胡思乱想，然后他看着安吉拉，“明天我要带他去医疗中心检查一遍，还不知道他们对乔伊做了多大的改造。”

“随便你，只有一天，后天他还要回到赛特卡孩子中间去。”

早餐的时候，乔伊揉着眼睛走进餐厅，惊奇地发现围着围裙在灶台前做饭的居然是艾萨克。

爸爸神神秘秘地端着一盘煎饼摆在乔伊面前，煎饼上用番茄酱画了一张笑脸。画得有些歪，乔伊觉得这张脸更像中风后口眼歪斜的古德曼爷爷。

他笑了，艾萨克也笑了。爸爸凑过来，用胡子茬扎乔伊的脸，乔伊沾上番茄酱抹在艾萨克额头上。

“就让他觉得我原谅他了吧”，乔伊想着，咬了一口煎饼。

吃完饭，艾萨克故作自然地说：“乔伊，今天不去栅栏那边了，咱们去另外一个地方好吗？”

乔伊点点头，“要打针吗？”

艾萨克一愣，随后意识到乔伊听到了昨晚他和安吉拉的对话，他尴尬地笑笑，沉默笼罩了餐厅。

“有棒棒糖吃吗？”乔伊又问。

“什么？”

“棒棒糖！”

“你知道我们的基地资源紧缺，只有供应食品，没有零食的。”

“每次打针，米歇尔医生都会给我一只棒棒糖吃。”

“嗯？是吗？好吧，棒棒糖。”艾萨克摸着乔伊的头，“没问题。”

乔伊满心欢喜地跟着艾萨克去了医疗中心，可是在那里他见到的不是和蔼可亲的米歇尔医生。而是一位有着光亮秃顶、戴着黑框眼镜的老头子，他自我介绍说他叫安德森医生。当他和乔伊说话时，总是从眼镜上方看乔伊。所以每次他低着头，用光可鉴人的头顶对着乔伊，同时翻着眼睛，额头上的皱纹堆成一堆时，乔伊就忍不住想笑。

安德森医生让乔伊躺在一张小床上，跟前一天雷厄姆让他躺的那张差不多。乔伊顺从地做了，不同的是当乔伊刚刚躺好，小床就动了，它载着乔伊缓缓挪进了一个大柜子里，柜子开始发出嗡嗡的响声。乔伊害怕了，他扭动着身体，想从柜子里出来。

响声停了，小床后移，乔伊看到天花板，还有安德森医生严肃的脸。

“你再乱动的话，我们一上午都检查不完。”

“我害怕。”

“你为什么害怕呢？只是一点响声而已。”

乔伊咬着嘴唇，看向别的地方。

“孩子，你很勇敢对不对？”艾萨克走过来，摸着乔伊的头发。

乔伊点点头。

“你不怕那些响声对不对？”

“可是我不想再进去了。”

艾萨克想了想，“你看这样好吗？我去到米歇尔医生那里给你拿棒棒糖，而你躺在这里让安德森医生检查。只要你在里面一动不动地待三分钟，出来的时候我正好把棒棒糖拿回来。可是如果你总是乱动检查不完的话，棒棒糖化掉了，你就吃不上了。”

乔伊转转眼珠，“一言为定？”

“一言为定。”

“那好吧。”乔伊重新爬回床上，这次很老实地一动不动。

正如艾萨克所说的，检查很快就结束了。小床缓缓从柜子里滑出来，乔伊看到艾萨克正举着沾着糖霜的蛋白质条在旁边等着他。

安德森医生把检查报告举到艾萨克面前，皱着眉头说：“我完全不知道他经历了什么。”

“什么意思。”

“你看，”医生指着全息扫描图，“这里，这里，还有这里，包括这一片，所有的骨骼都和人类不一样，但是……”他把目光转到乔伊身上，那孩子正在专心地舔着蛋白纸条，“从深度扫描结果来看，完全看不到手术的痕迹，好像他的骨骼是天生就长成这样的。”

他转向乔伊，“孩子，你能再做一遍那个动作吗？”

“可是我在吃棒棒糖。”

“好吧。你只要活动一只胳膊就行了。”

乔伊照做了。

医生又转向全息图，“看到了吗，肩膀的臼窝被重新塑造了，让他可以很自然地做出这个动作。相应地，在这片区域的肌肉都被重新布置过，长度，力度，神经，血管……”

“他们是怎么做到的？”

医生摇摇头，“我不知道，我们和它们接触五年了，这是赛特卡人第一次展示超越人类的技术。”他看着艾萨克，“我必须把这件事上报。”

“嗯……能不能再等等？”

“为什么？”

“你知道会发生什么事，乔伊才 6 岁，为了得到这项技术，他们会把这孩子大卸八块来研究的。”

医生看着艾萨克，好像正在看着一个浑身着火的赛特卡人在跳舞，“我以为你把他送过栅栏的时候就考虑好了。”

艾萨克低下头，“我要……我要和安吉拉先商量一下。”

“孩子，”回家的路上，艾萨克突然停下来，他蹲下，视线正好和乔伊一样高，“他们……改变你的时候……疼吗？”

“不疼，我睡着了，很快就醒了，一点感觉都没有，回到家我才想起来，就急忙让妈妈看……”乔伊突然想起前一天晚上艾萨克凶狠的样子，他缩缩脖子，不吭气了。

“你不知道他们做了什么？”

乔伊摇摇头。

“他们征求你的同意了吗？”

点头。

“是谁？”

“雷厄姆。”

“为什么？”

“这样我就能和宾恩，科朗还有小嘎嘎他们一起玩了。”他说的是那些赛特卡小伙伴们。

艾萨克不再问了，他摸摸乔伊的头，自言自语地说：“你真的需要那些朋友，对吧。”

“这是检查结果。”艾萨克把检查报告放在桌面上时，安吉拉正在回放狩猎队遭遇赛特卡人的视频。

“你看他们的仪式，很显然，这些土著赛特卡人仍然处于生命崇拜阶段。”

艾萨克厌恶地看了一眼屏幕，“我们死了一个人！”

安吉拉听出了艾萨克的不满，“而我正努力让他的死更有价值！”

“你是在做无用功。”

“你说什么！”

艾萨克将检查报告又向安吉拉推了推，“你自己看看就知道了。”

安吉拉看看艾萨克，似乎在确定他是认真的。她拿起报告，看了起来。

“你什么意思？”安吉拉草草地看了一遍报告，抬头问。

“你已经陷在你的世界里太久了，对于赛特卡人，你总是先编造出答案，再去寻找相关的线索。你还认为赛特卡人是远远落后于人类的土著吗？”

“当然！我们来到这里这么长时间了，你见到过赛特卡人使用高级工具吗？”

艾萨克拿起检查报告，重重地摔在桌面上，“证据就在这里！我们的孩子被改造了，连安德森都想不出他们用的是什么方法。”

安吉拉看着桌上散乱的报告，“这……这只能说明……赛特卡人在生物技术上有可取之处，他们不一定知道其中的原理，这很正常。”

艾萨克叹了口气，“你还记得乔伊身上的红线吗？”

安吉拉推推鼻梁上的眼镜，点点头。

“那是乔伊被剖开时的伤口，伤口很精细，是被分子级别的手术刀切开的。赛特卡人给他动手术时用的手术刀远远超过了人类。你在这几年里见到赛特卡人用过金属吗？”

安吉拉摇头。

“他们不是不会锻造金属，而是故意没有拿出来！”

“这么说……”

“这么说你这几年的研究是完全失败的，人类根本没有得到任何有用的信息。你这个愚蠢的方案浪费了几百亿元的资金，上千人围着你跑前跑后，你牺牲了家庭，连儿子也被改造了，结果却毫无进展。这一切都归结于你的自以为是！”

“我……”

“现在马上打报告，宣布计划失败，和我们打交道的这个种族完全超越了人类。我们最好离他们远一点，否则，吃亏的必定是人类。”

“我……我要好好想一想。”

“你有足够的时间。”艾萨克冷冷地看了安吉拉一眼，转身走向门口。

“你要去哪？”

“让乔伊做一个正常的孩子。”

“这是拉里，他是马库斯叔叔的儿子。这是马修，还有是兰德尔。”乔伊的对面站着几个男孩，艾萨克正一一介绍他们，“问个好，乔伊。”

“你……你们好，我叫乔伊。”

“你好。”穿着灰色运动服的拉里大方地伸出手，看乔伊迟疑着没有反应，他上前去拉住乔伊的手，握了握。

“从今天起你们就是朋友了。”艾萨克蹲下，手搭在拉里和乔伊的肩膀上，热情地说。

“没有，我们一定会成为好朋友的。”拉里咧开嘴笑了，露出带着合金矫正器的牙齿。

“怎么样？孩子，高兴吗？”艾萨克问。

“高兴。”乔伊说。

“很好，那你们在一起玩吧，我还有点事。”艾萨克站起来，准备离开。

“艾萨克，栅栏那边……”乔伊拉住艾萨克的衣角，着急地问。

“我们最近先不要去那边了。”艾萨克认真地说，“大人之间有些事情需要处理。”

“可是……”

“没有可是，孩子。”艾萨克板起脸，“你在这边不是也有新朋友吗？快去玩吧。”

“放心吧，我们会玩得很愉快的。”拉里很适时地说，“放心吧，再见艾萨克叔叔。”

直到艾萨克的身影消失在房子里面，拉里才转过头，和他的小伙伴们一起微笑着靠近乔伊，“听说你跟那些怪物学了不少绝活，表演给我们看看吧。”

“你确定？”基地指挥官把乔伊的体检报告放在桌上，手指交叉托着下巴，注视着桌子对面的安德森医生。

“当然不确定，我只是个医生。”安德森医生摸摸光滑的头顶，“我只是说发生在那孩子身上的事情已经超出了我的能力，而且，已经超出了人类的认知范围。”

“你的意思是赛特卡人比我们聪明。”

“我只能从一个医生的角度来说，反正在解剖学方面，他们要高明很多。”

“我明白了，我会找安吉拉教授商量一下的。”说着，指挥官拿起通话器。

“嗯……”安德森张了张嘴，又闭上。

“怎么？”

医生犹豫了片刻，“那孩子的父亲害怕你会拿乔伊做实验，所以，可能会有抵触情绪。”

指挥官想了想，按下通话器，“马库斯队长。”

“是的长官。”

“麻烦你去请安吉拉教授一家来我这里好吗？”

“这个……”马库斯的声音有些犹豫，“是的长官。”

“有些事情不能在通话器中说，所以我希望你亲自去请。务必将他一家三口带来，记住，安吉拉和乔伊对我们的事业很重要，千万不能发生冲突。”

“是的长官。”

结束通话后，马库斯再次回想指挥官的命令，他和艾萨克一家在离开地球之前就认识了。安吉拉和艾萨克都是忠厚善良的人，虽然安吉拉脾气不好，但是完全没有危险。为什么指挥官要强调冲突呢？

他想来想去，最后从抽屉里拿出一只手枪，塞在裤子里。然后他离开家，去执行任务。

“再来再来，还有什么？”拉里拍着手笑着，胖脸上的雀斑一颤一颤。

乔伊从地上爬起来，气喘吁吁地说：“没有了。”

这一会儿时间，他向他的新朋友们演示了赛特卡人的语言、瑟尔泰舞、还有邦克式滚动。

虽然他的嗓子很疼，肩膀和胳膊发酸，小腿也软绵绵地没有力量，但是新朋友们看着他高兴地又笑又跳，让他第一次体会到了被关注的感觉，他觉得这一切都是值得的。

但是，当他没有新花样的时候，拉里的脸沉了下来。乔伊害怕了，因为他经常在艾萨克脸上看到这样的表情。

“我们陪着你在这里待了好几年，你才学了这么点花样？”拉里说。

“其实……”乔伊小声说：“邦克是要组队玩的，跟你们玩不起来。”

“那要怎么玩？”

“得和赛特卡人一起玩。”

拉里眼珠转转，“那我们过去和他们一起玩吧。”

“可是你们不能靠近栅栏那边的。”

“我们是朋友吗？”拉里用胳膊挎在乔伊的肩膀上，乔伊感到后颈一阵温暖。

“好吧。”

乔伊带着他的新朋友们靠近栅栏，宾恩远远地看到他，向他跑来。

“乔伊，你上哪去了，我们两天没见到你了。”宾恩问乔伊，他尖细的赛特卡语惹得拉里一伙笑得东倒西歪。

“我，去，检查。”乔伊说，他指着拉里、马修和兰德尔，“新朋友，我的。”

宾恩向拉里等人行礼，但是没有得到回应。

“这是我的赛特卡朋友，宾恩。在那边的是科朗，还有小嘎嘎。”乔伊向拉里等人介绍他的朋友们。

“知道了，你说的邦克怎么玩？”

“等一下，很快。”乔伊兴奋地穿过栅栏，跑向赛特卡朋友们，向他们演示起自己的新本领。这还是他第一次在赛特卡人面前做邦克的动作，心里有些紧张。

赛特卡朋友们接纳了乔伊，他被分到了宾恩和小嘎嘎一组，他激动地咽着口水，期待着大战一场。

但是，能够做出邦克的动作仅仅是第一步。乔伊的经验、速度和技巧远远不及那些赛特卡人，很快，他被抛在一边，再也追不上那些玩得正欢的朋友们。

玩了一会儿，乔伊放弃了游戏，他苦恼地坐在地上，看着栅栏那边的新朋友们，觉得脸上发烫。

“嘿！乔伊！过来。”拉里好像发现了什么，大声呼喊乔伊。

“什么事？”

“我看明白他们的游戏了。”拉里大声说，马修和兰德尔附和地点着头。

“我不明白。”

“他们就是相互追逐，然后撞向对方。对不对？”

乔伊看了看正玩的开心的宾恩等人，“差不多。”

“你和他们说说，我们几个一组，和赛特卡人一起玩，怎么样？”

“可是……”

“大家都是好朋友，要一起玩才高兴啊。”

“你们会受伤的。”

“放心吧，这种游戏我们最擅长了。”拉里和马修对视一眼，露出坏笑。

“我去和他们说说看。”

乔伊走向赛特卡人，叫停了游戏。他向宾恩等人说了拉里的想法，赛特卡孩子对人类孩子也充满了好奇，爽快地答应了。

“开始！”乔伊叫道。

随着乔伊的声音，宾恩滚动着向马修冲去。由于没有和奔跑的人类接触过，宾恩放慢了速度，显得有些犹豫。

马修在前面跑着躲避宾恩，突然拐了一个弯。宾恩需要缓冲一下才能跟上马修的急转，他再次放慢了速度。

但他没料到这是拉里布下的陷阱，他的注意力全在马修身上。拉里从侧面冲出来，肉墩墩的身体猛地撞在宾恩身上。宾恩横着飞出去，摔倒在地上。

“嘿！不能撞侧面的。”小嘎嘎嘶叫着抗议。

乔伊把规则讲给拉里听。

“有什么的，这些笨赛特卡人。”拉里耸肩，又返回游戏。

几个回合之后，双方的游戏开始加上了火药味。小嘎嘎在翻滚中伸出了前臂，正好握住兰德尔的小腿，让他吃了个狗啃泥。马修则一脚踹翻了一个滚动中的赛特卡少年。

拉里站在圈子边缘，观察场上的局势。

宾恩发现了正在想主意的拉里，他吼叫一声发出信号，然后冲向拉里。

拉里觉察到了宾恩的攻击意图，转身想逃，却发现小嘎嘎堵住了他的去路。

在拉里犹豫的一瞬间，宾恩和小嘎嘎同时跃起，撞在了拉里的后背和胸口。

正在观战的乔伊听到一声脆响，好像树枝折断的声音。

拉里软绵绵地摔倒在地上，不动了。乔伊看到他的嘴角边冒出了血沫。

奔跑的人类和滚动的赛特卡人都停了下来，他们凑到拉里周围，静静地看着他。

血从拉里嘴角流出来，他艰难地呼吸着，从嗓子里发出哨子一样的声音。

马修和兰德尔对视一眼，后退几步，然后转身翻过栅栏，向营地跑去。

“疼！”拉里含糊地呻吟，眼泪和鼻涕流出来，涂了一脸。

“他卡住了。”宾恩说。

“他，卡住了。”乔伊说。

“你把他解放出来吧。”宾恩两只上臂向前伸出，手心向上。

“我……我还从没做过。”

“他是你的朋友，帮助他是你的责任。”

乔伊点点头，从旁边的草地里找到一块锥形的石头。

赛特卡少年在拉里和乔伊身边围成一个圈子，开始吟唱尖利的歌声。

乔伊狠狠地将石头砸向拉里的胸口。

艾萨克总是静不下心来，似乎有什么东西在吸引着他的注意力。他在屋子里乱转，猛地想起从栅栏那边飘来的微弱的歌声他曾经听过，就在艾迪死的那一天。

他来到窗前，这里正好能够看到远处的栅栏。

他看到一群赛特卡少年的中间，有一个小小的人影，正在奋力砸着什么。

当他眯起眼睛，看清楚那里发生了什么时，恐惧如同一道闪电击中了他。他手脚冰凉，不住地颤抖，头上仿佛蒙上了一层厚厚的黑布，让他看不见，也听不清，连呼吸的空气都变得沉重，憋得他胸口发痛。

门铃响了，他毫无反应地一动不动。

“艾萨克，去开门。”安吉拉在书房里叫道，但是艾萨克置之不理。

门铃坚持不懈地响着，安吉拉终于忍耐不住出来开门。

“马库斯，有什么事吗？”

“指挥官让我请你们几个去他那里一趟。”马库斯说着，伸着脖子向屋里看，“艾萨克呢？”

“他在房间里，你去找他说吧。我还有点事。”安吉拉把马库斯让进屋子，便迫不及待地向书房走去。

“实际上，”马库斯看着安吉拉，“指挥官特意强调了，是你们一家三口。”

“嗯，好吧，等我一会儿。”安吉拉答应着，在马库斯面前将书房门重重关上。

“好吧，”马库斯耸耸肩，“我给自己倒杯茶。”

马库斯走进客厅，看到艾萨克跌坐在窗前，面如死灰。

“艾萨克老伙计，你这是怎么……”马库斯猛地停住，他的目光越过艾萨克的头顶，穿过窗户，落在了远方的栅栏旁穿着灰色运动服的小小身体上。

“拉里！”马库斯怪叫一声，猛地跃起，撞破窗户，随着在尖叫声中碎裂的聚合物塑料窗一起落在屋外的草地上。他迅速爬起，脸和手被碎片划出了血痕，但他好像没感觉到。他从后腰掏出枪，向栅栏处跑去。

乔伊低头看着静静躺着的拉里，喘着粗气。手中的石头因为沾满了血迹，冷冷的，有些发滑。

他扔掉石头，问宾恩：“这样就好了吗？”

“好了。”宾恩回答，“你的朋友为什么都离开了？这样对他是很不礼貌的。”他指着拉里说。

“我不知道。”乔伊摇头。

“别着急，很快他就会回到你身边的。”宾恩发出一阵颤音，他在安慰乔伊。

“我知道，可是……”乔伊低着头小声说，突然感觉有温热的液体溅在自己脸上。他猛地抬头，看到站在他对面的宾恩摇晃着身体快要倒下，半张脸已经不翼而飞。

围在拉里周围的赛特卡少年也发觉了异状，纷纷向房子那边看去。乔伊跟随着他们的目光，看到了正奔向这边的马库斯，手中的枪不时闪动着橙红色的火光。

赛特卡少年发出警惕性的“咔嗒”声，科朗缩紧身体，迎着马库斯冲了出去。

乔伊已经看了很多次赛特卡少年们在一起玩邦克游戏的场面，但他从来还不知道科朗能够冲得那么快。科朗的身体飞快旋转着向马库斯而去，如同飞速行驶的卡车车轮。

面对迎面而来的赛特卡人，马库斯停下脚步，举枪对准冲在最前面的那个，扣下了扳机。

正在急速向前的科朗突然一顿，缩成轮状的身体突然放松了，他歪歪斜斜地向前滚了几圈，最后摔倒在马库斯面前，一动不动。

嘎嘎跟在科朗后面，发现科朗倒下，他加快了速度。

马库斯没有机会再瞄准嘎嘎了，他向侧面一跃，躲开了嘎嘎的撞击。但是当他爬起来时，第三个赛特卡人狠狠地撞击他的左肩。

四个赛特卡伙伴和马库斯纠缠在一起，打得难解难分。乔伊看看战场，又看看脚边的宾恩和拉里，不知道该做什么。

从房子那边又出现一个人，挥舞着双臂向这边跑来。

“乔伊！快跑！”艾萨克边跑边喊，“快去找雷厄姆。”

虽然不知道发生了什么，但是乔伊已经习惯于听从艾萨克的指示。犹豫了几秒之后，他转身钻过栅栏，向雷厄姆的住处跑去。

“马库斯！你这是怎么了？”艾萨克跑到马库斯身边，但是不敢靠近，只是戒备地远远站着。

“你都看见了是吗？”马库斯反问。他缓慢地转过身体，正对着艾萨克。他健壮的肩膀塌下去一块，左臂软绵绵地垂在身旁，右脚也受了伤，时不时地靠左脚跳动来保持平衡。几个赛特卡少年躺在他身边的草地上，痛苦地翻滚扭动着。

“你听我说，这可能……和你想象的不一样。”艾萨克艰难地说，他自己都能听出声音里的不确定。

“我不管你有什么理由！”马库斯叫道，声音沙哑，“他们杀了拉里！”

“马库斯……”

马库斯扭过头，不再看艾萨克。他一瘸一拐地向前挪着步子，视野里只有拉里那灰色的运动服。

他在拉里身旁跪下，伸出手去却不敢触摸拉里的身体，仿佛一碰就会碎掉一样。

不知过了多久，一阵摩擦和敲打的声音在他身边响起，把他从悲痛中惊醒。马库斯猛地站起来，用枪指着声音的方向。

“马库斯！”艾萨克叫道，“你要干什么！冷静一点，把枪放下。”

马库斯这才发现，他的枪正对着乔伊，而乔伊的身后，是那个赛特卡保姆雷厄姆。

“你们要去哪？”马库斯问。

“雷厄姆说，他要去解放他们。”

“谁？”马库斯神情恍惚地问。

“科朗，小嘎嘎，还有那些我的赛特卡朋友，你让他们卡住了。”乔伊认真地向马库斯解释。

雷厄姆向前迈了一步。

马库斯像被针刺一样后退一步，再次举枪对准了雷厄姆。

“告诉他，不许再靠近一步。”

“可是他必须去解放他们，他们卡住了。”乔伊有些着急，声音里带着哭腔。

“乔伊！不要站在那里，快到我这来。”艾萨克在一旁喊道。

“不要！让他！再过来！”

雷厄姆又向前走了一步。

枪响了。

马库斯神经质地扣着扳机，将最后两颗子弹射进雷厄姆的身体。然后，他扑向赛特卡人，将失去反抗力量的雷厄姆压在身下，用手枪柄在他身上乱砸。愤怒和悲伤随着他的每一次攻击而发泄出来，但是失落的心马上又补上更多。

“你得向下点，对准两只前臂中间的地方。”

马库斯停下动作。“你说什么？”

“你要向下一点，对准两只前臂中间的地方，这样才能解放他。”乔伊说。

枪从手中滑落，马库斯已经虚弱到无法再抬起胳膊。他扭头看着艾萨克，“这孩子他妈的疯了吧。”

乔伊咬着嘴唇，显得有些局促，“我爸爸说不能说脏话。”

“你到底在说些什么？”

“雷厄姆告诉我，赛特卡人受伤不能行动时，必须尽快解放他们。否则他们就会卡住，他们的……”乔伊停下，试图用手比画一个概念，“我不知道那个词怎么说。”

“灵魂？”艾萨克试探着说。

乔伊想了想，点点头，“我想就是这个，灵魂。如果不尽快解放他们的话，他们的灵魂就会卡在受伤的身体里，无法返回母体了。如果耽误的时间太长的话，灵魂就会受损，即使有了新的身体，记忆也不全。”乔伊指指远处的几个赛特卡少年，“他们曾经都是灵魂受损的人。”

马库斯晃晃头，似乎被这解释弄糊涂了。

“这么说艾迪……”他猛地想起，“拉里，拉里发生了什么？”

“乔伊！不要说！”艾萨克试图阻止乔伊的回答。

但是乔伊昂起头，骄傲地说，“是我解放了他。”

艾萨克痛苦地闭上眼睛。

“你……”马库斯长叹一声，伸长了右手，向乔伊探去，但是快要碰到孩子时，他失去了全部的力气，仰面摔倒在草地上。

艾萨克趁机快走几步，把乔伊搂在怀里，让他远离马库斯。

乔伊挣扎着想挣脱艾萨克，“我要去解放雷厄姆和马库斯叔叔，他们卡住了！”

“不，孩子，他们快死了。”

“他们不会死，很快他们就会回到我们身边，我亲眼见过！”

艾萨克搂得更紧，“不，你会明白的。”

“咔哒咔哒。”雷厄姆发出很小的声音，然后再也不动了。

乔伊瞬间安静了下来。

“怎么了？”

“他说，不要急，很快就会得到解放了。”乔伊仔细地听着，“所有人。”

艾萨克张张嘴，却不知道说什么。

天空暗了下来，乔伊推开艾萨克的胳膊，转过身，指着天空说：“看，他们来了。”

一艘深棕色的飞船悬停在基地上空，船下的舱门打开，飞出一艘小型登陆艇。

登陆艇有着流线型的外壳，表面光滑却没有反射，艾萨克不知道那是什么材质的。登陆艇静静地落在栅栏边，看不出它究竟使用了什么样的动力系统。

舱门打开，露出了小艇中的乘客。他们和赛特卡人有些相似，有着健壮的六条肢体，但又不完全相同。小艇中的生物有着棕色的皮肤，全身光滑，不像赛特卡人那样浑身布满了毛发和甲壳。

为首的生物走出船舱，向艾萨克和乔伊发出一阵嘶叫和摩擦的声音。

“雷厄姆！”乔伊欢快地向那个生物跑去，搂住他粗壮的前臂。

“天哪！这到底是怎么回事？”艾萨克喃喃地自言自语。

“你好，请允许我先自我介绍一下。我们是真正的赛特卡人。”新的雷厄姆用粗糙的人类语说，好像卡车碾过一堆石子。

“那他们……”艾萨克指着一地赛特卡人的尸体——或者其他什么，艾萨克现在不确定了。

“他们是我们赛特卡人与异族接触时的代理，其作用显而易见。”雷厄姆同样指着地上的赛特卡人尸体。

艾萨克摊开手，“那现在怎么办？”

“很遗憾，人类，没有通过测试。我们将会离开，不再与人类接触。”

“这完全是一场误会，我们对死亡的概念有很大的区别。不能全部归咎于人类。”

“如果人类仍然以自己的眼光思考宇宙，你们是永远不会通过测试的，你们所有人都是这样。”

艾萨克呆呆地站着，不知道该做些什么，这种事应该由安吉拉来办，而不是他。

“再会了，人类。”雷厄姆用人类的姿势挥挥手，牵着乔伊，转身向舱门走去。

“等一下！”艾萨克叫道，“乔伊……”

“他将跟我们一起离开，如果人类继续成长，我们有机会再见面的话，他可能会成为人类和赛特卡人之间的桥梁，比现在这种方式要好得多。”

“可是……”艾萨克感到喉咙发苦，他舔着嘴唇，试图在大脑里搜索一些为人类辩护的词语，能够挽留乔伊的句子，可惜却徒劳无功。

“爸爸，你在难过吗？”乔伊仔细看着艾萨克的脸问道。

“是的孩子，我很难过。”

“为什么？”

“你马上就要离开我了。”

“不要紧，雷厄姆对我很好，还有宾恩，小嘎嘎。科朗可能受了点损伤，但是他很快就会好起来的。”

“我知道，但是……”艾萨克想了想，“对，你会很好的。我们也会很好的。”

“那么，再见！爸爸。”

“恩，再见。”

艾萨克看着乔伊消失在登陆艇中，小艇冉冉升空，回归到飞船腹中。

他目送着飞船消失在云层里，天空又亮了起来。

他站了很久，直到腿脚发酸眼睛干涩，直到明白他再也见不到乔伊了。他收回目光，小心翼翼地迈过横七竖八的身体，向自己的房子走去。他要告诉仍然在进行分析工作的安吉拉，一切都结束了。他们将会打包好一切，回到遥远的地球。

人类不会因为这次失败而放弃探索，但他将不会与那些事情再发生关系。

现在，他有点庆幸乔伊在这个时候离开，没有学到人类大人那些斤斤计较只顾自己的坏习惯。他还很纯洁，可能会成为一个优秀的人类代表呢。

他现在只想回到老家后院，养一只狗，躺在午后阳光下的躺椅上，抿着啤酒。

也许再来一根棒棒糖？

乔伊舔着棒棒糖的模样又在艾萨克脑海里浮现出来，那一定很甜吧。

编辑记忆

文／霜月红枫

一

“陈医生，太感谢您了，我儿子终于忘记了失恋的事，再也不闹自杀了。”

“这都是记忆编辑器的功劳。”我微笑着说。

我的心理诊所最近从国外引进了一台高科技医疗仪器，对抑郁症等由不良情绪引起的心理和生理疾病有非常显著的疗效。

“陈医生，求您救救我妈！”一对中年夫妇陪着一位老妇人走了进来。老妇人双目红肿，目光呆滞，脸上的皱纹像在苦水里浸泡过似的，显出一脸的抑郁。

“我妈被人骗了五万块钱，那是她省吃俭用省下的救命钱，她一时想不开，差点跳了楼。听说您这里可以删除记忆，求求您让我妈把这件倒霉的事儿忘了吧！”

从中年夫妇的叙述中，我才知道这位老人听信了一伙骗子的鼓吹，买了种号称能治百病的保健药品——康乐丸，经电视台曝光后，才知道自己买的是没有任何疗效的假药。

老太太经不起这样的打击，得了严重的抑郁症，整天把自己关在家里，茶饭不思，一句话也不说，甚至还出现了自杀的倾向。

“别着急，老人家的病用记忆编辑器就可以解决。”

在我熟练的操作下，老妇人上当受骗的那段记忆很快被仪器清除了，她脸上的抑郁之色一扫而光，只是奇怪自己为什么在医院里。儿子媳妇急忙骗她说是来做体检的，然后拥着一头雾水的老母亲欢天喜地地走了。

二

“记忆编辑器是什么玩意儿？”下一位患者坐在我对面，疑惑地问。

我耐心地给这位因破产而抑郁的商人解释：“人在遭遇不幸或重大打击时，会下意识地删除记忆，也就是选择性遗忘。记忆编辑器就是基于这个原理，通过监测大脑活动，凡是引起大脑波动剧烈，让人感到痛苦不适的记忆，记忆编辑器都会释放出干扰波，破坏这段记忆，直至它彻底消失。”

征得商人的同意后，我让他躺在床上，把几根导线连接在他的脑袋上，从旁边的电脑屏幕上可以看见大脑活动时产生的波动。

“现在，开始回想那些你想要删除的记忆。”

每回忆一件事，就会听见仪器发出的机械声音："该记忆是否删除？"

"是。"他大声回答。

一件又一件往事被不停地删除。但过了一会儿，他就不耐烦了："这样一件件地删太慢了，有没有快一点的办法？"

"我们还可以打包删除。比如，所有令你痛苦的事，所有令你沮丧的事，所有令你愤怒的事……仪器可以在大脑中搜索到引起类似情绪的事件，将它们一起删除。"

"好，这个功能好！"商人高兴地说，"就把那些让我痛苦、沮丧、愤怒的事统统都删掉，只留下令我快乐的事。"

"你不需要再慎重考虑一下吗？"我提醒他，"这种批量删除，可能会误删一些重要事件。"

"令我不快的事，再重要我也不想记起。"他斩钉截铁地回答。

批量删除记忆完毕后，商人神清气爽地离开了。

三

一位家庭妇女絮絮叨叨地向我抱怨了半天。

儿子出生后，为了照顾他，这位母亲就辞职当起了家庭主妇。一晃二十多年过去了，现在儿子已经工作，不再需要她了，她心里顿时有了失落感。上个月她去参加了一次同学会，发现昔日的同学很多都已经功成名就，在各行各业取得了耀眼的成绩。而她却把最好的时光都耗费在家里，与社会早已脱节，了解得最多的就是菜价和菜谱，大家聊天她根本插不上话，就连外貌都显得比同学们苍老得多。看到那些当年学习远不如自己的同学都过得比她强，她心里更有了巨大的失落感。回家以后，她终日以泪洗面，觉得人生灰暗无望，甚至有了轻生的念头。

“当年我也是个有理想有追求的人，现在却成了一事无成的家庭主妇，想想真是好不甘心！”她抹着眼泪对我说。

以前，对这种不满足于现状而出现了心理问题的病人，我通常用言语进行开导，效果很一般，不过现在我有了更有效的方法。

“试试记忆编辑器吧！”我胸有成竹地说。

接下来，我为她植入了一段崭新的记忆。

她说自己曾经梦想过当一名女强人，创建自己的餐饮品牌，在全国各地开几十家连锁餐馆。于是，我根据她的梦想，用记忆编辑器为她量身编写了一段辉煌的记忆，植入了她的大脑。

在这段记忆中，她如愿以偿地成为了餐饮界的名人，创办的“百味轩”被评为餐饮行业的十佳品牌，每个城市都有她开的分店。她的事迹不仅被媒体频频报道，甚至还有人根据她的奋斗经历写了一本书，并登上了畅销书排行榜，被誉为“年度最励志图书”。

功成名就之后，她渐渐厌倦了目前的生活，想做一些更有意义的事，于是把餐饮王国转让出去，把所有资金都拿来做了慈善，自己则隐姓埋名当起了普通人。

虽然这个结局很不合情理，但为了跟她的现状衔接，我也只能胡扯一通。反正根据我的经验，喜欢沉浸在白日梦中的人，通常是不会管这个梦是否漏洞百出的。记忆编辑器不过是把白日梦变得更逼真，就像一段真实的生活经历一样，可以让这些人时常拿出来回味，以弥补他们在现实中一事无成的遗憾。

植入新的记忆后，这位家庭妇女的抑郁症很快便不药而愈了。据说她现在走起路来都脚下生风，头昂得高高的，就像真的是什么大人物一样。

四

这年头，拼房拼车拼票子，拼得很多人都得了抑郁症，所以我的生意越来越好，找上门来的病人也越来越多。

然而过了一段时间，以前的病人却又都纷纷找到我，要我给他们恢复记忆。

那对中年夫妇哭丧着脸说："陈医生，我妈删除记忆后，又遇到同一伙骗子，她忘了以前上当受骗的事，竟然到处找人借钱，又去买了那该死的康乐丸……"

删掉了记忆，却失去了从错误中吸取教训的机会，于是又会犯同样的错误。

这是不少病人后来才悟出的道理。

那位破产商人也来找我，原来他刚刚得到一笔资金，想要东山再起，却发现自己已经忘记了如何创业。他这才明白，当年自己白手起家，虽然经历了很多困难，吃过很多苦，但正是这种苦难的磨炼才让他有了后来的成功。

"过去的痛苦，包括失败的经验教训，都是一笔宝贵的财富，我不该把它们都删掉。"商人追悔莫及地说，强烈要求我帮他恢复那些删去的记忆。

"很抱歉，记忆一旦删除，就无法再恢复。"我遗憾地对大家说。

愤怒的病人们差点把我的诊所掀翻，我狼狈地逃回家，迎接我的却是一记晴天霹雳！

妻子要跟我离婚。

"想当年我可是当红的电影明星，嫁给你以后就放弃了事业，天天干家务，日夜操劳，都熬成了黄脸婆。现在我已经无法再忍受这种平庸的生活，所以决定离开你，去追求自己的梦想。”

我一听就傻了眼，她啥时候当过什么明星？难道……

我赶紧把她的包抢过来一翻，果然从里面找到我的竞争对手，另一家心理诊所的就诊单。原来对方眼红我生意兴隆，也跟着从国外引进了一台记忆编辑器。妻子准是背着我偷偷去了那家诊所，让对方为她输入了一段虚构的记忆。

“老婆，那都是假的，假的啊！”我拼命扯住提着行李要走的妻子，“到我的诊所去，让我把这段假记忆给你删掉！”

但妻子根本就不听我的，执意夺过行李箱，扬长而去。

我跌坐在地上，失声痛哭起来。

这时，口袋里的手机响了，难道是妻子打来的？

我赶紧掏出手机，却是一个陌生号码，疑惑地按下接听键，里面传来一个甜美的声音：“您是否被痛苦的记忆所困扰？是否想要忘记一些不堪的往事？是否想摆脱抑郁沮丧的不良情绪？是否想为平庸的生活增加美好的回忆？请来××医院，我院从国外新引进的高科技仪器——记忆编辑器，对抑郁症等由不良情绪引起的心理和生理疾病有非常显著的疗效……”

该死的记忆编辑器！

我怒气冲天地咒骂一声，把手机狠狠扔了出去。

手机砸在地上，却没有摔坏，反而无意中触动了声音的外放键，打广告的女声更响亮地在房间里响起：“不用打针，不用吃药，让无数患者摆脱痛苦，重拾自信。记忆编辑器，本世纪最伟大的神器，期待您的光临……”

太阳系班车

文／于　博

2061年夏，我在“阳影”号巡逻舰上工作，日日在月球外轨道巡逻。每个月，我们都会看着太阳从地球背后悄悄探出一抹金色的脸，点亮这墨色的星幕，然后它会静静趴在这蓝色圆山的背上，一天一小片地慢慢挪动，最后登上山顶，毫无阻碍地肆意倾泻无比炽烈的金光……半月昼、半月夜、漫长如画的日出日落、还有在遥挂天际两侧的巨型“红蓝双月”，这些亘古不变的奇景循环往复，美丽却单调。

这样的日子我已经过了八年，从见习生到大副，我早已不再心动于无垠太空的瑰丽，不再惊奇于各式飞船的精妙，但我仍一丝不苟地坚持每天早睡早起和两小时的仿重力肌肉训练，不是为了打破太空生活的纪录，只是为了心中一个纠缠很久、已发硬发霉的怨结。

今夜天气静好，星风平淡，磁浪静稳，地球如同一幅吸饱了墨彩的圆形巨画，挂在缀满星钻的黑绒幕布上，冰蓝的大洋，斑驳的大陆都清晰可见，从月球直到海面，那是一片长达三十八万公里的澄澈坦途。

有无数光点正在这天路中时闪时动，像夜色中轻摇漫舞的萤火虫，那是地月间数以万计的各类空间设施和大型飞船，而比“萤火虫”们更微小的，是只能在高倍望远镜中看到的光能飞艇，它们的主人不喜欢乘坐毫无驾驶感的太空客船，又买不起动辄价值几十亿的喷气式航天器，他们有一个时代与传统相结合的名字：“太空穷游者”。

这些穷游者给我们带来了最多的麻烦，他们的飞艇以光帆受太阳照射产生的光压差为主驱动力，质量自然不宜过大，携带的燃料也有限，一般只在紧急转向和变速时才使用发动机，所以只能一圈圈地慢慢变轨绕行，他们的登月之路比 38 万公里长得多，航行几年甚至十几年的都大有人在。近些年太空穷游者越来越多了，有些人到了月球还不满足，竟朝着火星，甚至从未有人类踏足的黑暗空域飞去。

仅最近十年，月外轨道就有数百人遇难或失联，其中大部分是自驾者；更严重的是：有些人会偷拆那些价值连城的太空设施以获取能源和零件，给各大财团和政府造成了巨大损失。所以半年前新修订的《太空交通法》里增加了整整十五条关于太空飞行器的规定，我们的执法也越来越严格，迄今为止我们已经救助了一百多艘光能艇，因执照和船况问题扣留的则多达二十二艘。

“大副，右舷上 57 度四十公里处发现三艘抛锚的光能艇。”雷达员说。

我叹了口气，在屏幕上放大画面，目光却仍眷恋着窗外蔚蓝的地球。

三艘船一起抛锚的可能性很小，这种情况通常是靠在一起进行交易或者维修，但也可能是发生了什么争端，我给消防炮加上压，并让四处闲逛的船员们马上就位。

“前船注意，我们是航天总局的巡逻舰‘阳影号’，根据《太空交通法》，我们将登船检查航空许可证、驾驶证、船况……请熄灭发动机、关闭防护罩，准备开启舱门。”

我们减速靠了过去，一边循环发送着多种语言和格式的公告，现在不用雷达也可以看到它们了，那是三艘常见的中型光能飞艇，它们的光帆已经收成长杆，船身通过密闭通道连在一起。他们应该也能看到我们了，但一直没有做出任何回应。

中间的光艇一下夺去了所有人的目光，它的船壳上画满了各色花卉，我们看到了一片飘浮在太空中的花圃，一种新鲜又斑斓的愉悦感在大家体内胡乱攒动，像是有什么鲜活的东西在骨里在脑中拼命发芽生长，又痒又麻。突然间右边那艘漆成大黄蜂模样的光能艇启动了，并朝着火星方向加速飞去，而我们竟都愣在那里。

“快追上去！改变航线！”船长不知何时已站在旁边，“拼命烧油也要逃？不过日子了？肯定是逃犯或海盗。”

“等等，如果是海盗，那留在这里的船很可能遇袭了，应该先进行救助吧。”我的第一反应脱口而出。

本来喧闹的驾驶室忽然变得很静，大家的头都埋得很低，不用看也知道船长的脸又绷得像铁皮鼓一样，这不是我第一次质疑他的命令，但这次毕竟事关“海盗”！全船都知道他一直想立个大功好调回总部，但不走运的是这些年我们遇到的都是些或普通或零碎的事，愁得他在睡梦中不只一次地喊着“海盗！抓海盗！”。

冷场了足有两秒钟后，他剁了剁脚：

“大副带几个人驾驶登陆艇去救援，我们去追！”

话音未落我已蹬飞出去，一路攀着墙上的助力把手，鱼一般游进走廊，嘴里快速点着人名。

一分钟后登陆艇“月影号”从巡逻舰右舷脱开，然后飞到了那艘繁花锦簇的光能艇左侧，伸出登陆臂吸上了雨滴状的船体，我打开激光切割器，琢磨着下刀的位置，实在不忍心玷污这美丽的太空花园，也不想破坏花丛中那两个俊逸鲜亮的“永远”字样，那肯定有什么特别的寓意，寄托了主人某种深远的感情。正乱想着，舱门自动打开了。我松了一口气，留了一人守船，带着船医和武装船员钻进了登陆臂。

艇内空间非常狭小，到处都堆满了设备和物资，每个角落、每台设备表面都被被充分利用起来，甚至连墙壁和天花板上都钉上了架子，里面固定着大大小小的培养皿和阳光射灯，青绿的枝芽与藤蔓四处蔓延、鲜亮的果实垂在上面，敦厚的土豆匍匐在湿漉漉的蘑菇丛中，如同一窝窝胖灰兔，我恍然回到了小时候外婆家的菜园。

“里面比外面还茂盛，打算在太空中重建伊甸园吗？”我左看看右摸摸，花了半分钟琢磨出一句轻幽默，没想到一丝笑声也没有，气氛十分尴尬，有些不对劲。

这艘艇的主人是一家三口，头发花白的夫妻一边沏茶，一边冲我们僵硬地微笑着，一个栗色头发的清瘦女子从驾驶台下面钻了出来，吐掉嘴里衔的螺丝刀，用力扑打着身上的灰尘。

“我叫马克，我是大学教授……哦，真抱歉，我们的通信系统出了点小毛病，我女儿刚修好。”男主人的声音如教科书般温厚有礼，让紧张的气氛有所缓和，我在便携电脑中核对了一下，这艘光艇的船主确实是他，便示意大家把枪收起来。

我左眼戴着一副军用探测镜，茶色镜片的内侧排列着许多小视窗，显示着上下前后全视角的景象，那个栗色头发的姑娘显然并不知道这一点，她正在侧后方歪头看着我，有些好奇又有些紧张，但笑容纯净得像月光一般，很多穷游者的子女从小与世隔绝，伴着日月星辰长大，身上有一种尘泥不染的孤洁之气。

“刚才和你们一起的UCD34621光能艇怎么了？为什么见到我们就跑了？”我询问道。

“……其实不太熟，但他们非要靠船，不知要干什么，幸好你们赶来了，说不定真是海盗啊。”

冷场了足有五秒钟后，清瘦的女主人回答道，语气还是有些怪怪的。

我又去了另一艘老老实实刷成出厂白的光艇，上面也是一对夫妇，和他们的船一样普通：中年、亚裔、戴眼镜、恭顺有礼。倒是他们的儿子有些特别，他看起来也有十四五岁了，对持枪闯入的我们却只是茫然一瞥，然后低头继续看书，再也不抬一下眼，他显然是这里最镇定的人，即便算上我们在内。

我们仔细检查了相关证件，对船体做了扫描，没有发现什么问题，证件齐全、身份真实、船况良好、无异常物品……但没有问题就是最大的问题，他们到底在紧张什么？我在杂物中磕磕绊绊地扫描着，到了门口，忽然觉得有些不对，扫描图像显示这两艘艇的燃料仓特别大，而且几乎是全满的。这样的设计很不多见，光能艇主要是靠光帆推进，多带的那些燃料也飞不了多远，多出的质量却会让光帆的推动效率大大降低。

“请问，装了这么多燃料，是准备一口气飞到火星吗？不过按这个推进比，您可能坚持不到那个时候了。”我走近那对年老的夫妇，直盯着他们的眼睛。

“没有！其实，只是觉得这样更稳妥一些。”

马克脸色有些不自然，他脚步没有动，但身体在微微后缩，仿佛一下变矮了，他的潜意识在逃避，应该是有所隐瞒。

我们又开始重新扫描，每个角落都不放过，我偷眼看着他们，三个人都面沉如水，举手投足都那么僵硬。

然而最终还是没发现任何违反法规之处，我旁敲侧击地问了他们一大堆，也没有发现什么破绽，最后只能握握他们濡湿且颤抖的手，回到了“月影号”上。

“去和母舰会和吧。”船医阿明说道。

“不，再等等，你们看执法录像！刚才那两家人一直很紧张，而且有意无意地频频看表；看这个放大的图像，在我们跨出舱门的时候，角落里的女主人半张着嘴，听不清，但她长长松了一口气！肯定有问题，如果轻易放走，出了事再追究起来我们就麻烦了。”

我关掉引擎和灯光，把船停到了光能艇的视距之外，然后开启了主动透过式隐身膜层，这是一种限制级的军用技术，民用雷达无法侦测，且能完全模拟并投射外来光线，现在的“月影号”对于他们来说是不存在的。

十分钟过去了，两艘光能艇仍然静静地飘浮着，而这时母舰传回了信号，他们已经抓到了那艘一开始逃逸的光艇，不过也没检查出什么问题，已经放走了，身后的船员们开始小声嘀咕起来，我也有些烦躁，快速敲着扶手。

忽然眼角一暗，侧后方的星空出现了一小块阴影，遮住了小片星光，并且在快速变大，我马上调高望远镜的焦距，发现一个黑乎乎的不规则椭圆柱体正向我们高速飞来，已经能看到它坑坑洼洼的表面，泛着乌闪闪的光。

“天哪！那是颗小行星！”

阿明高声喊道，众人一阵躁动，我的手闪电般握住了驾驶仪，随即又松开了。

“慌什么！差得远呢。”

毕竟这里只有我一个老司机，事实上近地小行星绕太阳公转，轨道大都非常扁平，和绕月球轨道的我们走向差很多。果然，几分钟后，这颗最长处足有八百米的花生状小行星从我们头顶上呼啸而过，大家都松了一口气，我扭头得意地冲他们挤了下眼，准备开讲小行星运动学，但他们的表情却像见了鬼。

“快看！他们跑了！”

我连忙扭头，那两艘原本静静飘浮的光艇瞬间爆出两丛明亮的尾迹，直奔小行星而去。我几乎在同时开启了引擎，以最大马力追过去，没系好安全带的几个船员东倒西歪地被压在椅背上。

我们很快就追上了，但光艇们毫不迟疑地朝小行星表面靠了过去，引得我们一阵惊叹。

“危险！别逼太紧！”有年长些的船员喊道，我心一颤，放缓了速度，光能艇的操控性一般，起落架的强度也不够，若是追得太紧，很可能会引起他们的落地事故。我打开消防炮，眼睛死死盯着她所在的“永远号”，那明净的笑容始终在我脑海里挥之不去。

可他们的飞行技术强得出人意料，竟能和正在不规则自旋的行星保持同步，他们射出了几条长长的锚链，锚尖显然是特制的，且带有强烈的磁性，一下就穿透并钉牢了行星表面，接下来是慢慢收紧锚链，稳稳落地。我们随后在他们中间降落，同时伸出两条登陆臂，兵分两路冲了进去。

“我们没有违法行为，我们有权保持沉默。”

不管问什么，他们就只会重复这一句话，眼神坚定而虔诚，仿佛在诵念包治百病的灵咒。而这种情况下我们确实无能为力，根据现行法规，只有在航行者明确违法或是处于危险状况时我们才能采用强制措施，而仅仅是停靠在一颗小行星上，显然并不违反任何一条法规，也没有直接危险。

时间不多了，这颗小行星的公转速度很快，不久就会飞出我们的最大返航距离。面对这些自我封闭的诵经者我无计可施，只有栗发姑娘的眼睛里偶尔涌动几下光亮，她或许是唯一的突破口，我走过去，目不转睛地看着她，像是要看到她的灵魂深处，直到她莹白的脸颊上大片红霞飞渡。

“茹薇儿！”

她的父母觉察到了她的混乱，厉声喝出她的名字。她在一阵震颤中重归清冷，但眼神中还纠缠着躲闪与迷惘。

“我要单独询问一下她。”我拉着她走进另一个房间。

“茹薇儿吗？”我轻念着这个柔滑而又芬芳的名字，“让我想起风中飘荡的花瓣，给每个角落带去美丽与馨香，没有什么比它更自由、更洒脱了。我想永远把她捧在手心，即便一生浪迹天涯。”

她突然抬起头，正面迎上我的目光，笑容有些凄婉：

“我要去很远很远的地方，比天涯还要远得多。”

“那是多远？一定要去吗？但你是自由的，你有选择的权利，我保证。”

“但我也很想去，没有撒谎。”

她的表情像水晶一样干净透明，我只在儿童脸上见过这种毫无挂碍的真挚与坦诚，不只谎言，似乎任何污秽都无法在其下隐藏，即使出现在她面前也罪不可恕，我忽然觉得羞愧，为了刚刚心中构思的种种欺骗和恐吓。

她叹了口气：“我也曾尝试过地面上的生活，在钢铁蜂巢般的城市里，但那里太复杂太喧嚣了，在五彩缤纷的人群中我找不到自己，我只是一幅巨画中的一个小像素，没人在乎你是什么样，我也感受不到自己的存在。所以我更确定了自己是为群星而生，看看这些小花，它们在地球上是那么平凡，但在太空中就像是浓夜中的灯火一样明亮，你试过吗？放一缕花香到外面去，它会一直在、芬芳会永存于太空中。”

这次是我在颤抖，轻细却深邃，似乎是埋藏在心底的一些柔软的东西被点燃了。我只能匆匆移开目光，我已在她的真挚面前败下阵来，没能突破她的防线，自己的阵地却差点沦陷。

我又盯上了另一个年轻人，那个亚裔男孩一直在安静地低头看书，好像缩在一颗无形的茧里，屏蔽了外面的一切。这个从头到尾还没有说过话的少年，对任何询问都报以一脸平静。父母说他得了自闭症，他上船时还是个幼儿，在漫长的孤独旅程中只有书籍和电脑中的人物作伴，渐渐分不清真实与虚幻……他绝大部分时间都沉浸在自己的幻想世界里，和幻想中的人们在一起。

我禁不住轻轻摇头，其实一直和外公外婆住在一起的我也曾有这么一个阶段：在那些母亲出远门的日子，梳妆台前、花前月下、树梢云头，更多是书页上、黑暗中，经常会有各式各样的人影或走或坐，有英雄、有孩子、有精灵，更多的是像妈妈一样留短发穿夹克的青年女子，她们陪伴我渡过了惶惑又孤独的童年。

“她平时就这样孤傲吗？”

我忽然拍拍他的肩膀，指向前方，他缓缓抬起头，顺着我手指的方向看去，那里有一盆小小的蓝紫色矢车菊，花瓣像炸裂了一般，嚣张地刺耸着。

“不，她只是想痛痛快快地奔跑，但又动弹不得，所以力气都用在头发上了。”他忽然开口了，还说了那么多，连他的父母都吃了一惊。我叹了口气，瞪了他们一眼，他们显然不理解孩子心中的世界，或者根本没有用心去理解，而且……长得也不像，难道是？

我一拍大腿，马上让阿明过来检测他们的DNA，他们面面相觑，显得非常紧张，而结果显示男孩确实不是亲生的！我眼睛一亮，只要有拐带嫌疑就可以扣留他们了。

但他们随后拿出了领养手续，证明了他是合法领养的。最后的突破口也没了，我烦躁地翻看着，脸色铁青，忽然，我在初始领养记录那里看到了一个极熟悉的名字，头上的血一下涌上来，有点站不稳。

时间一分一秒过去，疾驰的小行星已经载着我们飞离母舰几万公里，这时船长发来了返航的命令，大家如释重负地开始收拾东西，可我还在气喘吁吁地到处扫描，那个熟悉的名字几乎让我失去理智，而且我注意到那两对夫妇脸色越来越紧张，甚至有细细的汗珠渗了出来，还有人不停扭头去看钟表和雷达。

肯定有事要发生，而且很快。

就在一个船员迫不及待地打开舱门时，雷达发出了一阵急促的警报声，有物体在高速逼近！看到图像后所有人都大吃一惊：是那只母舰一开始去追的“大黄蜂”。

它在上空盘旋了几周，似乎在犹豫着什么，可最终还是降落了。

“咱们一起去看看‘海盗’吧。”

我冷笑着，把他们都带了过去，黄蜂艇上是一家四口，文质彬彬的年轻夫妇和一对八岁左右的龙凤胎，男的红脸、魁梧，女的眼角微红，那对兄妹开心地跑向茹薇儿，大人们的表情都有些尴尬。

“不是不熟吗？”我冷冷地问。

那个魁梧的男子终于忍不住说话了：“马克、朱，你们得匀出些燃料给我，为了赶过来我们的油都快烧完了。”

他们显然是因为接受“阳影号”的检查而错过了小行星，之后又全速追过来的。

“为什么你们一定要登上这颗小行星？这里有金矿吗？你那一大箱燃料就够买多少金子了？”阿明不解地问。

又一阵长长的沉默，他的妻子眼神恍惚地呢喃道：“是啊，为什么一定要去呢？我们已经没有燃料了，去了也是送死。”

“不要再说了！都到这一步了，76 年，76 年才有一次机会啊。”丈夫大声道。

“76 年？什么 76 年！”我急切地问，还是没人理我。

“特纳，你也知道的……两艘船的燃料不够我们三家用。”

马克小声说道。

“不，不，你们不能见死不救！我是为了引开巡逻舰才逃跑的，是为了你们才耗尽了燃料！”

特纳的绝望转为了愤怒，可其他人露出惊讶的表情，好像并不认同这个说法。

“如果我给你燃料呢？”

我突然在他耳边轻声说，盯着他发红的眼睛：“只要悄悄告诉我这是在干什么。”

看来这是个很有诱惑力的提议，他的身体僵住了，嘴巴半张着。我身后的库巴先忍不住了：

“长官！我想您应该先看看我们的位置！现在最近的补给站也在十万公里开外，我们又不是运油船。”

这时雷达又响起了，是一阵更急促的警报声，一颗巨大的白影出现在屏幕上，其后有一大束雪亮的光带横贯天际，像一条看不到尽头的拂尘。

哈雷彗星！怎么这么近？

正当大家全神贯注于屏幕时，特纳悄悄摸到茹薇儿身后，猛地勒住她的脖子，等我们反应过来，他已经挟持着她穿过船间通道。他们启动了隔壁的“永远号”光艇，径直飞向彗星。

“跟我去追！”

我拉着不住哭喊的马克夫妇登上“月影号”，我们的速度自然比特纳快得多，不到两分钟就追上了他，我打开一枚冰冻导弹的保险，它携带的大量冷冻剂可以瞬间封住推进孔，让发动机熄火。

“哦，先别！”姑娘的父亲抱住我的手，“他不会伤害她的，相信我，没有她就无法通过‘永远号’主电脑的基因认证，也就无法驾驶飞艇。但如果梦想破灭了，他什么事都做得出来。”

我只能继续伴着它飞行，离彗星越来越近了，整个视野里都是白濛濛的一片，已经能看到黑黝黝的彗星核，正从一个个坑洞里喷射出大团冰气，就像沸腾到随时会炸裂的高压气田。

后面的两艘光能艇也跟了上来，频道里传来混乱的呼喊声：

“大副，小心那些冰柱！”

“特纳！别做傻事，你不要我和孩子了吗？”

“爸爸、爸爸！别丢下我们！”

特纳的妻女喊得更是撕心裂肺。

但他没有回答，离彗星的星核已经很近了，引力计已经有了明显的感应。

一条条蜿蜒的冰风巨龙怒吼着在身边掠过，我们左转右拐，在一个凹陷的坑谷上降落下来。慧核内部大都是水冰，引力很弱，在剧烈颤动旋转并喷发着汽柱的地面上降落非常危险，“月影号”伸出两条登陆臂，顶端的抓斗紧咬住两块凸起的石块，其上的冲击钻迅速打出了洞，然后推入固定栓。而光能艇们换上了针对慧核表面成分特制的锚尖，也顺利降落了。

这里大概有十几米深，呼啸的冰雪在头顶的山崖上盘旋着、翻滚着，铺满了整个天空，看不到日月星辰，只有雾蒙蒙的白天黑地。

我们继续朝特纳喊话，但一直没有回应，两分钟后，白茫茫的雾气中忽然出现了一大二小三个身影，他们穿着圆滚滚的宇航服，在剧烈震颤着的崎岖地面上踉跄跳跃，虽然看不清面目，但这么矮小的身形只可能是特纳的儿女。就在距离“永远号”不到二十米的地方，一个孩子突然滑倒了，他顺着一条冰脉滑走了，直到腿卡进一个小洞，妈妈和另一个孩子哭喊着奔过来。

“乔！快离开那里！”

“快把腿拔出来！那是喷气孔！”

“特纳，快救救你儿子！”

许多人都在同时呼喊，频道里乱成一团。

“不！”

妈妈发出一声撕心裂肺的尖叫，只见那个地洞里喷出一股白柱，直插天际，那是彗星冰冻核心里的水冰，在阳光加热下正在渐渐融化、喷发。

孩子不见了，妈妈跪倒在地，忽然身后一股白汽袭来，她抱着女儿栽倒在旁边的沟壑里。

“啊……”

一个身影从“永远号”里冲了出来，两步并作一步地跳进了沟里，可他在那里没有找到家人，只看到了一排黑洞洞的枪口。

特纳被带到了大家面前，他拼命挣扎着：

“我的家人掉下去了！请快救救她们啊……”

我们都笑了：“哥们，那只是‘月影号’发出的全息投影而已。”

当一双儿女哭喊着“爸爸”扑入怀中时，他终于忍不住号啕大哭，一家四口相拥而泣。

我给了这感人一幕足足两分钟，随后我整了整制服，清清嗓子，拿出证件：

“特纳·莱斯利！我是航天总局巡逻舰‘阳影号’的大副方永航……警号 DCN209753，现以绑架罪和危险驾驶罪正式逮捕你！”

我看看他，又看看他的妻子：“两罪并罚最少判十年，但是……似乎你和被绑架者认识，还有什么约定，那么你的行为是否有合理的解释？只要你能说出来，我们可以酌情从轻处理。”

他使劲咬住嘴唇，她的妻子抢着回答道：

“都这时候了还不说？对！有！我们三家有约在先，一起参加‘班车’计划！”

“班车？什么班车？”

“就是这里，这里就是班车。”

“这里？您说这几艘光能艇吗？哈哈。”

我的谑笑声很快低了下来，我忽然想到了另一种可能。

“班车……是指哈雷彗星？”

“对，‘哈雷号’环太阳系班车，七十六年一班，还要先倒一趟车，但我们没赶上。”她苦笑了一下。

“倒一趟车？是指刚才的小行星吗？我懂了，你们早就算好了，在轨道邻近地球的阿波罗型小行星中挑选了一颗最接近哈雷彗星的。”

我恍然大悟，所有细节都完整地串了起来：“干得漂亮！这确实是最佳方案，虽然哈雷彗星号称与地球擦肩而过，但那只是虚无的慧尾，慧核距离地球最近处也有七千万公里以上，相当于二十个地月间距离，靠光艇是不可能到达的。看来你们都是专业人士，不过这太疯狂了！特纳，你确定要带着你的儿女上这趟黑车吗？车程太漫长了，他们的一生都会耗尽在这光秃秃的黑石头上。再过一年，你们会到达近日点，这里会成为比金星还灼热的火地狱，等十年后到了木星，它又会变得比南极还冷，你们的燃料和设备能撑得住吗？

其间你们还会穿越暗礁密布的小行星带，对了，我竟然忘了，接下来还有你的孙辈、重孙辈……他们将在这个又黑又冷的班车上出生、长大，而你，连一块下葬的土地也找不到。”

“这是我们一生的梦想！”特纳忽然抬起头喊道，“你不懂！我从小到大的每一场梦都在遨游星海，我愿意为此付出一切！要不是二十年前木星登陆计划取消，我现在就已经在木星上了。地面上那帮愚蠢的人啊，什么预算太高，什么开发价值！人类的梦想是用钱来衡量吗？”

“不懂？呵呵，你说我不懂？好，你为了梦想不顾一切，那你的妻儿呢？她们愿意付出一生吗？她们有选择的权利吗？”

听到这里，特纳的妻子猛地抬起头，我轻声说：“看来她并没有你那样的决心，而孩子们更是无辜的，你也不想他们恨你一辈子吧。陪她们回到地球吧，我会在报告里认定你的绑架是误会，你还年轻，探索太空的机会，还会有的。”

我转身来到船员们面前，一一拍着他们的肩膀：

“没关系，兄弟们，所有事都由我来扛。你们带特纳一家走吧，趁现在还来得及。”

“好的。什么？那你呢？”阿明两秒钟后才反应过来。

“这次执法我至少违反了三条规定，我决定搭黑车跑路了。”

“别闹了好吗？”

“我是认真的，相信我，我的宿命就在这里。你们再不走就真来不及了！接下来先飞到金星轨道，在那里等待救援，我会在彗星上通信指导。还有，请把这个男孩带走，他也不属于这里。”

我一把拉过沉默的少年，然后盯着他的养父母说：

“他不属于这里，更不属于你们。有我留下就足够了，你们根本不需要他，你们要的只是个为你们料理后事的年轻人而已。”

他们惶惑地看着我，一句话也说不出来。

阿明看看坚定的我，再看看越来越远的地球，最后使劲捶了我几下，转身离去了。

他们走了，只一瞬，“月影号”就消失在了低矮的白粉天幕中，永别了，兄弟们，永别了，地球！

我回过头来，剩下的五个人十双眼睛正牢牢盯着我。

“你到底是谁？”朱先生阴沉地问。

“你猜呢？我提示一下，一个本就该属于这里的人。”我放松地坐在椅子上，用手指着自己的脸，一边玩弄着旁边的瓜藤。

“天哪，他是方远侠的儿子！”马克夫人大叫起来。

众人都呆住了。

“对，不过不是方远侠，是方沅夏，那才是我母亲真正的名字。像你们一样，她这一生只爱远航和冒险。她从小就教我航天知识、训练我的体魄，说要带我一起去遨游银河，我也一直憧憬着……可是，十六岁那年，一切都变了，她回家越来越少，也不再训练我，不再提航行的事，即便我十五岁就通过了航天员考试；直到她在太空事故中死去，都没有再提过一次。”

我突然失去了风度，语气激愤到怪异：“直到刚才！我查到了那个自闭男孩的第一位领养人！居然就是她！原来我是被放弃了？哈哈哈，可笑啊，那个人如此忧郁脆弱，跟我比？真是老天有眼，该是我的，终归还是我的，那个蠢女人！”

“行了！”

茹薇儿的母亲厉声说道，“请不要再说了，你母亲她……是我整整二十年的朋友。就是我们，在火星外载人探索项目屡次流产后筹划了这个班车行动。”她流下了大滴的泪水，“我们真是一群自私的罪人，为了能完成这次漫长而艰苦的航行，必须找几个孩子上船，而自己的子女无疑是最优选择，不管是考虑智商、性格，还是感情和协作度……为此，本来对结婚生子毫无兴趣的她还是人工授精生下了你。”

我僵在那里，记忆中长辈们从来都对父亲的事含糊其辞，我偶尔也偷听到过母亲想独身一生之类的话。

“可是，后来她反悔了，对我说她的孩子并不适合远航，说她的儿子活泼又多才多艺，对所有事物都充满了兴趣，她不想把你多姿多彩的一生囚禁在这比厕所大不了多少的牢笼里。”此时她已经泣不成声，“但我呢？我的女儿啊，我对不起你啊。”

茹薇儿抱住母亲，眼中也有湿漉漉的光华在闪烁，她缓缓抬头看向我，眼神里竟有一些意味深长，我忽然感觉到：或许她并不是我想像的那样简单纯粹。

尾声

“后悔了吗？”

正在摘豆子的茹薇儿忽然问我，她没有转身，两只手掐在围裙上。

“我只后悔当年误会了母亲，就算看到她尸体的那一刻，我都没有原谅她……你呢？恐怕也不是像嘴上说的那样毫无挂碍。”

她开始拍打手上的土。

“唉，有些事，总要有人去做的，何况是这种独一无二的事，世上又有几人有这样的机会？再说，总算是有……”

她慢慢转过身来。

“对，人生总有缺憾，不可能样样都得到，幸好……”

“幸好？幸好什么？”她嘴角开始上挑。

“再说？再说什么？”我也笑了。

“别再说了，虽然我们拥有一生的时间，但我一秒也不想再浪费。”

这时一片金色的阳光射了进来，照亮了她绽放的笑脸，仿佛另一个太阳。

人形囚牢

文／奇葩革命

“我不喜欢这本书了。”我疲倦地说道，一面合上手中的书本，朝圆桶状的拼砌箱上抛去。

那本书的内容也许十分精彩，但仍吸引不了我——毕竟我年纪大了，读两页书就会打瞌睡。这种状况，近年来越发显得严重。

拼砌箱的盖子立即自动旋开，书掉入那黑洞里，同时箱体的指示灯一闪一闪，它的人工智能通过扬声器一字一顿地问我：

“要—保—存—吗”

我轻轻摇了摇手，对它说：“不要，直接分解掉。”

机器内部一阵“嗞嗞”作响。

那是本冗长的科幻小说，纸质的，足足有七百五十页厚——快赶上《存在与虚无》的厚度了——拿在手上沉甸甸就跟砖头似的。

不难想象，在短短的几微秒时间内，那本书就彻底粉碎了，各类原子（主要是碳原子）被分离提取出来，再次归入拼砌箱的储料室里。

这是“大自然”牌原子拼砌箱，俗称“百宝箱”，也叫“万能制造机”，是从最初的 3D 实物打印机进化而来的，完全用原子微粒来组合事物。它的内部由高压储料室和原子组合器以及超级计算机三大部分构成，以无线超宽带的方式连接着国际网络中心的数据库，在法定范围内，随时可以存取资料，建造实体模型。

我私人拥有的这台拼砌箱是家用型的，体积较小，呈圆桶状，矮墩墩像个丑陋的老式马桶。乍一看，一副很沉重很笨拙的样子，可事实上它在地板上滑行却十分迅捷，酷似电影《星球大战》里的 R2D2。十五分钟前，那本书就是从这黑洞洞的桶中诞生的。现在它又消失了，回归到虚无之中。短短的十五分钟，便是它那没有生命的生命。

你呢？我在心里问自己，你还有多少个十五分钟呢？

我沉重地叹了口气，感到心里特别烦闷。

曾经我是如何喜欢阅读啊……可如今……我又累了。

我仰靠在椅背上，抬眼看看墙上的黄铜挂钟，发觉自己已经在这幽暗的房间内待了四个多小时了。

唉！一下午又这么过去了。

我依稀记得昨天下午、前天下午、大前天下午，还有从前许许多多数不清的下午，它们就那样悄然无息地消失了。一刹那间我感到自己仿佛是在作梦：清晨我还是朝气蓬勃的孩子，唱着童谣，一路蹦跳地走在洒满露水的花园小径上。而现在却是下午——不，准确地说是黄昏。一转眼工夫，我已经成了个行将就木的孤老头子，对一切厌烦。

唉……美丽的时光……一去不复返……

我被衰老的机体囚禁着，再也不能跑，不能跳，不能随心所欲地唱歌了。我太老了。我认识的人大多也已经过世了。现在，快要轮到我了。

除了等死，我还能做什么呢？

这是个富足的时代，人人无事可干，我也不例外。有了万能的机器为我们制造一切，干任何事都显得多余。我还记得，在我儿时那会儿，人们还得为填饱肚子到处找工作呢。我爸爸就是为了一个鸡肋似的破职位从二十五层大楼上跳了下来。现在好了，困扰人类的生存问题被先进的科技彻底消灭了，大和谐时代到来了，可我们却像是被机器喂养的牲口……

我就这样孤独地坐着，一个人胡思乱想，神情恍惚，脑子昏昏沉沉的。医生说想得太多对人没有好处，这话倒是一点不错。室内太压抑了，我让轮椅转了个角度，操纵它离开小房间。穿过一扇门，两扇门，三扇门……偌大的房子里，只有那台拼砌箱始终不声不响地跟在我后面，仿似我多年的老忠仆。

我们一起来到门口。

这是我家的院子。从这个位置，可以毫不费力地望见市区中心的建筑群。其中，有一部分大楼还未竣工，它们高低不齐，上面无一例外顶着一个蘑菇伞似的圆帽盖，金属机械设备，在太阳光下折射着粼粼银光，乍一看仿佛城市被外星人侵占了。其实那些都是巨型拼砌装置，它好似一个个倒扣在楼顶上的巨大飞碟，“巨碟”外缘很多只机械脚，每只脚都带有吸盘，形成一圈紧箍，牢牢地吸附在楼房顶部，还拖着几根粗大的原料输送管，一直垂落到地面，仿佛是维吾尔族姑娘们拖下来的长辫子。在“巨碟”内部，有无数个细长的原子喷头，工作时，“巨碟”从地面开始缓缓上移，喷头以肉眼捕捉不到的高速来回运行，就像制造集成电路板。每造好一段，它就把自己往上挪一点。当这大家伙上升到顶端时，一幢大楼就被完整地“打印”出来了。

这种巨型拼砌装置不但能完美复制大楼，只要网络上有相应的数字模块，还可以整个儿地“打印”出各款汽车、飞机、轮船、机器人、地铁车厢、枪械，等等。

相比之下，家用拼砌箱就只能制造些手表啊、手机啊、钢笔啊、衣服啊、菜肴或猫食之类的东西了，体积一般不能超过桶的容积。当然啦，对个人来说，这已经足够了。

空荡荡的院子，让我不由想起了我的猫。

“对了，雪花呢？今天怎么没看见它？”

“它—在—外—面—主—人”

“在外面？整整一天吗？”我意识到，今天一整天都没见到我的宝贝雪花了。

“是—的—它—一—直—在—梧—桐—树—下—睡—觉—主—人”

“睡觉？”

对这事我有点纳闷。平时，雪花是特别依恋我的，从来不和我捉迷藏。突然我有种不祥的预感，快速将轮椅驶到那棵梧桐树下。

在晚霞的映照下，老远我就发现草丛中央有一个白白的影子。那正是陪伴了我九年的雪花。我急切地呼唤它：“雪花，雪花！”但是它不睬我。

我的雪花静静地卧在那里，动也不动。平常一旦我唤它一声，它就会立即窜过来，围着我撒欢，跳上我的膝盖，直往我怀里钻，“喵呜喵呜”地叫……但今天是怎么回事？我这么呼唤它，它却不再回答我。

我靠近一瞧，发现它僵卧在草丛里。那只是一具冷冰冰的尸体。

我的猫……它……死了。

我的眼泪夺眶而出。

耳边只听见拼砌箱的声音：

“我—叫—过—猫—它—一—直—不—肯—回—答—我”

“是的，因为它已经死掉了。”我哽咽着对机器说。想起昨天这个时候雪花还好好的，今天却永远离开了我，我不禁悲伤万分。

拼砌箱却是一副呆头呆脑的样子：

“死—是—干—什—么—猫—死—了—什—么—时—候—才—能—醒—呀”

死是干什么？我哭笑不得，生气地冲它吼：“你这个大傻瓜，它再也不会醒了。”

拼砌箱：

“一—只—猫—为—什—么—再—也—不—会—醒—呢”

我想了想，伤心地叹了口气，“因为它太老了。就像我一样。它是生命啊！”说完我捂着脸，无声地哭起来。

机器显得无动于衷，指示灯仍在有节奏地闪烁。

“那—么—说—它—是—作—废—了—我—看—不—如—重—新—组—装—起—来—吧—主—人”

“重新组装？……噢，那不可能。它可跟你不一样。”我苦涩地说，一面用手背擦着眼泪。

拼砌箱：

“但—是—这—只—猫—也—同—样—是—物—质—结—构—九—年—前—当—您—买—下—雪—花—时—我—曾—对—它—做—过—一—次—扫—描”

我不解地看着拼砌箱：“什么意思？”

拼砌箱：

“就—是—说—当—时—猫—的—数—据—形—式—已—经—被—保—存—在—网—络—数—据—库—里—随—时—可—以—调—取—出—来—我—的—储—料—室—里—有—足—够—的—物—质—原—料—将—它—还—原—主—人—要—不—要—这—样—做”

“嗯……”我心不在焉地哼了一声，正思考拼砌箱这番话的意思呢，箱子的顶盖已经打开了。伴随着充满稚气的“喵呜”一声，一只活泼可爱、浑身雪白的小猫从里面跳出来。

我吃了一惊。没想到这种原子拼接技术连生命也可以复制，这真是出人意料。以前可从来没发生过这样的事情。

“你什么时候学会制造动物了？”我忙问道。

回答是：

“不—久—前—通—过—网—络—升—级—了—驱—动—程—序”

“那你还能造什么呀？”

拼砌箱：

“给—我—足—够—大—的—空—间—足—够—多—的—物—质—还—有—时—间—和—数—据—我—可—以—制—造—一—个—宇—宙—出—来”

你听听，这多像阿基米德说话的口吻呀。

——现在它可真是名副其实的“万能制造机”了。

我瞠目结舌地望着这一切。只见新生的小猫东张张、西望望，好奇地奔向梧桐树下，在死掉的老猫身上嗅了嗅，然后掉转身子，撒腿朝远处跑去。我轻声呼唤它：“雪花，雪花！”可是它并没有朝我跑过来。

拼砌箱解释：

“这—只—猫—仍—然—停—留—在—九—年—前—的—那—个—状—态—下—当—时—您—才—把—它—买—回—家—没—几—天—你—和—它—还—没—有—建—立—某—种—程—序—联—系”

“雪花！”我似乎期望奇迹出现，又呼唤了一声。但是无济于事，它根本不理我，反而敏捷地跑开了，越跑越远，似乎跑到院子的另一个角落躲了起来。

我静静地坐着，感到很失落。

我终于明白过来，它不是那个陪伴我九年的“雪花”了。真正的“雪花”在这里——我低下头，凝视着梧桐树下的死猫。它僵卧在草丛中，一动不动，叫人心肠酸楚。

这只才是我的猫。这只死掉的猫……

此刻，那活蹦乱跳生机盎然的小猫，只是这只猫以前某个时刻的副本。是由另一堆截然不同的物质构成的另一只猫。

我们不得不接受这样的事实：今天的猫已不是昨天的猫了，一切发生过的事都将不再重复。尽管数万年前这里有猫，数万年后这里也有猫，但是，它们都不是同一只猫。生命只有一次，在整个浩瀚的时空中，任何的一只猫，都不是任何的另一只猫。

我想到这里，不禁怅惘地叹了口气，喃喃道：“唉！我也是要死的呀！总有一天，我将无知无觉地睡去，再也不能醒来。”

拼砌箱立刻安慰我：

“没—关—系—主—人—在—您—十—九—岁—二—十—三—岁—三—十—一—岁—和—四—十—七—岁—的—时—候—都—有—类—似—的—人—体—数—据—备—份—当—您—的—机—体—不—能—运—转—时—您—仍—然—可—以—通—过—原—子—拼—接—而—重—新—产—生”

“哦，重生吗？”我重复说，旋即苦笑起来，“不，那没用。世界上只有一个‘我’，不会有第二个。我对我自己而言是唯一的。当这个‘我’消失了，就再也没有‘我’了。你用另一堆物质组成的人只是一个酷似我的躯壳。不错，他将有一个属于他自己的‘我’，但那永远也不是此时此地的这个‘我’了。”

——“我”是什么？为何常驻在这人形囚牢里？

我看见那只小猫又从远处跑了过来，心里隐隐刺痛，眼眶又被泪水打湿了。

——那天真无邪的小生命来到这个世界上的目的究竟是什么呢？

——活着是为什么？

小猫上窜下跳，扑赶着草丛中的蝴蝶和蚂蚱，无忧无虑地在草地上打滚，玩耍。

而它越是快乐，便越是令我感到凄冷和落寞。

——可怜的小家伙，从来都不曾想过自己不久将会死去。

尽管它此刻还好好地活着，我却仿佛已看见了若干年后它的死。

所有的猫都会被时间带走。所有的人……

这时候，拼砌箱缓慢地朝死猫那儿移过去，同时箱体前端伸出一根长长的机械抓臂，打算把这堆“生物废料”回收并分解掉。因为死去的猫就已经不再是猫了。在拼砌箱眼里，那儿只是一堆有待循环利用的物质。

你瞧，制造一只猫就是如此简单。一千克氧、三百克碳、二百克氢、四十克氮、三十克钙、两克磷，还有少量的硫、钾、钠、氯、镁等等元素，猫就可以连记忆一起造出来。

真残忍啊，陪伴我九年的雪花就要永远消失了。我多希望它能永远活着。至少能活得比我长，这样我就不用亲眼看见它的死了。

我记得，它曾经跳上我的腿，在我怀抱里睡觉；也曾跃上床，打翻鱼缸，咬坏窗帘；曾对着邻居家的狗龇牙咧嘴；曾在房顶上神出鬼没；有一次甚至抓破我的手，在我手背上留下一道长长的疤痕……可现在，在这另一个不属于它的时间里，它停止了呼吸，彻底退出了我们共同生活的世界。它那点微弱的、浑浑噩噩的意识永远堕入虚无之中。这简直让人难以接受。很快，另一只猫便会替代它在这儿所充当的角色，填补一个老人心中的孤独与失落。

我不知道，这无常世界里，有多少只孤苦伶仃的猫儿正来来去去。它们偶然地降生，必然地死去，在生死之间游戏玩耍、跑跑跳跳。

它们知道这是为什么吗？

这是一个静谧的黄昏。

我坐在夕阳下面，默默地流着泪。这一天就要消逝了。

凉冰冰的微风吹拂着大地，天色逐渐阴暗下来。在某家院子的草地中央，在一棵枯叶凋零的梧桐树下，那儿，有一个孤独的老人正在想念从前的一只猫。

箱盖打开又合上，老猫的尸体消失了。构成猫的每一粒原子又回到了储料室里，并在那里等待着去组合另一件新的事物。

五号的音符

文／七　色

序幕

“……我们和大家一样……”

他抬起了“双手”——那是两支多功能工程臂，像是两粒粗大而修长的红色胶囊。双臂的中段旋扭着，在稍微的变型后，黑色的机械关节出现了，末端半球形的保护壳也分裂了，十个通用接口展现了出来。滑稽的是，从通用接口伸出来的，是十把短小的扳手。

“……顺应战争与恶化的环境，为‘人类联盟’以及我们的战线提供更好的生产力，顺应了这个时代，接受了工业机械化。”

他看着脚下的安静得可怕的工人们，他们有的双眼直直地平视前方，有的只是抬头看着自己所在的方向；有的因为肩膀上是个透明的半球，朝上180°敞开的那种，所以不知道这些家伙是在向前看还是向后看。最前面年轻小伙的“眼珠子”运作着，光圈来回缩放，光学防抖机制让这个小伙的两个取景器不同步地颤抖着。

他不知道眼前的人群里面有多少是工业机械化的人类，多少是搭载人工智能的机器人，又或者两者都不是，但是他决定先做一个拥抱的动作，于是把工程臂往上抬了一点，又往眼前收缩了一点，绷直的机械手臂展现出一个看起来还适合的弧度，十个接着扳手的通用接口像手掌一样摊平。他想表达的，就是这样一个拥抱的动作。

没想到，人群里面也有一对工程臂举了起来，那是和他一样型号的工程臂，连外漆都是一样的。和人群中其他几个工人的工程臂一样，那对工程臂的通用接口是空的，当然那是因为现在是下班时候。

只可惜这对工程臂的主人和其他人一样，面无表情。

那对绷直高举的工程臂，看起来更像是在表达某种胜利。

“不过，有一个女孩，她和我们完全不同，她是最真实纯粹的人类，她曾拖着无比脆弱的血肉之躯，从前线以外的欧洲遗址一步一步地前行，想要在这片废墟里面找到什么。”

在他的怀抱间，光线交错变换，一个场景如晨光那般展开。景物渐晰，混凝土与钢筋筑成的焦黑废墟被灰蒙蒙的雾包裹着，灰色的雪地中央埋着半具人影。灰絮翻飞，人影身旁突然闪起了一小点亮光。那是晶莹的绿色，明灭间宛如初生婴儿的呼吸。

闪烁的亮光从急促变为平稳，当转为海潮那般涨落起伏时，人影动了一下。摸索、支撑、坐起——那是一个女孩，灰色的雪从她的长发与睡裙上掉落，她注视着自己手心的闪烁。

风渐息了，絮平静了，雾胶着着，绿光最后泯灭了，而她醒来了，她把视线投向了被层层雾气遮挡着的远方。

“她想要找到的不是药物、食物还有水，也不是零件、纳米源机械与电能，不是细胞营养液，不是我们所必需的生存资源……”

场景随着他逐渐加重的语气缓缓扩大，灰色的雾填满了他周围的铁皮，随即从这个展开的货厢涌出，蔓延到工人们的头顶。

女孩站起来了。

声音随之掀起，那是脚丫踩在雪上的声音，也是风的声音，呼吸的声音，心跳的声音。

周围似乎弥漫着雾与雪的金属气息。

女孩迈开了步伐，穿过了他的怀抱，在灰色的雪地印下一串纤细的脚印。

“她在寻找被我们所埋葬的，逐渐抛弃的‘音乐’！”

他真希望台下的观众们可以展露出哪怕是一丁点儿的表情。或许是被“战争”“前线”“欧洲遗址”这些敏感词汇刺激的畏惧，或许是再次为如此真实的全息投影背景所震惊，或许是被那纤细的、人类女孩的脚印打动了——四周有着原始生物脚的家伙已经很少了。

他放下双臂，在心里呼唤同伴的名字。脑海里传来几声“准备就绪”的回应后，他露出一个平实的微笑，退到光影之后。

“她的名字叫施嘉斯蒂 V。这是今天我们演出的最后一个故事，也是我们齿轮剧团诞生的故事。”

第一幕：下雨与相遇

这是欧洲沦陷的第五年，也是人类被“先驱者”集中到亚洲大陆的第五年。

“先驱者”文明用了几天时间攻破了人类的太空防线，留在地球上的人们就如同它们的小白鼠，在被封锁的对流层下，挤在唯一一块完整的大陆上瑟瑟发抖。人类恐惧到把一切的国家符号与种族价值都清除了，把来自太空防线的战舰改建为“防御城”或者“进攻城”，组成大陆防御圈的一部分，为“人类联盟”提供着微弱的安全感。

圈内的平民因为圈外那可以把有机物无机化的“先驱脉冲”而寸步难行，于是智能机械发展了起来，最先用于替代人类完成在圈外的资源征集、警戒防卫工作。后来，各式智能机械、军工的生产以及防御圈与圈内城市的建设也没有理由交给生产力低下的普通人类，大部分的普通人要么穿上装甲成为远征士兵，要么就为了生存而直面与智能机械的竞争。“工业机械化”成为无数人迫不得已的选择。

人们相信亚洲大陆的环境恶化也迫不得已的，甚至认为那越来越糟糕的环境说不定还起到了战略意义。

大陆各地的工业区里面，都是灰茫茫的一片。那是“雾”与“雪”的颜色，源于腐蚀性雨水的化学中和产物。

雾在沉降，这看起来更像是被风与机械扬起的灰尘，而不是从天而降的中和产物。雾在分散，孤单的人影隐隐若现。

那白金色犹如是灰色世界里的光。

纤弱的身影光着脚，脏兮兮的脚丫在雪地上留下了一串长长的脚印。她原本洁白的睡裙也被染成了淡灰色，上面还有着点点灼斑。一步一步地，女孩触及腰际的发梢随着破了几道口的白色裙摆轻轻飘动。

灰色的雾逐渐变淡，她看清了不远处的建筑。那些建筑是一个个巨大的金属盒子，盒子上布着锈迹。相比她之前在荒漠里看到的混凝土残骸，这些金属盒子似乎是历经无数的险难才没有被雾与雪掩埋。而那锈迹就是盒子们在世界上挣扎屹立的痕迹。

她走近建筑群，一个盒子的边上写着“148 号车间”的字样——

这里原来是工业区呀！

她在信息交换区完成了对此刻视觉信息的处理后，核心记忆一区涌现了“喜悦”的信息集，信息集上浮到了信息交换区的表层。她双手交握，脸上出现了些许兴奋。

业区里面有人，那就可以向人们求助了，她看着那个车间编号想。她要向人类求助，因为她无法独自完成记录在日志上面的首要任务。

“请问……”碧色的瞳孔环顾那些建筑，女孩轻柔的声音在死寂的世界里绽开。

但是灰色的雪很快把她的声音没收了。

她看了一眼暗灰色的天空，没有太阳，也没有月亮。只有晚上才会如此安静，又或者，是即将下雨的阴天。

一滴，两滴……雪地上出现了几个黑色的小圆点，圆点越来越多，她惊慌地小跑了起来。

下雨了，她害怕雨，她长发上和长裙上的点点污斑正是被雨滴腐蚀的痕迹。她用双手在头顶上撑起一个小顶，但她马上意识到这样是没用的。她加快了脚步，跌跌撞撞地跑到了一个车间旁，可惜这些金属盒子并没有边檐，她贴着锈迹斑斑的金属壁跑着，幸运地碰见了一道半掩的小门。

女孩躲了进去，把小门关了起来，小门的锁坏了，门难以关紧。

她内置的损伤检测系统运行着，女孩知道自己没有衣物覆盖的人造皮肤再次受到了雨水的侵蚀。为了适应黑暗环境，她的视野界面自动地切换成夜视模式。

她悄悄地环视四周，夜视系统进行着色彩补正。原来这是一个旧仓库，四角都堆着杂物，但是中间空荡荡的。墙壁垂下不少粗大的电缆，四角的电缆连接着的竟然是四个机器人。

漆黑之中，碧色的瞳孔亮晶晶的，她好奇地向身边的机器人靠去，它在充电。躺在零件堆旁的它有着人类的外形，但它全身所有部位都覆盖着肮脏的装甲，那些零件似乎也是装甲的零部件，它看起来可能是一位人形机械士兵；另外一个看起来像是人类，只不过他的双手是两支粗大的金属棒，脸上还戴着防尘呼吸装置，这让他的呼吸伴随着轻微的机械声，像时钟那般有条不紊；还有一个看起来像是穿着全封闭防护服的机器人……它只有两条手臂和两条三角履带，它的头……天呐，他原来也是人类，只不过防护装置把他的身体完全密封了起来，透过装置外黄色防护服的取景窗可以隐约地看到他闭合的双眼。

最后一个应该是正常的人类了，她的长发是漂亮的棕色，长发间是她精致的脸庞。发型很干练，如同她身着的深色正装。只不过仓库里就只有她是笔挺地站着睡觉的。

电缆都接在他们的脖子或者背上，女孩又绕着他们走了一圈，摸了摸自己的脖子和后背，没有找到和他们相似的连接口。

突然，一阵鼾声在空荡的仓库中扬开了，女孩随着声音探听过去，才察觉到“人形机械士兵”胸口的起伏。

她将指尖抵在镶嵌于污垢中的胸甲上，在那一瞬的接触里，信息交换区中的音频器用钢琴声模拟出了心跳的声音。

原来，这里面都是人类啊……女孩按着自己的胸脯，呼吸和心跳是唯独自己所没有的呢。

外面的雨越下越大，雨灼烧着雪，传来“嘶嘶”声响。

女孩在呼噜大睡的士兵先生旁边坐下，这时重金属警报弹出了她的视野界面，看来即使是仓库里面也有着下沉的雾霾。来自临时储存区的信息告诉她，“雾”是由化合物颗粒组成的尘埃，但是不知道为什么每当雨下完后雾霾就出现了。雾霾应该会缓缓沉降，沉降了一会儿应该会下雪。

她的日志里还记载着，这种雾霾对于人类的心肺功能有着极大的危害，有如雨水对于她的人造肌肤。她做了一个可能有着某种风险的决定，吃力地把士兵先生拉了起来，想让他像对角的人类小姐那样站着睡觉。

“你是谁啊……”面甲下传来的不是呼噜声，是低沉的疑问。

没等女孩回答，士兵的装甲传来数声机械锁定声，装甲把他的站立姿态锁定了：“休眠充电去吧，随便找一条电缆，为了之后的工作……”

女孩对他嘻嘻地笑了一下，面甲下又传来了呼噜声。

女孩跑到小门坐下，用自己的背顶着无法关紧的门。

她关掉了夜视模式，漆黑的仓库里只有四盏绿色指示灯此起彼伏地明灭，犹如心跳，犹如呼吸。

在她的信息交换区里，这四盏小灯的场景连接到了“星空”一词。

她在临时储存区仅有的信息丛内找了很久，却找不到和“星空”这个词有关的文段、图片、视频等任何信息了，大概是在三天多前被信息交换储存器的保护机制压缩清理了吧。

“伤感”这个信息集浮上了信息交换区表层，视野界面的线条渐变成红色，和重金属警报框一样。她抱紧了自己的膝盖，把脸埋入了膝盖和长发里面。

她再也找不到和“星空”有关的一切信息了，就连“星空”这个词都是在第 381 条日志里面出现的。

但她检索到了一首小曲，这是她两天前自己创作的，看起来和黑暗中的四盏小灯有着那么一点关系呢。那时她还在灰色的荒漠里面走着，周围只有被雾包围的黑色废墟，别说她想要寻找的东西了，连像这样明灭的微弱灯光都没有。

她调出音频器，把几行代码输入了音频器的后台，钢琴音频与人声音频随着代码的执行演绎了出来。但她没有把这些透过发声单元输出，大家都在睡觉呢。

她唯有把这些转化成仅自己可以看见的音频曲线与字幕：

do re mi fa
美丽的音符呀
一下一下
在旋转

音频曲线懒洋洋地波动着，能理解这组曲线的只有她了。

指尖微颤
碰落地上
碎裂啦
消失了
……

界面上的时间从 11：59 变成了 12：00。她闭起了眼睛。

四天刚好过去，她的信息交换储存器没有空间了，所以核心记忆一区只好把包括今天在内的四天记忆总结成一条简短的信息，编辑成第 382 条日志——下雨了，相遇了！

这条日志后还附加了一段指令，意思是永久地停用夜视系统、损伤检测系统以及环境检测系统，以便腾出更多的记忆储存处理空间。

随即保护机制把信息交换储存器格式化了，包括那首小曲，还有那四盏明灭的小灯。

第二天清晨。

广播渐渐地响了起来，仓库的灯被唤醒了。

“尊敬的工作者们，由于昨晚降雨超过 7 分钟，气象局在午夜时分对雨水进行了雾中和，现在外界处于雾中和的凝结阶段，期间请勿外出，以免粉尘对机械结构或者心肺功能造成影响。雾中和的沉降阶段预计将会在……”

“气象局建议。一号最好就不要出门了。二号四号在雾沉降的时候记得看看有没有工作通知。”三号的声音盖过了广播。他控制履带，侧过身把背后的电缆拔掉。大家都醒了，四号睁开了眼，动作僵硬地拨弄了下棕色长发与正装下摆；二号的两支工程臂变形展开了；一号的装甲传来一阵机械碰撞声，他随着那站立睡姿的解开而扑倒在了地上。

“嗯！”粉尘扬开，一号沉重地哼了一声。三号靠近一号，从背后抽出吸嘴把粉尘吸走。

“我觉得你的头盔没有任何的防尘措施。”三号说，“最起码等到雾沉降阶段再出去……”

“看情况吧。”一号站了起来，向仓库的小门看去。

“哎呀。你的仓库昨晚来了一位客人呢。”三号向小门前埋头坐着的女孩驶去。

“昨晚……好像她把我弄醒了……”一号也走向女孩，两个体型庞大的家伙把投向女孩的灯光死死地遮挡住了。

“她是谁啊，怎么会到这里来？”一号看向靠近的二号和四号。

“抱歉，看不清她的样子，无法做出特征匹对。”四号一点一点地弯下了腰，面无表情地凝视着女孩白金色的长发。三号打开了头顶上的灯。

“机器人……”二号无力地说着，展开的工程臂耷拉在地上，看起来像是一只猩猩。他的声音细小而沙哑，像是几天没说过话那样。

“噢！机器人！昨晚我还叫她可以随便充电来着。”一号抓起了她的手腕，看到了她的脸——精致的五官，煞白的脸蛋，额上脸上都粘着几缕发丝，发丝垂落露出了几道浅红的印子。她还紧闭着眼。

“是不是没电了。”一号反手把背后的电缆拔了，扯到了女孩的身后。

“不，根据匹对，她是人类。纯正的人类。”

“人类……人类……”二号默念。

一号用电缆在她的背后摸索了几下：“没有接口！人类，纯粹的人类！真实的人类！”一号松开她的手腕，只见女孩的手腕泛起了几道瘀青。

“也是呢，还是冒着雨跑来这里的家伙。简直像个……像……嗯。”三号沉默了，从背后的储备箱拿出一只喷雾，正准备往女孩被雨水浊蚀的手背喷去，一号一把拦住了三号：“别，她的皮肤是无法承受金属表面修复剂的。”

三号把喷雾转向一号的装甲，喷了几下。只见装甲表面的黑色结块变成了深红色的污水，流入了填满污垢的装甲缝隙里。

这时候，女孩的睫毛抖动了一下，她缓缓睁开了眼睛。碧色的瞳孔环视了一周，与各不一样的眼睛和取景窗对视着。

“我……们是在……下雨天相……遇的呢。”似乎也是很久没说过话那样，失真的音频从的她扬声单元冒出，语句断断续续。

“第 382 条日志是这样提醒我的。”女孩补充。

她瞪大了眼睛，不可思议地看着同样注视着自己的一号。他的装甲是灰色的，和雪那样，还布着污渍和泥土。他简直是武装到嘴唇——这位士兵先生要怎么吃东西呢？

士兵先生旁边分别是没有铲斗的推土机和女性职员，旁边还有个猩猩……啊不对，那是接受了工业机械化的工人。

“一号。”一号突然说，“废墟拾荒者，主要是收集一些还有用的东西。”如同报数那样，其他三人也报出了自己的名字和职业。

“二号。通用流水线配装工人。”

“四号，通用业务专员。擅长大数据以及事件逻辑的运算处理。”

“三号，气象局的清理工人，清理回收并提纯我们生产的雨水中和物，提取水分和其他有利元素后把残渣拉去能源转换站。你的代号呢？”三号问。

“我的名字是施嘉斯蒂 V 日常体。”女孩伸手竖起了两根手指，比作“V”字的形状。

“施嘉斯蒂 -V- 日常体，难记的代号呢。”一号说，他退开了一点，给女孩腾出一点的空间。三号紧随其后地退开了，女孩按着膝盖站了起来。

“那你们可以叫我‘V’哦。我原本的名字是‘拟人智能施嘉斯蒂 E 日常用拟人载体’。我私自把‘E’改成‘V’了，至于原因嘛，日志里面说与被封锁的核心记忆二区有关。‘V’是我重要的名字呢。”V 依旧没有放下那两根手指。

“据统计，你的名字很少见，其简单程度与可分辨程度并不高，会影响到工作效率。”四号说，伸出手一点一点地把 V 的手指压了回去。

“毕竟名字什么的并不重要，只是为了分辨而已，和代号一样。至于核心记忆二区……看来还有个‘核心记忆一区’呢。”三号插话。

“核心记忆区的数据是无法主动解读的，不过一区会主动涌现信息；二区完全封锁了，像是……”

V 歪着头，瞄瞄仓库的天花板，似乎明白了什么后说到：“像是一个秘密！”

“你个人类……也以为自己的大脑是电脑吗……”二号用修长的

工程臂抓了抓脑袋，把防尘呼吸装置的扣子抓开了，V 这才看清了他的脸，二号和四号一样的目中无神且面无表情。他的胡子耷拉着，把半张脸都覆盖住了，毫无生气的脸容透露着绝望。四号的眼睛特别大，可眼神是灰暗的，看起来像个玩偶娃娃。

明明是个人类，却挂着不属于人类的无神呢……V 控制面部的电子肌肉，做出了一个难堪的微笑，抬起了两根手指。

“不是哦，我现在的全名叫施嘉斯蒂 V 日常体，原本是施嘉斯蒂 E 的一个日常用拟人载体……”

“你和四号一样啊……明明是个人类，却老说自己是机器人。”一号说着，看向不明所以的四号，四号正上下打量着 V，似乎在进一步地分析着这个外来女孩的外表与言行。

“你们才是人类呢！肯定会有我在寻找着的东西。”V 把头钻出了包围着她的四个家伙，环视了仓库一周：箱子，大量的装甲备用部件——看起来更像是残骸？还有电缆，封装的各式罐子，以及贴在二号充电位上的标语——为了生命，努力成为优秀的齿轮。

“寻找的东西？是食物吗？药物？电源？纳米源机械？细胞营养液？”一号分别指向仓库角落的几堆东西，“还是说工作？”最后一号指向了那条标语。

“不是的。我不会肚子饿啦，电源也充足，源机械也只能用定制的。啊对了，我是从欧洲遗址来的，要去俄罗斯战线指挥部与姐姐施嘉斯蒂 R 汇合，不过在此之前我要寻找一样我所遗失的东西……

“嗯！请问，你们有我所遗失的‘音乐’吗？”V 分别看向四人的眼睛与取景窗，眨巴着眼，好似自己所寻找的东西会从那些无神的目光中崩哒出来那样。

众人沉默了片刻，随即便炮轰般地向女孩发话。

“欧洲遗址啊……原来是灾难的幸存者。要继续在战争与恶化环境下生存下来并不容易呢。你的工作呢?”一号指着标语的手并没有放下。

“我的工作是找回‘音乐’，然后与姐姐汇合。”

“这份工作的报酬可以满足你的生存资源需求吗?”三号问。

“报酬……‘音乐’就是我的报酬与生存资源?”

“音乐……哈哈哈哈音乐?”二号发出了冰冷的嘲笑声。

“资料显示，‘俄罗斯’这个名字已经没有意义了。我的数据库里面，也没有和音乐相关的。”四号淡淡地说。

“音乐其实是与工作无关的东西，不是生存所需求的，所以从逻辑上也是无意义的。”三号补充。

“怎么可能呢?这是人类意识最伟大的产物之一!你们可是人类……”V一脸不解地看着四人。

“资料显示，音乐的定义为旧时代人类的感性产物，在如今的理性环境下是无用的存在。”四号回应。

“那，那‘工作’又是什么?”V情不自禁地抓起了四号的手。四号的手冰冷僵硬，形同金属。

“工作就是生存。为了生存只有工作。”二号面无表情地说。

突然，广播再次从仓库的角落传来:“尊敬的工作者们，现在外界进入雾沉降阶段，请各位谨慎出行……”

“我要工作了。”随着三号的话，仓库的大闸门缓缓上升。

“我要工作了。”二号把展开的工程臂收回，与三号一同走向闸门，就像设定好了那样。

“我也要工作了!”一号转身就走，三人在闸门停下的时候步入了灰茫茫的雪。

仓库弥漫着雾与雪的金属气味。

V疑惑地看向四号。

伴随着机械运转声，四号用力地把手抽离。

“我收到归岗通知了。刚才我运用我的数据资源为你做了一次义务的 HR 评分，但是很抱歉，这里暂时没有适合你的工作。”四号径直步行离去，V 伸手想把这位人类小姐留住。四号没有停下脚步。

“食物，电能，营养液……这些比毫无意义的音乐重要得多了。”操纵着履带走在前面的三号扭过身，“这些才是合理的，是有着科学依据的。”

“不是这样的……一定……大概只是你们的信息交换储存器空间不够了而已……对了！就像我找不到与‘星空’有关的一切信息那样！”

雪花轻轻落在四号的长发与 V 的手背上，软软的，小小的，像是蓬松的棉花。但所谓的“雪花”也只不过是一团团丝絮状的尘埃。

V 冲了出去，却扑倒在了雪地里。

三号顿了下，回身驶向 V，从身后抽出吸嘴，把 V 身上的雪吸走了。

“工业机械化的人类可以摆脱与智能机械竞争的困境，这个是为现阶段过多的人口所准备的最佳生存选择。我们是有用的工人，我推断你曾是有着漂亮躯壳的‘演出者’。但是如同音乐，如同其他在过去时代盛行的唯心的艺术，现在你那漂亮的身躯也已经没用了。”三号的话似乎在暗示，工业机械化才是 V 现在首先要做的事。

“不必多想，你的大部分猜想与假设都是无意义的，经过我的推演与四号的数据分析，结论是我们只能接受并适应现状。”

“可是……可是……我就是纯粹的机器人啊，不是漂亮的演出者，只是施嘉斯蒂 E 的日常用拟人载体，但是我私自把自己的名字改成了施嘉斯蒂 V……”

“你是连在雪地上都站不稳的、马上就要被淘汰的旧人类，我才是可靠的机器人。依靠我内置的计算机，我可以用我的运算能力承包下一个车间的运算工作，或者处理好每个零件的所有数据，或用这副外形处理好与同行的交涉。”四号头也不回地说着，三号无奈地摊摊手，拉了 V 一把然后跟上了四号。

闸门缓缓关闭，三号和四号都消失在了那些巨大金属盒子间的走道。

“伤感”这个信息集浮到了 V 的信息交换区表层，V 露出了一个难堪的微笑。

“很高兴遇见你们。明天，我还会来的。”

第二幕：氧化与愿望

仓库的闸门艰难地升起，那刺耳的金属摩擦声像是在说这道门本不想运作。

一号与三号并肩从仓库走出，没走几步，三号拐了一个弯，回到了闸门旁。

仓库的外面，闸门的旁边，女孩一动不动地抱着膝盖，靠着金属壁坐在雪地上，披着灰絮的她看起来像个发霉的人。

她注意到了启动的仓门，看着从仓库出来又停在自己跟前的履带，抬头对黄色防护服间的取景窗眨了眨眼。

“可以与我一起寻找‘音乐’吗？”

三号从身后抽出了吸嘴，吸除着铺在她身上的雪，她柔软的白金色发丝时不时被整束吸起。

“气象局的建议，长时间与中和产物接触会对毛发皮肤产生不良影响。”三号说。

“五号，原来你在外面啊，需要充电吗。”一号靠了过来，似乎是察觉自己和三号的阴影挡住了女孩的视线，所以又退开了一点。

“不是哦，我的名字是施嘉斯蒂 V……”女孩特意地竖起了两根手指。

“那你需要充电吗？”

V 垂下了眼睑，说：“谢谢啦，不用的。我的日志里面说‘V’这个名字是无比重要的信息，所以无论信息交换储存器格式化了多少次，我都会记住名字的重要性，而详细原因貌似在被封锁的核心记忆二区里……”

“意义不明的胡说八道。和我一起出去走走？”

“嗯？去哪呀。”V 偏着头，注视着一号的取景窗。

“去禁区，回收有价值的东西，然后兑换成资源使用配额。”

“嗯嗯嗯！”V 弹了起来，在她看来，一号算是答应了和她一起寻找‘音乐’了。可一号及时补充到：“无意义的东西不在回收范围。”

“没问题没问题。”V 摆着手回应，在她看来，“音乐”的意义可是非凡。

一号冷哼一声自顾自地走着，V 紧跟在后面。

三号依旧在吸除 V 身上的雪，却也注意到了 V 身上那些深深浅浅的瘀青——手腕，肩膀，后背，小腿……这些伤痕隐藏在被静电吸附着的灰絮下，而她手背上的灼伤尤其明显。

“你的手……不知道能不能找到相应的药呢。”三号收起了吸嘴，跟上了 V。

“嗯？不用的，在材料特性和纳米机械的辅助下，人造皮肤会自行修复的，只不过需要一点时间而已。”

“这样啊，比四号的强多了，获得这个要支出更多的资源配额吧……”

“这对于我们日常体来说是标配……三号也一起吗？”

“不不，我还有其他工作，只不过是搭个便车。”三号指指自己的履带，“一号的比我的快。”

V看着三号的履带，不解地歪了歪头。三号似乎看出了V的疑惑：“在这样的环境里行动，特制履带最为方便且科学。”三号向着V脏兮兮的脚丫摊了摊手。

“嗯……不过为什么要换……”

“他原本的工作是环境调研，是环境学家。因为意外失去了双腿，后来换成履带了。”一号插话说道。

“原来这样……说来，禁区是欧洲战线……遗址？”

“不是那么远的地方，警戒壁附近的废墟而已。”一号说：“补充一点，无价值的东西也不是我的回收对象，在那里你是找不到你整天嚷嚷着的那什么东西的。只不过我看你似乎有着很多的记忆，一区二区什么的，你可能比我更容易分辨出什么东西更有价值。”

“也就是说，一号觉得他的工作会适合你。”三号对着V轻声说。

三号的轻语被V的声音采集器精准捕捉，在她的信息交换区内，音频被解析成诸多的信息单元以辅助理解——信息单元的背后，牵扯出的是临时储存区内的87个场景记录，那都是V昨天被拒绝的记忆，有的工人对她不理不睬，有的工人对她冷嘲热讽，有的工人对她恶言相向甚至动暴驱赶……无论是关于音乐的疑问，还是关于周遭情况的不解，每个人都忙于工作，几乎没有人肯搭理她，更别说会提出“一同外出”的邀请了。

“被拒绝”的记忆打包压缩了，“感激”的信息集上浮，V的脸上绽出了甜甜的笑容。

不一会儿，V却疑惑了起来：“不过……关于记忆的话，唯独这点很抱歉呢，核心记忆区是无法主动解读的。啊对了，昨天我生成了新的地形平衡配置，不会摔倒什么的了。但信息交换储存器的容量也因此减少了5%左右……”

“少废话。还有你要一直竖着两根手指吗？”一号说。

V 放下了她的手指。

他们来到了一号的重型卡车前，V 仔细观察着这部约三米高的重型卡车。重卡上没什么涂装，布着零星的锈斑，与周围的车间仓库比起来，就像是一个底部装上了履带的金属条盒。货厢门开启，三号操纵着履带走进货厢内，一号从驾驶舱探出身躯，招手示意呆呆看着重卡启动的 V 去副驾驶席。

“这个就是‘便车’吗？与周围的建筑形式不同，是可以移动的吗？像三号那样？”

“你是笨蛋吗？”一号质疑。

“昨天我还没有收录这个物体呢……”V 登上了副驾驶，双手撑着那破烂不堪的皮革，快速地瞄了一号一眼：“谢谢，嘻嘻。”

“不客气，毕竟他都把你称作‘五号’了。”三号的声音穿过金属板传来，V 才发现三号正通过座椅上的观察窗看着一号的后颈护甲。

V 也发现了什么，从一号的装甲领子内抓出了一片灰絮，捧到了观察窗前。

“其实，这个与信息集‘雪’连接在一起的东西是什么呢？”

“这不是雪，只是雨水中和物，雾霾凝合团，学名叫……咦？雪是怎样的啊？”

“雪……不是像这样的吗……白色的……”

“这不是雪……我们每天都围绕着这些中和物工作呢。”三号把吸嘴递上观察窗，把 V 手心的灰絮吸走了。

V 看向车窗外的雪地，灰色雪地上的机械、建筑、路标、人正缓慢地掠过她的视野。

“这东西周围都是，什么时候才能清理完啊……”

“下雨，中和，雾凝结，没完没了的，不过这份工作报酬可观……”

重卡拐过一个弯，扭过方向盘的一号插话说道：“你不会以为他是靠背后那个小容纳箱一点点地把这里的中和物都吸走的吧？”

“起初是这样推理的，因为信息交换储存器空间不多，所以只能进行初级联想。”

V 一副难道不是这样吗的样子，三号看着她不禁笑了起来。

“他的工程车在几个街区外。”一号说。

“你这样，会被四号说是逻辑能力低弱的。”三号接着说。

“也就是笨蛋的意思？”V 嘻嘻地笑了起来，露出了洁白的牙齿，随后模仿四号平淡机械的语气说：“根据分析，还是毫无意义的那种。”

“也不知道谁才是笨蛋。”一号的语气带着教诲，“四号也只不过是把自己的大脑移植到不会受病毒细菌干扰的机械体里，便老是觉得自己是个机器人。从我捡到她开始，到现在每一句话都是‘根据分析’‘根据数据库’……你也是个笨蛋，什么一区二区储存区，那些东西都不重要，重要的只是眼前看得到的价值。”一号向前方挥手斜切，就像是在示意挡风玻璃外就是他所说的“眼前价值”。

“可是……我真的只是某种意义上的机器人……”V 手足无措地想要展现自己真的只是个机器人，一会儿手掌停在了心脏的位置上，一会儿又放在了额头上，“虽然我感觉，在我无法主动解读的核心记忆一区里面，会有着我的‘灵魂’……”

“你这样说的话，那一号也是机器人了。”三号昂了昂他的取景窗，示意 V 去碰一下一号的装甲，V 敲了敲，金属甲板却传来嗑嗑的沉闷声响。

“与先驱者作战的人会受先驱脉冲影响，他的皮肉在缓慢无机化，只有他们的装甲可以抑制。于是他不能脱下装甲，这也让皮肤在药物的治疗下反复复原又溃烂，时间长了就与装甲融合了。”三号顿了一下，“那，皮肤变成装甲的人是机器人吗？”

“不是……”

“全身机械化的人类还是人类吧？”

“是……吧？”

“人类会工作以追求报酬，你好歹也会吧？”

V沉默了，在信息交换区内，V把主要任务“找寻音乐”与信息集“工作”相接，把信息空集“音乐”与信息集“报酬”相连，推导出了一个奇怪的结论：自己也是人类吗？还是说，人类已经变得与一具根据日志主要任务而行动的拟人智能载体相当？

“很明显，你和四号一样。”三号一副理所当然的样子说着。

“我……”V的神色怪异，她在结合昨天的临时记忆，处理着逻辑上的未知解。

“……我只是奔赴过前线而已，士兵的工作是战斗，无法战斗的我现在的工作是回收。”一号的话让V停下了处理进程，输出了得知一号肌体与装甲融合后的优先疑问。

“那……二号呢？他以前的双手，还有工作……”

“他是自愿工业机械化的。”三号回答。

“为什么？”

“为了在机器人的手下争取工作。我们和人工智能的关系就像是……像是……我也是在它们手下抢下这份工作的，我们的清理范围不仅仅局限于雨水中和产物，还有放射性废物之类的，因此报酬相对高，算是竞争比较激烈的行业。”

“没有什么比报酬更重要了。兑换资源供生存使用，我想我不必重申这个结论的合理性。”三号补充。

“报酬……有这么重要吗？”

“你没救了吗！”一号突然吼了出来，“居然还有着这样的怀疑！难得从欧洲遗址那里活过来！就不想好好地继续生存下去吗！”

V受到了惊吓，结合那些“被拒绝”记忆而诞生的防卫机能让她往车门缩了一缩。

“没事的，根据四号的分析，一号受头部创伤后遗症的影响，在很多方面的选择判断例如言行举止，大半是依赖装甲的内置系统完成。系统会出错，所以才会突然这样……”三号的话让V感受到一号并不是在生气，只是声音变大语气严厉了而已。或许是因为金属面甲遮住了一号的表情。

三号继续说：“听着，报酬是必须的，因为它可以兑换生存资源，或者升级自己的社会价值，也可以储蓄起来。我也储蓄了不少，为了……”

“为了……为了什么呢？”三号突然沉默了。

片刻，三号说：“在这个时代里，大家都在为报酬而努力着。”

V低下了眼睑，说：“昨天我在工业区逛了一圈，很多人都这样说呢。”

“难怪昨晚没见你。”一号的语气恢复平和，“你随时可以来，当然资源要用自己获取的，我也可以先借你点。那个仓库是我自己用退役补贴买下的，和上级配置给我的车不同，然后为什么会买……不记得了。”

V默然地分析理解着两人的话，像是历经片刻的苦恼思索后，转而释然地笑着。

“果然呐……感觉，大家都和我一样有着自动清理记忆的保护机制。”V放松了身躯靠坐着，双手伸向前方，“大家只是忘记了，‘音乐’也好，那些‘为什么’也是……”

一号打断了V的轻语：“那不就是人类的本能吗？”

V 摸着身前的挡风玻璃，看看一号的面甲，歪了歪头。

“还整天说着什么日常用拟人载体！你只是还没适应这里而已！就是个比四号还无可理喻的笨蛋！”一号吼道。

在之后的数分钟里，V 再一次把她的名字与变更完整地说了一遍，重申自己只是具拟人机械载体。

三号下了车，停在庞大的工程车旁，向着重卡内的两人挥手道别。V 竖着两根手指与一号诉说争论着，并没有人理会一直挥手的三号。

一号拖着空空的货厢与总是一脸不解的 V，继续驶向禁区。

货车穿越了工业区的闸门，沿着斜坡驶入了灰色的荒漠中。这里的积雪非常厚却无人清理，以至于身后的工业区就像是直接兴建在盆地上那样。天地是浑然一体的灰色，平原四处可见建筑的残骸，城市的尸块如同一座座尘封的冰山。

货车停了下来，不远处警戒壁的生成器正抛发着光彩。生成器之间的脉冲中和场就是警戒壁的本体，无形的警戒壁外遍布可以把有机生物统统无机化的先驱脉冲，而在灰霾中罗列的光柱便如纸上仅有的几笔彩色，显得异常瑰丽。

“有用的东西都埋在这下面。”一号跳下了重型卡车，“这里也是雾中和区域，即使突然下雨了也不用怕会被困在雨里。”一号打开货厢，从里面摸出一些枪械那般的探测设备递给 V，“像你这样的脆弱家伙，淋个五分钟的雨就能看清皮肤下面的东西了。不过你可以在高饱和先驱脉冲的欧洲遗址存活，却会给低饱和区域的雨水灼伤，真是奇特。”

“毕竟我是施嘉斯蒂 V 日常体，是一个拟人机械载体……而‘先驱脉冲’只会把有机物改造成无机物……”

“闭嘴，你个人类。说不定是你皮肤下有着与我装甲同样的脉冲中和系统，你顶多也只不过是把大脑用机械包了起来，和四号还不是一样。”

V 用双手按住自己的额头：“不过，里面真的没有生物结构……”

一号突然用手指抵在了 V 的后脑勺：“回去叫二号给你打开看看？我就看过四号的。”

V 惊呼一声，抱着头跑开了：“那里是我的核心记忆区！”

“哼。我才不会让脑壳塞满齿轮的家伙待在我的仓库里。”

一号把设备连接到装甲的背后，对着雪地扫拨。所谓探测设备其实就是把弹匣拆走枪管削短的磁动能步枪，然后绑上了金属探测仪。一号在一幢大厦的残骸附近转圈，V 也跟着他转圈。她的手持探测设备显示，雪下面有着不少原本是有机生物的“黑色残骸”，有扎着堆的人形，有猫狗形状的，还有扭曲折断的树草花枝。一号告诉她这些生物残骸旁边经常会有着好东西，说完就用设备放出电击把雪轰飞了，搬运出雪坑内有金属含量的物件。

“哇！哦……哦哦！”看着被轰飞升华的雪，一直跟在后面的 V 惊呼不断。

一号只好停下，给她演示了操作流程后，指挥 V 去别的地方寻找“有价值的东西”。两把设备对着一个地方探测，这是极不效率的。

独自逛了几圈后，V 开始对一号的装甲产生兴趣，问及其运作原理系统操作等等问题时通通被一号以“闭嘴”来驳回。时间长了，她便自己用手指上的扫描硬件感知他的“皮肤”——在被他称为“皮肤”的装甲缝隙间，那些黑色的污垢的组成成分竟然和人类的血液类似。

V 停了下来，注视着指尖，注视着视野界面上的成分报告。她的核心记忆一区往信息交换区输送了一堆临时拼合的图像信息。这些东拼西凑的图像信息，连同一区会直接输送图像信息的状况让她惊讶不已——核心记忆一区一般只会输出一些简短的指令，从而引起她全身的响应。

她解析了这些图像信息：武装到牙齿的士兵嘶吼着开火，身上满是血污——那不可能是敌人的血，先驱者没有血这种东西，那到可能是同伴的血或者他自己的血。的确，在那场战争里，在密集而凶狠的动能打击下，装甲所保护的脆弱身躯很可能先比装甲化为肉糊。

一号找到了什么，大吼着“好高的金属含量”，随后手上的设备迸射出闪电，雪在电流的作用下化为了滚滚灰尘，扬出了一片薄雾。那是两辆上下叠在一起的坦克，都只剩下车体是完整的了。

V 凑了过去，只见一号的设备迸发出等离子流，把在上面的一辆坦克切成了三截，搬起一截就往重型卡车走去。

被搬起的金属中，掉出了同样被切割开的人类尸体。V 把探测设备对准这黑色的生物残骸，又用手指上的扫描硬件分析其成分，眼前这保存完好的半截人形里，竟找不到半点氨基酸的痕迹。

她看向坦克内的其他人类残骸，钻进了坦克内，逐一用指尖感知他们曾拥有生命的痕迹。军服，照片，手枪，操纵杆旁的香烟，尸体上已无法使用的移动终端……她的视野界面上，识别框把这些士兵的尸体与“雕塑”一类照片连接了起来。

意外地，她在另一辆坦克内，发现了几具环抱在一起的尸体，尸体中是一个漆黑的金属盒子。她的临时储存区做出一个模拟场景：几名士兵曾围着保护这个盒子，或许是冲击波的力量把另一台坦克砸到了他们的坦克上，士兵们在冲撞的瞬间死去，尸体在先驱脉冲的改造下变成了雕塑。

出于好奇，她向那个金属盒子探去。可一号搬起了这截坦克，摇晃着把她与里面的其他东西都甩落到雪地上。那几具尸体或半埋入雪中，或因碰撞而碎成几块，而那个金属盒子也落入了她的怀中。分析之下，盒子里面大概是主板半导体马达镜片什么的。它吸引 V 的特别之处是它那隐藏在金属外壳下的光学硬件。

一号走过 V 的跟前，把跌坐在残骸碎块间的 V 拉了起来。

“呐，你的装甲成分和这些坦克装甲相似啊。”V 看着正要继续搬运的一号，“这些坦克会不会是你曾经的战友呢？”

“干！活！”顺着吼声的气劲，一号把小半截坦克抬上了肩背。

“喂，你觉得……这些残骸像什么？”V 指着坦克残骸问。

一号只顾着处理装甲动力骨架的姿态调整与锁定，一步一步地伴随着机械锁定声，走向重型卡车。见没得到回答，V 又再问了一遍。

“残骸就是残骸。”一号随便应付道。

“我觉得它像坦克碎片，那它以后会被改造成什么呢？”

“它的金属含量代表了它的回收价值。它会被粉碎成原子级别，然后转换成我的资源配额。”

“那，那它像什么？”V 搂着金属盒子与半截人形残骸，跑到了一号跟前。

“这是一具尸体，被先驱脉冲无机化了，没什么值得讨论的。”

“你……”V 噘起了嘴，一副不满的样子，丢掉了残骸后扬起了挂在胸前的探测设备，“那这把探测设备像什么？”

“设备就是设备。‘像’是什么？”

V 不可思议地瞪大了眼睛：“你像什么？”

“我是一号，职业是废墟拾荒者。”

“还曾经是名光荣的战士呢。现在的你像什么？以后的呢？”

“‘像’是什么！”一号把残骸卸到了货厢内，“专注你的脚下所埋藏的价值！”

V 点了点头，抱着盒子跳上了货车的副驾驶位，关上了车门，一副欣然的样子。她确认了自己怀中金属盒子的价值，核心记忆区一直在涌现临时生成信息流，而信息交换区持续不断地把这些信息还原成图像与音频。就像是回想起了某些久远的记忆。

火焰，激烈的战斗，城市，回荡于建筑间的枪声与嘶吼，不知来自哪个年代的人像，幸福的笑容，夜空中的月亮，一句“月色真美”的话……

全息投影仪。她知道了手上金属盒子原本的名字。

她手指的扫描硬件开始运转，检测着全息投影仪的电路构造、光学硬件、无线模组，运行系统……

信息交换区被喷涌的信息流冲击着，信息不断地解压扩充与精简压缩，临时储存区也几近爆满，因此检测系统的信息交换与数据储存就只能艰难地进行着。她的“内存”从来就没有这样热闹过，以至于她把视觉、听觉、平衡等感官系统都临时关闭了，闭起眼睛抱着盒子，一动不动地，把运算资源腾空出来给检测系统。

在检测全息投影仪的运作系统时，她找到了储存器里面唯一的图像媒体，名为《测试片段——星空》的演示场景。她找回了她曾经丢失的“星空”，找到了与日志里面的“星空”吻合的场景。几乎是优先于所有的信息处理，她把这个演示场景复制到了自己的临时储存区里。

她也知道了，坦克内的士兵不是在保护这个金属盒子，这个全息投影仪内也没有什么机密情报，士兵们是在无法逃生的时间里，用名为观看的动作、名为想象的过程，用这个全息投影仪构造的虚拟星空对抗濒临的死亡与躯体的无机化。

等她再次睁开眼睛，逐渐恢复感官系统的时候，货车停在了某个车间的一块屏幕前。时间已到夜间。

“那是什么？”V 降下车窗，向屏幕前的一号问。

“元素回收站的兑换区。”

“元素回收？”

“一整车的残骸交给他们处理了，这里显示的是处理进度，以及货物的有利元素含量和可兑换的资源配额。”一号回过头，“我还以为你没电了，想着要不要把你拉去二号的工厂，拆开来看看你是怎么充电的。”

“先不说这个，我做了一个梦！”

“梦？那是什么东西。”

V脸上的惊喜缓缓褪去，她没有说话，只是倚着窗框静静地注视着一号的装甲，看着缝隙里面的污垢——那里的确是由血液、泥土、灰尘等等其他东西组成的结块。她慢慢地露出了柔和的笑容，看上去却有点悲伤。

“这是从核心记忆一区出现的词语。那是这里没有的星空，你们没有的笑容。”

“不明所以。那到底是什么东西？说来你只是回收了这个东西吗？”一号指指她怀抱里的金属盒子。

“这个是‘音乐’的一部分。核心记忆二区第一次输出了信息，这条信息告诉我，‘音乐是梦与幻想的表达’。”

“所以这是什么！有什么价值？”

“它的名字是‘全息投影仪’，是可以展现虚拟场景的工具，而场景可以展现梦与幻想。”V轻轻地抹去投影仪顶上的灰尘，擦净了中央的指示灯。灯呼吸着，明灭的是无法正常运行的黄色光芒。

“哦。说白了，也只不过是一个不实际的玩意儿。”一号靠近副驾驶席，用射击姿势把设备对准了投影仪，“少量的硅和碳，少量金属，它的价值可能连一度电都没有。扔掉吧。”

一号的手探入车门，向她怀中的投影仪伸去，V却侧身抱紧了这个方向盘般大小的金属盒子。

兑换区屏幕的白光越过驾驶舱菱角分明的金属框，映着她的脸庞，车门内的女孩注视着抹满灰尘的膝盖，碧色的瞳孔泛起着剔透的光泽。不实际的睫毛低垂着，不实际的白金色发丝披上了一层银霜，不实际的脸却有着悲伤的神色，就连那“不实际”的金属盒子，似乎也泛起了不实际的光华。她蜷缩了起来，微微颤抖着，像个不愿被夺去玩具的孩子，把怀中的盒子彻底保护住。

一号完全不理解她的动作，只不过看到了她手腕与肩膀的一些瘀青，才收回了手，下意识地退开了一步。

“滴”的一声声响后，屏幕缓缓关闭。结算完成，一号的配额到账了。

“可笑的……存在。”一号看着V的侧脸说。光影消散，她的神情隐于黑暗。

“嗯。”她轻轻回答。

“你本身就是个可笑的存在。”

“嗯。”她的语气坚定。

“抱着这样的一件毫无价值的废物不放，你连这份无比简单的工作都不适合。”

她没有出声，只是悄悄地钻到了驾驶席，躲入了阴影之中。

“为什么你会有如此不实际的想法？”一号伸手打开了驾驶舱的照明，跟着走到驾驶席外，“不重视价值，不重视报酬，不重视实际意义，不重视工作，难道你的身体就不会坏掉，能量就不会消耗？”

“我本是欧洲战线的战场支援系统，量子拟人智能施嘉斯蒂E。这是我从核心记忆一区涌现的信息得知的。我其实是欧洲战线的鬼魂来着。”V埋着脸沉着声音说道。

“即使是鬼魂也需要媒介的支持才能存在着。”

“灾难降临的那时，施嘉斯蒂E来不及完成跨战线的本体数据转移，担任战线指挥的部分跟随化为废墟的本体消失了，担任外交使的部分才被迫留在了这具躯壳。她支持着我，表达着我。”

“那又怎样，你灵魂终会随着你躯体的破败而死去，被雨水腐蚀、缺乏细胞营养、缺乏能源，缺乏维护……你什么都没有而不去获取，你在这里根本活不下去！”

“只要去到俄罗斯战线指挥部与姐姐汇合……”

“什么俄罗斯？不是说过这个名字没有意义了吗？没有什么战线，只有人类联盟，你现在就在联盟里面！你要去找你的姐姐，在此之前先存好资源配额吧！”

“为什么……我不需要啊，我可是施嘉斯蒂制造的完美躯体，虽然我不完整，但我可以永久地存在下去，不用能源不用维护也可以。汇合是我的重要任务之一，在此之前，我需要找到我遗失的‘音乐’。我已经找到了‘星空’，相信不久之后就可以……”

一号上前了一步，赶在V再度蜷缩起来前，把硕大的食指抵在了她躯体心脏的位置。那是全面覆盖着装甲的手指，布着裂纹一般的、深红色结块的手指。那是扣动过扳机的手指，浸染过鲜血的手指。

“但是你能活到那一刻吗？时间就是你最需要获取的基本资源！对待现实就要像对待战场那样，你要对抗的第一个敌人就是时间！在这场对抗中只有绝对理性地去拉长那串永远都他妈那么短的配额数值，才能活下来，才能不被淘汰！”一号激动地按住了窗框，经过扬声器过滤的嗓音变得沙哑，“对于人类联盟来说，无价值的人太多了，人人都企图揽紧自己的土地、能源、空气与水，但联盟仅有的东西就这么多，没理由也没办法均分给低效无力、自私懦弱的人群。我们要么成为远征军，要么直面与智能机械的竞争。它们拿了一度电，占了一平方米，我们也要拿一度电，也要去占一平方米。我们不能被淘汰，我们要活着，一切都为了存活，那群长着智能的金属无法打败我们，先驱者无法打败我们，存活就是我们人类的胜利！如果你是那什么支援系统，那你更应该懂得这个道理！”

V与他对视着，人造的面容上定格住了一丝惊讶。她的核心记忆二区向信息交换区输出了一个协议，她瞬间完成了协议的解读。那不是什么命令程序，仅仅是一种为她的拟人意识提供参考的“最优选择”

《人类支援协议》生效了。

她平静地看着一号被装甲包裹的双手，伸手抹去了他手背上的污块：“我知道的，要活着的是你们，按照我的支援协议，我会不顾一切代价支援你们，这包括决不能让你们的梦与幻想在你们的躯体还活着的时候死去。

“而‘音乐’本是你们所拥有的表达形式。”V直直地看着一号的取景器，开启了位于手心的无线连接组件。她的手心亮起了一块柔和的光斑，她希望可以把核心记忆区涌出来的图像信息传达给一号，希望一号也开着无线传输设备。

“为什么要如此执着？”

“那是我日志里面的首要任务。寻回我所遗失的——你们拥有的‘音乐’。”

V的指尖抵在了一号冰冷的额头上，缓缓地，沿着他的头部装甲，沿着胸部装甲的缝隙，移到了一号的心房上。

一号并没有理会她的动作，冷冷地说着：“忘掉吧，那是别人赋予你的任务。放心地自私吧，我们的基因本来就允许你以自己为前提而生存着。我们需要的是眼前的现实意义与价值，而不是你所说的音乐、梦还有幻想。”

她关闭了没有任何设备搭理的无线传输，却自然地笑了起来。她说：“就像，你不需要把没有兑换价值的东西带回仓库那样？”

“是。”

“你的装甲是无法更换的，因为你说它成为了你的皮肤了。可是你的仓库里却有着一堆明明可以兑换掉的部件残骸。二号，三号，四号，还有我，都被你留在了仓库里面而不是拿来这里兑换掉。这是为什么呢？我们明明占用着你的资源，我们的存留就在攻击着你的现实意义与价值，这一点都不理性。”

“啊？你果然没救了。我怎么会把人类当成废品兑换掉。三号是开着工程车来的，说是要借个地方维修下。二号是我观察了很久才决定带回去的，以前的他就在自己的工作车间里休眠充电。四号和你一样，都被雨困住过。她和你一样有着以前人类的漂亮外形，可是四号有着需要这具外形的工作，你却什么都没有。”

V偷偷地笑了：“那，角落的那堆部件呢？它们有什么用？又不能像衣服那样替换。那可都是超合金，带来这里兑换掉可是很有价值的。”

“部件？部件有什么……价值……对，不是应该兑换掉吗……这我怎么知道！把这些东西带回去堆着，这只是我装甲的判断，不是我……”

一号突然愣住了，似乎想到了什么。

“我们，以及你的那堆部件，就是你的意义与价值所在！”V抱着她的金属盒子，笑容灿烂。

“至于为什么，可能你只是选择了忘记而已，就像你购买仓库的目的。肯定是大家的核心记忆区被封锁了，我也肯定是把什么重要信息塞到二区里面保护起来了。”

一号拍着额头，一副竭力思考的样子。V趁他转身的时候，推开了车门，跳下了车。

“本来，这里的星空与月色非常的美呢。”V喃喃，仰头看着暗灰色的天空小跑了起来，脏兮兮的脚丫留下了一串纤细的脚印。

“什么跟什么啊……喂！你要干吗！”一号吼道。

“我要去废墟收集资源，把投影仪修好！它的光学模组出问题了！”

“随你的便！”

一号开动了货车，掉了个头后又停了下来。

“喂！你就给我自生自灭吧！”一号大吼。

“修好了我会把它带回你的仓库的！”

“那你会回去的路吗？”

“嗯！”V轻快地回应。

临近深夜，细絮翻飞。清理着雪的工程车零星行进，四处响起的机械运作声与亮起的照明让工业区内的金属建筑显得没有那么孤独。

她背着一号给她的探测设备，抱着修好了的全息投影仪，往旧仓库的方向跑着。白色的裙摆和金色的发梢随着她的步伐蹦哒，投影仪中央的绿色指示灯似乎也在配合着她的步伐，跃动着，像是心跳那般。

与那盏指示灯一起跃动的还有她视野界面内的储存警报框。大量的信息处理让她的信息交换区与临时储存区快要运转不过来了。她想把一些信息处理进程放在核心记忆一区或者二区，可是这两个区都处于爆满状态，就连“八音盒”这个词语都放不下。

这是她给这个好不容易活过来的全息投影仪取的新名字——八音盒。“八音盒”这个词语来自于她的某条日志，词语指向核心记忆二区，如同她给自己取的名字“V”那样，她也不知道为什么，只是知道这些名字很重要，有着不一般的价值与意义。

就在她处理着之前喷涌的信息流，企图在期间验证下“八音盒”“音乐”与“V”的逻辑关联时，感官系统传达的图像声音信息让“惊讶”信息集上浮到了信息交换区的最上层。

她停下了脚步，因为 148 号车间的门打开了，白色的亮光从庞大的金属盒子涌了出来。

红色的条幅几乎把车间的空间等分了，工人们各自在被条幅均等划分区域工作着，条幅上通通印着“为了生命，努力成为优秀齿轮”的文字信息。

他们的神情规范，因为他们面无表情；他们的工程臂统一运作，上下左右，旋转复位，而每条工程臂的接口链接着更小的机械臂，也是一套套动作地循环演绎。

金属与金属摩擦撞击，就连声音也都有着运作的规律与层次，像是上好了发条那样，齿轮在向外界表明着他们的准确咬合。或大或小，或轻或重，在那仅仅回响着的几个音节里，整个 148 号车间就是一个时钟。精确细致的同时，把工人们的工作时间匀速平均地转化成工人们的生存资源配额。

他们的工程臂和二号的型号是一致的，说不定二号就在里面工作着，作为时钟的一枚齿轮。

这个庞大的金属盒子是死的，148 号车间表达出来的不是“音乐”，而是一些货物。“八音盒”才能表达“音乐”，因此“八音盒”是活的。V 欣慰的看着怀中跳动的指示灯，在临时储存区里保存下自己对“音乐”的理解。

她向着早上离开时的地理标记继续跑着，一路上她还碰到不少和四号一样穿着职业正装的业务员。她们在车间之间巡航，主要负责指挥车间之间的物料与信息资源流通，时不时还能看到两个业务员在交涉，面对面站着，全身如同木桩一般只有嘴唇在蠕动。她们就是身兼数职的“管理者”，替代的是每个车间的智能系统。

而有的车间里面则没有任何人类，也不存在着“管理者”，因为那是全智能化的生产车间，如同那些在周围清理着雪的大型工程车那样，里面给清理工人安排的操作席位可能是多余的。如同“管理者”通通都是面无表情的，因为她们的面部只有一层皮革而没有任何的电子肌肉，也无需肢体语言，因为就连“当面交涉”这样的无意义行为都是为了什么而迫不得已保留下来的。

她经过在昨天早上四号消失的那些走道，有些走道似乎就是某个工人的“仓库”。他们在被氧气和雨水腐蚀得快要坍塌的金属壁间充电，脑后或者背后链接着电缆，有的工人的机械结构看起来就是由铁锈堆叠而成的，而与机械结构连接的生物结构同样腐烂着；有的怎么看都像是死了，一层灰白的皮质紧贴着骷髅，同样也紧贴着与骨头连接的钢钉；有的则在零星落下的电火花下叼着香烟休眠，这家伙的电缆破损不堪，他的连接口也时不时冒出缕缕黑烟；还有一个家伙在喝酒，双手各拿一个装有浑浊酒液的瓶子，一只手高举过下巴，一只手放在肺部以下的机械结构。他每含下一口酒就闭起眼睛，慢慢吞咽，随即酒液从机械结构的缝隙流出，被他另一个酒瓶子回收。

“哇，机油的味道重了。”这家伙说。V 猜这家伙的周围肯定遍布着混有机油味的酒香，这会是一种奇异的味道，不过 V 早就关闭了嗅觉系统。

她回到了一号的旧仓库，靠着金属壁坐在闸门旁。闸门的缝隙并没有漏出光，看来大家还没下班呢。

V 决定尝试去主动解读核心记忆一区的信息，她想要找到更多的答案，就好比自己为什么会在 148 号车间前感受到“惊讶”。

她原本是欧洲战线的战场支援系统，有着拟人意识的量子智能。自己的存在本应该会解放人类的双手，然后他们将会去追逐比生存更宽广的事物——可是在战争后，被围困在亚洲大陆的人类无法建立起他们的乌托邦，只好逼迫部分人类为了生存而与智能机械融作一体。倘若现在相对安稳的工业区变成了战场，周围的金属建筑将通通转变为军事设施，工人们的机械结构所连接的可能会变为各式各样的武器……

这是正确的还是错误的？这是人类的进化还是退化？进化和退化又是什么？人类的机械化躯体增加的是什么，缺乏的是什么？自己智能的“拟人”部分有着怎样的构成？V审视着这些问题的同时，一步步地解析自己的核心记忆一区以寻求答案。庞大的信息交换量不断地侵蚀着她的交换储存器空间，一区也在期间不断地涌出信息，其中就包括“思考”这个信息集。

她把现在的解读行为定义为“思考”。

V在思考,“音乐”实际上是什么东西,仅仅只是一种表达方式?是梦与幻想的表达？“八音盒”可以表达梦与幻想,“八音盒”与“音乐”是不是同一样东西？这是不是就是自己要寻找的“音乐”呢？她的日志里面“寻找音乐”是首要任务,可是她直到现在才去思考“音乐”为何物，思考自己理解的正误。

雪渐渐密集了，风扬了起来，工人们下班了，向着那些可以给自己充电的地方走去。不知不觉，仓库的闸门开启，二号、三号、四号陆续经过她的身边，她趁机溜了进去，转而靠着一号的部件堆继续思考。

“V，仓库还有着一道坏掉的门，起初，我们都是通过那道小门进来的。”三号操作履带，在V的身旁停下，然后抽出背后的吸嘴把自己和她身上的雪吸走。

“小门……”V随着三号示意的方向看去，呆呆地说，“原来这还有一道小门啊……”

得到了“小门”的提示，V 钻入了核心记忆一区的“后门”。意外地，她首先看到的是自己的“模型”。

“那一晚你也是从这道门私自进来的。为了给一些还不适应工业机械化的家伙度过不知所措的下班时间，也为了给某些像你那样会在下雨跑动的笨蛋一个躲雨的地方，我特意不把这门修好的。”一号回来了，他还抱着一块破损的装甲部件——那是和他一样的头部装甲。

“看来，是我忘了呢。”

她视野界面的线条依旧因为储存警报而显红色，这还是闪动的红色。那晚她的信息交换储存器爆满了，所以保护机制把记忆全部清除了。而现在自己的信息交换储存空间只剩下了 8%……

记忆，信息，储存……我是不完全拟人智能，但以我作为参照的话……默默地喃喃了几声后，V 瞪着晶莹的瞳孔，把怀中的投影仪向一号递去，一号和其他人一样，正准备把电缆接到自己身上。

“我明白啦。”

一号停下了动作，看看那盏闪烁的绿色指示灯，又看看自己身旁那堆部件，迟缓地说：“那是，毫无价值的……”

V 嘻嘻地笑了下，跳起来拉过一号脑后的手，把他的手摁在“八音盒”上。

“我们要充电……才能保证 6 个小时后工作的能源消耗……”二号有气无力地说，“咔嚓”一声把电缆与背脊的接口锁定了。

四号也把自己和电缆连接好了，却拖着电缆一步一步地走了过来：“根据我的分析，这个是投影仪，在工业区外的地区有着一定的价值。例如，在军政区实现情报信息的直接展示，而无须穿戴额外设备。”

三号也拖着电缆凑了过来：“全息投影仪。是我们很少用到的科技呢。”

“嗯！我现在要用它展现我的梦，展现我的幻想！”V 期待地说着，可是有着完整面部的二号与四号并没有任何的表情回应。

“梦——人类大脑整理过去记忆时，记忆碎片的无序化展现。幻想则是有序化的记忆加工，是指向未来或者未知的想象。”四号解释说。

“四号还是一向的便利呢。在我的核心记忆一区里，有着和人类大脑极为相似的记忆机制，因为我是拟人智能的载体。”

“梦啊……有没有梦都没所谓的，只需要按时休眠，接上电缆，机械和细胞就能获取足够的能源……”

“二号，你三天没有获取细胞营养了，就算是把这段时间用来补充营养吧。”一号起身离开，替二号拿了一大罐的营养液。

与此同时，V在“八音盒”的顶端轻轻点了一下，投影仪的镜片保护盖“啪嗒”几声退开了。她的手心的光芒跃动，“八音盒”的五个面都迸射出来回撤动的光线。

仓库的顶棚逐渐蒙上一层墨蓝色。

墨蓝色中慢慢出现了一些花白或浅黄的斑点。斑点逐渐增多，逐渐明显，最后绽放出了属于它们自己的细碎光芒。那是一张悬浮于夜空中的网，可以把视线无限地俘获住的、密集而绚丽的网。网的名字叫“星空”，那一片片海潮般涨落沉浮的群星就是网的栅格，让人忍不住冲上前去一探究竟——视线所及之外，那无比吸引的远方有着什么梦与幻想？

星空延至地平线，就像他们的仓库——这个破旧的金属盒子被掀走了那样。

“这是我们看不见的星空。来自‘八音盒’里面的场景，我把它细致化了。”V抬头，视线随着慢慢完善的虚拟场景移动。

“啊！‘当雨云还有雾消去的时候，我们会看见这样清晰的大气……’不，不对，大气是看不见的，看见的是……像是星星那样的……就是星星！”三号惊呼了起来，“这是我们气象局的任务列表里面没有时效限制的特殊任务呢。”

在四号的头顶上，最大的光斑出现了，它散发着柔和的银色光辉，像是回应那般，四号的人造眼瞳泛起了神色。

V张开了臂弯，开心地舞动了起来：“月色真美！”

她脚尖轻点，长发与裙摆飞扬。她仰着头看着那轮明月，转着圈，笨蛋那般。夜空铺落，仓库只剩下铺着尘的地板，没有金属的墙壁，没有墙壁外的巨大金属盒子，也没有尘封建筑的灰色。他们像在一个平原，一望无际的平原夜里唯有星月之光，以及那如同篝火一般的全息投影仪，还有因为光亮而明晰的剪影：一个没有铲斗的“推土机”，一只半躺着的“长臂猩猩”，一位老去的戎装士兵，一位面无表情的人类小姐，一个围着人类小姐转圈的笨蛋载体……

他们被无际的群星包围，皓月当空，眼前的世界仅此而已。

“从影像数据……不，我……好像在哪看过。它叫月亮。”四号不可思议地看看V，又看看头顶的月亮，微微张开了嘴，竟惊讶了起来。

“像是……神迹……”三号沉醉在了这久违的夜空里面，一号则注视着舞动的V：“这是……你的记忆？”

二号了无生趣地吮吸着营养液，说：“即使我们可以生活在这样的一片夜空下，也要为6个小时后的工作补充能源呢……”

“嗯，没关系的。很快你就会找到比6个小时后更有意义的明天。”

二号愣了一下，V却走了过来拉起一号的手，让一号与自己一起蹲在投影仪旁。V张开了五指，一号也学着张开了手掌。

银辉在一号的手上流转，V的手心光芒涨落。

“GZ546926K8，你是前欧洲战线第48常规装甲师团的中士莱恩·夏尔曼，身份密钥配对完毕。我以施嘉斯蒂战线支援系统的权限，指令 K8 量产型战斗装甲解除判断辅助系统，开启量子传输模组。”

大家都镇住了，被 V 说的话镇住了。

“基于核心记忆一区的运行模型，我现在把‘想象’的逻辑框架传输给你。然后，透过‘八音盒’，把你的梦与幻想展现出来吧！”

V 拉住一号的手指，让他的手心对准了全息投影仪。

仓库的地板消失了，取而代之的是铺着沥青的路面。混凝土建筑从远到近缓缓浮现，像是从荒芜的平原外面溶解而入那样，真实而缤纷的夜色包围着他们站立的路面。被建筑轮廓锯开撑起的地平线，星空，月光，灯火，路灯下的影子……这是活着的城市！

一号的面前站着五个士兵，他们穿着和一号一模一样的全覆盖装甲，拿着大口径的磁动能武器，定格在了奔跑的一瞬间。而这五个士兵的面前，是猩红色的火球和焦黑的浓烟。

定格的场景卡顿地运转着，火球迅速地把士兵们吞噬后又停了下来，火焰产生的黑烟扭曲着，竟突出了一支手臂状的物体，黑烟里面似有一个人形黑影。场景再度运转，火焰、黑烟、黑影与士兵们交错混合，失真的斑块让物像的边缘模糊了起来。也是因为如此，卡顿的场景把士兵们的动态几乎是一帧一帧地展现了出来。

士兵们开火了，蓝色的电弧闪灭，子弹打到那儿去就不知道了。包围他们的已经是黑影与电弧的运动轨迹，随着黑影的闪动，一人，两人，三人……三名士兵被击飞了，像纸片那样飞向了远处的城市灯火，伴随着装甲的破裂、碎片与血肉的横飞……

一名士兵似乎抱住了那模糊的黑影，随即被突然而起的十几道刺状物弹飞。而另一名士兵用枪口顶住了黑影，卡顿的场景把他枪口的电弧一口气展现出来，一团刺眼的亮光后，如同被炸开一般，他重重地摔在了一号的脚下。

一号的手微微颤抖，抚摸着他装甲的边缘。他的肩甲上还清晰印着一行识别码：GZ546926K8。火球散开了，在路面留下一团团残喘着的橘色火焰，黑影也随着浓烟瓦解了，似乎融入了夜空之中。

一号的手穿入了士兵的肩膀，他猛地抬头，看着那台全息投影仪。

“这是我的……？”一号看向V，可是V的身体却剧烈地一倾，她痛苦地闭上了双眼。

“八音盒”随之熄灭。

大家回到了那个点着昏暗白炽灯的仓库，回到了这个残旧的金属盒子，似乎历经了一瞬的时空之旅，震惊而空虚得不知所措。

一号赶忙伸手，想要拉住向后倒去的V。可他没来得及，V一屁股跌坐在地上。她慢慢地睁开眼睛，紧锁眉心，与一号对视着。

“啊……看来被发现了呢……骗你的哦，我只是施嘉斯蒂E的载体之一，在欧洲沦陷的时候就离线了，后来也因为连接不上本体而关闭了连接服务，因为我的本体早就变成黑色废墟的一部分了呢。

“我果然是施嘉斯蒂的鬼魂呢，根本不具备支援你装甲的能力。

“只是，觉得我的声音熟悉吗？

“想起来了么？”

V无邪地笑着。

“曾经，在你装甲里面有一个老是话痨着的支援系统呢。”

V的视野界面内，一段由各种媒体碎片拼接而成视频播放着：录制设备的画面里，音乐厅内的人们沉醉在演奏之中，唯独一位听众不安地仰头望向了大厅天花板，像是在担心乐曲的高潮会把大厅穹顶震落；卫星监视画面里，巨大的黑影快速吞噬着地球的欧洲版图，而在路边的监控画面里，欧洲的人们正常生活着，只是天色变暗了；军用视野界面里，一行命令快速略过，上面写着地外防线的瓦解与欧洲战线的成立，指令所有人即刻脱离欧洲战线，提示施嘉斯蒂 E 已经接管了 K8 量产战斗装甲操控权，又写到施嘉斯蒂 R 已接管原战线支援系统。

画面急剧抖动，看着这个视野界面的人正以高速离开地面，片刻后冲击袭来，画面黑掉了，视频播放完了。

“您好莱恩 · 夏尔中士，我是俄罗斯战线支援系统施嘉斯蒂 R，现已接管了您的操控权限。”V 颇顽皮地说着，一号只是无言地经过了她，走向了那堆装甲部件。突然地，他像个孩子那样，跌坐在了部件堆前，翻找着。焦黑而破损的部件被覆盖着金属的手搅动，发出嘈杂而清脆的撞击声。他拿起了两块形状契合的部件，用力地把它们按在了一起，部件边缘的焦炭与尘埃“沙沙”地摩擦着。

“刚刚的是……”三号的声音打乱了那咬牙般的摩擦声。

“那个……其实这是我所模拟的场景。名为梦，也名为幻想。‘八音盒’代替了我的语言、动作、表情，把我在信息交换储存区内模拟的场景，把我的梦与幻想表达了出来呢！尽管不太完美，因为交换空间不足而中断了场景模拟……”

“信息……交换……模拟……表达……”四号抚摸着自己的僵硬的脸庞，黑色的假瞳与覆盖在金属上的仿真皮革似乎浮现出了一丝神色，“表达？”

V 抱起了膝盖：“而根据来自核心记忆二区的信息，音乐也是这样，可以把梦与幻想的全部；包括我们所理解所感受的全部，统统表达出来。这大概就是我要寻找的‘音乐’了。”

她看着那个被她赋予特殊定义的全息投影仪，小心翼翼地说着，只怕这番话会再次遭受三号和四号的否定。在几分钟前，她解析了自己的核心记忆一区，理解了自己的“拟人意识”机制。于是她认为梦与幻想的诞生是人类意识的伟大之处，音乐是人类意识的伟大表达。

“音乐……音乐吗？你怎么一直在寻找音乐啊……明明是如此绝

望的东西。”二号疲惫地看向V，他的神情是灰色的，雾与雪那般的灰色。V愣了一下，不解地看着二号，随后抬头看向四号和三号。

“二号他曾经是一名演奏者。”三号缓缓地说。

“演奏者？”

“搜索结果显示，演奏是指使用双手直接或间接操作乐器还原音乐的工作。演奏者就是以这个为职业的人。”四号缓缓抬起右臂，向肩膀弯曲成一个弧度，然后左手放于臂弯之上，手掌合拢像是拿着什么东西，僵硬地斜向上又斜向下地划动着，于此同时右手托着空气，指头接连起落。

“我把搜索到的图像表达出来了。”

“哈哈哈……锯木头那样……二号你认为呢？”三号居然笑了出来。

“吱呀”的一声摩擦声打断了三号的笑声，仓库的小门咧开了一道门缝，风夹杂着灰色的雪花从外面呼呼地灌了进来。

V原本为二号的过往身份而感到兴奋，可她明亮而惊喜的神情却因为一个事实而变得悲伤了起来。

“那是……要用双手进行演绎的职业……吧？”

几团灰色的尘絮飘落在那耷拉着的红色工程臂上，二号一手拿着还剩下一半的营养液，一手则在变形收缩。保护壳随着五个通用接口的回收而拼合起来，弯曲的臂弯绷直后，关节也回缩了，他的工程臂变回了一粒粗大而修长的红色胶囊。

“那可是已经死去了的职业啊。”二号苦涩地笑了，他那平凡而大众的脸因为此刻的扭曲而变得与众不同。

“不是的！”V“嗖”地一下站起，学一号那样大喊，“我就是‘八音盒’的演奏者！”她的手心再次闪烁了起来，可全息投影仪仅散射出几道难以构成场景的光线，很快就只剩下一盏黄色的指示灯还亮着了。

“难道，光学模组……”V上前弯下腰，摆弄着她的“八音盒”。

二号没对她的话展现出反应：“然后呢？三号啊……从那个……逻辑上看来，她是演奏者对吧？”

“但这个世界已经不需要音乐，音乐是无意义的，所以演奏者这个职业已经死亡。”二号和三号一字不差地同步说着。二号哼笑一声，眼神涣散，三号没有说话，只是静静地看着V，她正用破烂的裙裾专注地擦拭投影仪的镜片。

“嗯……或许呢……我只是说或许，在这里是这样的，没有报酬的工作不存在意义，需要音乐的地方或许也不需要人来演奏了，直接数据来展现音乐是这个时代最为合理的做法。而且……音乐作为……作为……”三号看向四号，四号随即补充了三号想不出来的词语。

“精神粮食。”四号手掌半握拟作拿着什么，然后一个劲地往自己的额头塞，就好像她的嘴长在那上面一样。

“对，精神层面的消费品。如今人类的生存状况已经没有让人享受这些消费品的理由了，大家都认为，与其被这些精神粮食浪费时间，倒不如把时间用在报酬的获取上……这可是当下的……主流的……”

三号语气里有些懊悔，随即拿出身后的吸嘴和金属表面修复剂，在V的面前扬了扬，可是V并没有搭理他。

“这可不是我所理解的‘音乐’啊……”V轻轻抱起她的“八音盒”，温柔地说着，在她的怀中这个金属盒子就像是她的孩子。

“可它就是这样一个让人绝望的东西，它自己本身也绝望了。”二号以工程臂作为支撑，半躺着，允吸着剩下的营养液，“因为生存。”

“‘音乐’不是绝望的……梦与幻想不是绝望的……”

“齿轮只需要‘咔嚓咔嚓’地响着就好，没人会理会这咔嚓声的意思，齿轮自身也不会理解这碰撞咬合的声音。所以音乐死了。”

“梦与幻想……所带来的是‘愿望’！充满希望的‘愿望’！”

她要竭力地呼喊着，声音颤抖着，小小的肩膀缩起，看似柔弱的身躯奋力往前探去，看起来像是在挣脱着什么。那是因为她把刚刚浮现出的信息集“愿望”以词语的形式透过发声单元全功率地输出了，以试图打断二号的话。与此同时，“伤感”信息集浮现，她的脸为此而扭曲，一副要哭出来的样子。可是她的眼角没有眼泪，她没有这个不怎么方便的表达功能。

“‘音乐’只是一种表达，梦与幻想也是，语言也是，动作也是，表情也是……大家忘记的，其实是表达的理由，以及想要表达出来的愿望吧？”V低头看着怀中的“八音盒”，低垂的长发遮住了她的表情，“因此一直是一副绝望的姿态，因此会否定‘音乐’的价值与意义，只看重与生存有直接关联的一切……这不是因为大家有着机械化的身体，不是躯体无法做到，也不是战争与环境的压迫……而仅仅是大家选择了忘记而已。”

“正是因为遗忘所以才能专注于效率，进而为人类的总体进步而甘为齿轮！”

“不是的……”

“多亏了这个时代，我的每一天都安排好了。关于任务的算法还有程序的，无比明晰地把一整个计划表都全部填满。我已习惯于此，绝大部分的人也是，所以大家不需要记住你说的什么表达、什么愿望，也不必有什么梦与幻想什么音乐，需要做的只是编写好程序与计划表，然后执行，工作，然后活着。”二号的视线再次穿过浮动的尘埃，冰冷地注视着V。

V默默地摇着头。

“依照我的理解，现在的生存模式的确是最科学的。况且啊，结束精神层面的享受后，依旧要面对严峻的现实状况，其中产生的巨大心理落差会对人的工作效率产生影响。”三号摊了摊手。

“我也是……这样认为？”四号情不自禁地上前靠近了 V 一步，半抬的手却又因什么不存在的东西压制住了。V 理所当然地后退了一步，四号不知所措地歪了歪头。

“不……不……现实不能是这样的……找回‘音乐’什么……根本不是我的首要任务……不是我的日志要求，日志只是我记忆的总结记录……那是我自己的想法，是来自我的灵魂，来自核心记忆区的‘愿望’，为了我自己，为了你们……”

“呐，为什么啊……为什么要把双手换成工程臂啊？明明是那么灵性的双手？”V 悲伤地与半躺着的二号对视。

“为了生存。”

“为生存而奋斗的，是生物；为梦与幻想惊呼的，是人类。”V 的语气突然坚定了起来。

“那，你果然是个人类啊……”

“不，我不是，你们才是我要支援的人类。我是施嘉斯蒂 V 日常体，原本只是……是……施……”

她突然停下了。

她就这样保持着“是”字的口型，与那得不到理解的着急神情，还有那半抬着的剪刀手，静止了。

她那因为储存警报而显得通红的视野界面关闭了，除此之外，她全身大部分系统都假死了。刚才进行自我身份检索的时候，她的信息交换储存区的容量还剩余 0.01%。这仅仅是储存空间保护机制足够运行的空间。

“没电了……吗？”二号无奈地说。

听到这，一号从他的部件堆里回过神来：“在墙壁上有一些电缆，充电去吧……”

他放下了手上的部件，扭头看到的却是一动不动的V。

“没事的，今天在车上也试过，大概是在……维修着那个金属盒子。”

四号再次上前，仔细地看着她的脸，随后伸手擦去了她眼角并不存在的什么东西。

“她……停止了。”四号说。

“停止……？”一号意识到什么，抓了一条电缆，拉到V的身旁。三号和四号也靠近，想要协助一号替V接上电缆。

“不对，她没有接口……她是用无线传输的……就像……这个盒子那样？”一号拿着电缆不知所措，三号也摊摊手。

“在我分析……我觉得这和她的能源传输有关。”四号拉起V的手，把自己的手与她靠在了一起。

“那个她说的‘量子传输模组’？”三号说，“噢！一号你试试打开自己的量子传输模组？”

“我……没有啊，我的装甲上怎么会有这样的东西，即使有，它在哪……”尽管这样说着，一号还是抓过了V纤细的手，打量着她的手心。

“像是……这样？”一号看着四号，笨拙地贴合了V的手掌。V的手太纤细了，一号的手掌看起来就像是块金属锭。

毫无反应。

过了一会儿，一号说：“果然要拆开看看，她是怎么充电的，顺带还可以看看她的脑壳里面是不是和四号你的一样。”

“不……不……要啊！”V突然启动了起来，机械地把“八音盒”顶在了头上，摇摇晃晃地退开几步后，跌坐在了地上。

“嗯？我还以为你没电了……这句话我之前好像也说过来着……”

“嗯请你努……力地去回……忆起你的过……去过去是你珍……贵的财富。”V看着一号一顿一顿地点着头。

“你怎么样了。”二号问。

“因为投……影……模拟所以交……换空间也……就是内……存不够了而……已……”

二号仰头看向残旧的仓库棚顶，“是吗，你需要的是空间呢。”

三号向V伸出手，可是V根本站不起来，四号也只好上前帮忙扶着。

“刚刚我优先重启了语音和视听系统，但是动作以及平衡系统还在重新配置啦……之后我可能要停用无线传输系统还有情感表达系统了，还要把语音和视听系统限制到最低程度，在我的保护机制完成清理前……”

V像是突然想到了什么，挣扎着想要抱起摔在地上的“八音盒”。

四号帮她拿了起来。

“它的光学模组好像还有一点问题呢……我去修理一下。”

V紧紧地抱着她的“八音盒”，离开了四号和三号的搀扶：“没事的，动态平衡系统配置完毕了。”

她靠着金属壁，一步步地走向小门，用头顶开了半掩的门。

她用门框支撑着自己，说：“二号，我决定了，我不会放弃的。这个决定我已经写入日志里面的，绝对不会忘记的。”

二号略微悲伤地摇了摇头。

“明天……明天我还会来的！我来演奏我的‘八音盒’，展现你们遗失的‘音乐’！”V控制着自己的脸部电子肌肉，呆滞地露出了一个微笑。这可能是她最后一次的表情表达了，因为控制面部展现出拟人神态，所耗费的数据资源可不比动态平衡系统少。

二号喃喃自语着：“明天？明天……还能是什么啊……”

风刮在她的身上，灰色的雪絮沿着飘扬的长发与裙摆涌出。

一号唯有平静地看着她瘦削的背影，她似乎在用尽全力地抱紧怀中的投影仪。

“喂！你会回来的路吧？在你说的那什么……明天……”一号喊道。

“嗯。”

“别把导航系统关了。”三号挥了挥手。

V 稍稍地回了下头，拐出了仓库。

“嗯。”她轻轻回应。她的声音被灰色的旷野吸收殆尽，她的身影消失在夜色里。

“她说的明天是什么？”二号看看一号，又看看三号和四号，突然地一脸困惑。

“不是任务与程序算法的定制，是时间。”四号回答。

第三幕：机器人与幻想家

——明天……是什么？

在几何图形的形变下，在每一束拟定光线的阴影还原下，在回放着的开场白下，他从地上站起，走到了舞台中央的位置，侧对着投影而成的帷幕。

——是任务与程序算法以外的……

仓库的横剖内景加速变换成夜间雪地外景，铺满尘的地板转变成铺满雪的道路，一号上前抓住他的工程臂，两人侧对着红色的帷幕，面对着仓库的小门。三号四号则随着舞台的升降模块退场。

……时间？他在心里说道。

与其说这个开场白是旁白，倒不如说是他通过“精神通信”把脑海中的台词透过音响设备进行输出。在帷幕开启前，他关闭了通信系统的音响输出通道，转而透过拓展视野界面观察着帷幕外观众的反应：面无表情。

那就需要更加真实的……

虚拟的帷幕缓缓拉开，他突然瘫倒在一号的臂弯里。这使得一号紧张了起来，转而用双手夹紧二号那软绵绵的躯体。一号在心中抱怨了几句：喂，你又把机械结构关闭，虽然剧情上是“没电”，但是……

一号脑海里传来二号的回应：但愿他们有所惊讶。

瘫痪着的二号勉强睁开眼，无力地看着一号。

哈！是呢！没电了确实和死去相当，应该比死去还恐怖吧……感觉不到身体，意识却还遗留着。一号在心里说，同时卡着二号展开的工程臂，向着仓库小门迈开步伐。

只可惜他们不会知道你为这个表演的牺牲。一号感叹。

没关系，这是我想要的表达。二号释然。

一号半拖半拉地扶着二号前行，场景以两人为轴向着两人身后横向移动，外景移出同时，被阴影遮盖的门后内景缓缓移入。两个场景间有着一个界面，那是仓库金属壁的纵向剖面，半掩的小门就立在在这个剖面的里面。虚拟的雪地同步地展现每一个脚印与拽痕，于此同时地板的暗藏的履带配合两人的步速运转，让两人相对于舞台的现实位置几乎没有变化。

[二号：明天……明天……明天……]

二号含糊不清的重复着台词，他的声音很虚弱。这是他直接关闭了自己的机械结构而导致的无力，他时常这样做，为了更好地还原这一幕。

一号伸手够到小门的虚拟模型，往前虚推，模型也紧跟他的动作运转，就像那里真的有一扇锈迹斑斑的门被他推开了那样。

随着门的开启，夜间外景遮盖上了一层漆黑，而仓库内景的场景遮盖则“刷”地一下不见了，就像打开了灯。场景还在缓慢地横向平移，地板的履带也保证他们相对于移动的景与物是静止的，直到仓库的横剖内景充满了整个舞台。

四号坐在了一片草地上，三号在她身旁站着，两人像是在讨论着什么。这片草地与仓库的墙壁棚顶格格不入，生锈的巨型金属盒子内部怎么会突然冒出一大片青嫩的草呢？

四号的脚尖前，一个残旧的乌金色盒子散发着光泽。

[一号：来帮一把！]

一号吼着。四号和三号回过神，上前把二号围了起来。

[一号：这家伙……没电了。]

一号让二号靠着金属壁半躺着。三号拉过一条电缆，一号接过按在二号的背上——当然这条电缆也是虚拟模型而已，二号也已经重启了自己的机械结构，锁定了半躺的姿势，让自己靠墙的动作看起来自然点。

四号做了一个“停止”的手势，“八音盒”的投影终止，草地升华了。

[四号：你怎么了。

一号：我回来的时候在他工作车间的门前碰到了他，他就这样瘫在雪地上，因为没电了。

三号：怎么会……昨晚不是充好电了吗？那你的工作怎么办……

四号：不是。休眠与否会影响充电效率，我们昨晚都少休眠了大半个小时。]

二号看向地板中央的“八音盒”，无奈地笑了一笑。因为连接着电源，他算是恢复过来了，坐直了身躯，环顾四周。

[二号：她来了吗……

四号：我在闸门旁发现了这个全息投影仪，我搜索并学习了它的技术原理以及操作方式。

二号：看来是来过呢。我的“明天”在昨晚被她和这个盒子打破了。

三号：是因为休眠时长减少了吗？她的确像个顽皮的孩子，搞出的恶作剧让我们一晚都没睡好。

二号：哈……不只如此啊……今天，在我工作的时候，在我想着“明天是什么”的时候……]

舞台突然暗了下来，这是因为遮盖层把仓库内景隐藏了。他迅速起身，面对观众。他的工程臂已经展开，以一种人类生物手做不到的姿势弯曲着，这却是工人们做的最多，也最能贴近观众的动作。

一束圆锥形的虚拟动态光打在他身上。他的工程臂下，是每个配装工人无比熟悉的装配平台。

他的通用接口连接着更为精细灵活的机械臂，在配装台上灵敏而又富有节奏地的运动着。他小心翼翼地演绎着“装配”这个动作，虽然也只不过是让工程臂执行原有的动作程序，但是他的腰部、双脚要几近静止，“配装台”以及零部件都只是几何建模，要是因为身体的抖动而导致工程臂“穿模”，这就很不妙了。

逐渐，舞台音效变成一种如同时钟那般的声响，音节铿锵而毫无旋律可言，数个音节配合着他工程臂的运作循环着，就连旁白也随着那种节奏如沉闷的摆钟吟诵着：

谁来告诉我，明天的概念
充电，唤醒，检索，计划

列表的任务，执行与再现
复制的规律，定制的程序
这难道不是明天？
何为时间？

两束，四束……虚拟光源陆续增加，他的前后左右接连不断地出现圆锥形的动态光，光束下是与他动作一致的工人，工人的神情、穿着、工程臂的姿态都完全一致，若不是因为长相与身材的细微区别，这些人就像是他的分身。

上班与下班，过程是时间
提拉，按压，递进，回旋
人类的罪罚，我们的勤勉
世界的危机，生存的条件
效率就是最高解
数字的解

一行一行，一列一列，工人们搭配着音效与一致的动作，以同样的节奏现身，就像复制粘贴了那样。如同车间的照明灯被陆续打开了，如同时针转了一圈，在 484 下机械运转声、121 组同谐音节后，车间的场景完全呈现出来。观众们的头顶上，每两米就站着一位工人，工人被悬浮着的标语包围。车间化为了一个整体，横列纵列的装配平台组成了流水线，所有流水线组成了一张网，零件在网上面以同样的节奏推进着。他位于这张网的中心，站在一个格子里面。每个格子的内部空间、网的每一段线条都是一致的。

那为何思考，明知是机械
当下的制度，机械的世界
她说的只是诡辩
愚蠢的她崇拜这些
我便追随我所自愿
任务程序外的时间？
明天怎会是时间
我的明天，没有时间
……

他抬起了头，恍惚而不解地看着前方。他特意放慢了左手的操作，一瞬后又马上恢复回来。这是表演的一部分，为的就是打乱整个场景的节奏。在日常工作中出于任何情况的操作脱节都是可耻的，而现在的这个细微动作会构成“二号在思考”的表演。

……
明天……时间……电量……耗电
失去了动力，我变成锈铁
噢不，那是不久后的时间！

他低下了头，转而专注地看着装配台。尽管他在努力地赶上节奏，但是他的操作逐渐出现了紊乱，不久便彻底地慢了下来，再也无法赶上车间整体的节奏了，乃至像燃尽了的油灯那般静止。

他疲倦地闭上了双眼，伏倒在装配台上，停止的工程臂把他软绵绵的身体顶着。输送过来的零件被他的身躯格挡，在他一旁堆成了一座小山。像是要配合着混乱，其他工人的工程臂下一个接一个地空了，可是工人们却依旧按着原有的节奏，对着空气重复着那些早就定制好的动作。

监工从车间的角落启动，那是一个货真价实的巨型机器人。机器人用铁钳似的巨大机械臂把二号夹起，搬运尸体似的越过流水线组成的网，场景以他与监工为轴后退，当然，监工也是虚拟的，又一次关闭了机械结构而瘫痪的他只不过是被舞台的升降模块抬起了。

监工走到车间闸门处，把他丢在了车间外的雪地里。

场景羽化交替，仓库内景再显。

[一号：就在这下班前的十几分钟，你……

三号：那个丑恶的自走钳子把你怎么样了？

二号：等我连接上这里的电缆时，我接到了车间的开除通知。]

四号后退了一步，一点一点地抬起手臂，捂住了自己的嘴。

[四号：不……不，他们不能这样做，只是因为你没电……]

二号笑着摇了摇头。

[二号：他们可以，因为他们制定了这样的规则。而规则可以被打破，拜我所赐，我的车间已经跟不上整个工业区出货的节奏了。紧接着开除通知的是工业区管理层的驱逐警告……但是……告诉我，她所说的“明天”在这里面吗？]

他指指不远处“八音盒”的虚拟模型。接下来就是这个盒子的表演了。“八音盒”也是这个故事的重要角色。

四号点了点头，用手势指示了几下。“八音盒”的指示灯首先开启，随即散射出缤纷的光芒。光线交叠转化，在虚拟场景里面生成虚拟场景，倘若下面的观众们看得出来，大概会惊叹吧？

扩展视野界面里面，他看到了一位与四号以前同属一个工种的女性微微地张开了嘴唇。

还是那片星空，那座城市，那条公路，只不过那几团喘息的火焰与城市的灯火熄灭了。

万籁俱寂，唯有道路的灯影映照着路面的血迹。

一号惊讶地转过了身，侧对着观众，俯视着躺在自己跟前的士兵。

那名士兵的手指动了一下，他的装甲做出了响应，数声机械锁定声后，装甲内置的动力骨架辅助他站了起来。士兵蜷缩着，抓着自己的心口与喉咙，痛苦地咳嗽喘息着，似乎呼吸与心跳还离他很远。

一步，姿态锁定；重心稳定后，姿态解除；第二步，姿态锁定……

士兵就这样一点一点地走到了离他最近的一名同伴身旁。同伴的装甲连同躯体已经散架，仅靠尚未断裂的皮肉与动力骨架保持着人的形状。从装甲的巨大裂缝中渗出的血已经干涸。

破裂的 K8 装甲内，骇人的伤口处，黑色的晶体缓慢蚕食着同伴破损不堪的躯体。再过不久，因为“先驱脉冲”的改造，他的同伴将彻底变成一堆无机物，支离破碎的肉体将再也看不到曾经生命的痕迹。

士兵跪下，久久地凝视着同伴头部装甲的取景器。

四号站到了一号的身旁，一同面对着两人前方的虚拟景象。

[四号：研究这个全息投影仪的时候，我从里面的储存器找到了这个场景，我猜这是昨天她还没来得及展现的后半部分。

三号：依照我和四号的讨论，我们一致认为昨天的场景代表着过去，是“梦”。然后，接下来的是她所幻想的未来。

四号：也就是，“明天”。]

跪下的士兵的身体突然颤动了一下，像是老旧的弹簧逐渐被拉开了，在装甲内部结构的摩擦声拉扯声里，他伸出手，够到了他的同伴。

“愿望之力，无限之大。”他说。

空气泛起了波纹，波纹荡漾至整个空间，如同是在回应这股脉冲，同伴的手指也动了一下。

绚烂的光辉从装甲的裂缝迸发，数声机械锁定与解锁的声音下，如同上好了发条，那具破碎的K8装甲从血泊中缓缓地站了起来。

那句话简直是一句咒语。

紧接着，如同是响应了某人的愿望，四具破损装甲的缝隙里都跃动着七色光芒，从内部迸发的力量奇迹般地击碎了蔓延覆盖的结晶。像是蜕皮那般，黑色结晶不断剥落，展露出来的是像新生儿一般脆弱的皮肤与肌肉。装甲的裂缝更是像生体伤口那般，不可思议地快速“愈合”着，连同涂抹在金属表面的血污与焦土也被抹去。

他的四个同伴逐一站了起来，各自捡起自己附近的武器或者装甲的部件碎片，部件碎片就拼回迸发着光芒的缺口里，武器就上好保险背在背上或者挂在腰间，四人向他靠去。

唯独他穿着一身染着焦黑的K8装甲，唯独他装甲涂着血污，唯独他没有萦绕于身边的斑斓。他与同伴一一相拥，同伴也拍拍他的肩膀。

“我们可以打败先驱者！”他激动地吼着。

“是啊，K8装甲可以抵御攻击和先驱脉冲！它们可以被打败，我们的战争终将胜利！终将胜利！”五人欢呼了起来，举起了他们的手臂。士兵们四分五裂的装甲与躯体像是被胶水拼合了起来，萦绕着的七色光华渐渐消散，胶水也干了，他们互相搀扶着，以别扭的姿态一点一点地向着远方的城市走去。城市建筑的边缘，夜幕尽头的云彩被悄然蔓延的微光浸染。

五人笨拙地翻下了公路的水泥护栏，消失在灯影下。

晨光突破了地平线。

时间加快了数倍，破晓，黎明，清晨，路面上陆续闪过各式车辆的拖影，有的拖影还穿过了四号和一号的身体。

一号情不自禁地张开了双臂，任由这些模糊的拖影掠过自己。路灯熄灭了，天亮了，那是蓝色的天，云彩伴随着刺眼的阳光从远处建筑的轮廓后出现，向着一号飘来，越过了所有人的头顶，消失于观众们的身后。

傍晚，初月，皓月，深夜，破晓……

加速流逝的时间像是刮起了一阵风，风沿着一号面前的道路吹来，倒是没了那股金属的气息。

“吱呀”的一声，二号身边出现了一道裂缝。裂缝的边缘被闪动着的失真斑块抹去了，可谁都认得出来，这道裂缝是暗灰色的。

那是夜间雪地的颜色。

一号无奈地放下了双臂，向那道裂缝走去，伸手“砰”地一声把那扇虚拟场景之外的小门关紧。三号看着一号哈哈大笑，二号也跟着默然笑着。

[三号 : 这真是一道时空之门。

一号 : 我现在很想给它上把锁。

三号 : 就怕 V 找不到进来的方法了，然后又在闸门外面坐了一整晚，嗯……像条落魄的小狗。

二号 : 所以，这就是明天吗？]

二号仰着头，举起他的工程臂，指着变换流动着的天空晃了一圈。欣赏着虚拟场景的四号愣了一下，像是突然明晰了什么，与二号对视。

[二号 : 以及，“又在闸门外坐一整晚”——这就是明天?

四号 : 我想，这是时间。太阳与月亮接连飘过，行驶的车辆变成了长长的一束拖影，这是加快的时间。与三号所说的“又在闸门外坐一整晚”，都是处于“未来”这一位置的时间。

三号：只不过，那是在幻想里面的未来。

二号：我还以为，那只是 1 到 12，0 到 59 的数值。

四号：然后，这就是明天。黑夜被晨曦打破，城市安然无恙，灯火亮起又熄灭，这就是士兵们祈愿着、等待着的“明天”，是幻想中明天。

二号：是吗……是呢，电量耗尽的那一瞬，我似乎也想到了我之后的下场了。

四号：你这不是知道吗，明天的含义，就是时间上的未来与未知。或是被模拟定制的未来，或是难以推演的未知，是我们所有好奇的，恐惧的，坚信的，怀疑的，担忧着追逐的，无视而抛弃的……全部的这些，都是明天的一部分。

三号：理解未来与解决未知都需要想象和推理的能力，二号你以后也有空闲干这事了。

一号：我还记得她说过，愿望……

四号：这还可能是一个愿望，是关于未来的想象，是“另一种可能”的幻想，是那五名士兵的心愿……]

四号扭头，用余光扫过了前排观众。刹那间，她好像笑了。

[四号：很美，不是吗？

一号：这个就是……我所遗忘的……？

四号：如同她曾说的，这个全息投影仪在展现我们所遗忘的梦与幻想。]

一号触摸着自己的额头，缓缓地沿着装甲的缝隙，移到了自己的心房上。

他定眼看着加速时间下的城市，坐了下来。

日落日出，斗转星移。建筑的轮廓在变化着，有的高楼被推倒了，新的高楼拔地而起。半透水晶柱一般的大厦最后替代了所有有着混凝土外墙的建筑，在日光之下显深色，在月光之下显莹蓝色。

雾起，雾散；雨落，雨停；雪飘，雪止……周围没有巨大的金属盒子，没有因为下雨而恐慌乱跑的家伙，没有不散的雾与永远清理不完的雪，春夏秋冬四季交替，公路上的载具拖影络绎不绝。

建筑慢慢地靠近一号坐着的公路，最后这条公路变成了城市间的一条街巷。流动的行人变成了线，街道上铺满绚丽的光轨……

演变缓慢了下来，最后停在了一个深夜，有着汽车外形的飞行器从天而降，在四周的广告投影与灯光照耀下停在了一号的面前。

飞行器走下四个老人，老人们相互搀扶，皱巴巴的脸咧出了一个个笑容。

灯影下，四个孱弱的影子相互交叠，老人们一点一点地走过一号的身旁，轻轻地拍了拍他的肩膀。

老人们走出了舞台，走过了观众的头顶，消失在虚拟的远方。

一号一直呆呆地坐着，看着飞行器那打开了的舱门，像是在思考。

似乎坐上那辆飞行器，就能穿越时空去到眼前的那条世界线那样。

而二号却一直有些伤感地注视着那道“时空之门”的位置。虚拟场景的投影结束了，那扇关不紧的小门浮现了出来，整个虚拟场景升华了，光粒被吸回了“八音盒”。

[二号：是啊，很美……哈哈……]

二号无奈地叹息一声，大家都看向二号，似乎都在畏惧着他接下来要说出的话。

[二号：……她说了那么多废话，其实说的都是那一样东西啊，真是个笨蛋。

二号：我也是个忘记了什么东西的笨蛋吧。]

二号看着自己的工程臂，看着那十个空空如也的通用接口，入了神地喃喃自语着，像是在对着某人轻语。

[二号：天知道我为什么会把原来的双手换成工程臂，或许只是资源配额不够用了，或许是因为原本的手在演奏的时候，会累会疼，受伤了更是不利于演奏……或许，我仅仅是想生存着，像是一种不甘的屈服，不甘就此死于当下。人……先要活着才能追逐啊……明明是如此简单明了的道理你却毫不留情地把它拆穿……]

他的脸庞划落一滴浑浊的液体，把他稠密的须角沾湿了。

[二号：你这叫人还怎么活啊……]

他一边说着一边用工程臂的金属外壳摩擦着自己的脸。片刻，他看向观众，看向那观众们看不见的、并没有被模拟出来的仓库闸门。

[二号：她在哪呢？

四号：不知道，不过我相信她明天还会来的。

三号：她今天没进来仓库，可能是因为昨晚二号把她吓到了。

一号：那家伙可没有被吓到的自觉。她大概在废墟捣鼓着什么吧。

四号：她还没亲自给我们演奏，所以明天一定会来的。我也只是擅自地摆弄了一下她的全息投影仪。

三号：演奏什么？

四号：当然是她所说的“音乐”，也就是梦与幻想？

二号：别开玩笑了，这可不是音乐，她那个笨蛋理解错了。不过我的工作没了，填满任务与程序的计划列表不复存在了，我就等等她吧。等到明天她来了，我来向她展示什么才是真正的音乐。虽然这难度还挺高的啊。]

二号碰了碰自己的工程臂，发出铿铿的声响，笑了。四号被二号的话和那铿铿声响吸引，直直地注视着二号的工程臂，像是在思考。

[四号：如果你决定这样做的话，她以后或许会拉着你不放要你和他四处演奏的。以她的执着来看……

三号：还去四处演奏？别傻了，不会有人理会她的！哪有人像我们这样空闲，待在这不充电来看这无聊透顶的梦与幻想！

一号：是啊，笨蛋才会这样做吧。

三号：要是她在这里，听你这句话可能会捂着额头说“我不是我不是我好歹是拟人智能”吧。]

三号模仿着一号的吼叫，还按着防护服模仿着 V 扶额说话的样子。一号昂起身与三号对视，感慨着地以玩笑回应，声音竟苍老了许多。四号则在一号的部件堆中摸出一把扳手，放在了二号跟前。

[四号：毕竟，大家都在为了报酬忙活呢。]

二号凝视着四号的假瞳，若有所悟地点了点头。他用工程臂的通用接口摸索推搡着，想把那把扳手夹起，可是他失败了，于是他干脆用牙把它咬了起来，接在了接口上。接口灵活转动着，扳手虽远比不上原本连接的小型机械臂，但也总比没有好。二号“咔咔”地笑了。

[二号：一号，明天……明天带我去废墟吧。

一号：看来你要转行了。

二号：或许吧，我的一些东西被埋在那里了。

二号：不，不。事不宜迟，我们现在就去吧，我要找的东西可能要找很久才能找到，我怕会赶不上明天晚上。虽然不知道她现在去哪了，明天的这个时候她会出现在这里吧？

一号：现在就去？你还想体验没电的痛苦吗？

二号：只要少用手臂的话……]

二号已经拔掉了背后的电缆，看着新装的扳手，拖着步伐从小门走了出去，而一号斥喝着跟了上前。三号则向着他们挥了挥手，仓库就剩下三号和四号了，与一号二号回来前一样，四号打开了“八音盒”，两人看着满地的青草若有所思。

[三号：我们……究竟遗忘的是什么呢？不只是空乏无形的梦与幻想吧？如果从科学的角度来说……

四号：你想听没有在表达上进行过加工的分析吗？

三号：你没有用以往的说话方式，我听着还挺不习惯的。对于我的疑惑来说，你的分析以及结论更具备说服力。

四号：对于今晚二号的疑问，四号内置计算机进行了情报征集与分析。结合两天以来的投影，从科学的角度来看，我们的意识降级了。

三号：如同字面上的“变成机器人那样”了吗？

四号：模拟广义上的未来是我们的竞争者所不具备的能力。资料显示，工业用人工智能是不具备“灵魂”的，但和我们这些造物主一样，都会在大脑或者系统里面建立一个世界的或者事物逻辑的模型，征集过去的信息，制定下一步的任务与程序。任务与程序是定制的狭义未来，老实执行就好了；运行世界模型并透过对时间的认知模拟世界整体、空间，以及事物逻辑等的广义未来，是我们原有的能力。“模拟”本身这个行为可以是自由的，会结合过去的记忆给我们带来愿望，创意，感性，深思……我们就是遗忘了自由模拟一个广义未来的能力。

三号：那就是所谓的梦与幻想？

四号：我们忘掉了人类意识原有的高级能力，因此意识残缺不全。虽然说遗忘掉那部分可以让人更理性更合理更高效率地生存下去，但我们要是都遗忘了，这会让我们的意识等级下降，然后再逐渐变成与原有人类以及机器人都不同的生命群体。

三号：姑且叫作“齿轮文明”好了。

四号：哈……哈哈。有趣的名字。

三号：这才仅仅是我们接受工业机械化的第五年呢。

四号：幸好只是过去了五年。]

像是经过了一阵风，草尖拂动，数只蝴蝶蹁跹。四号看着三号，有些惊讶地说——

[四号：名字……说到名字的话，我记得V把这个全息投影仪叫作“八音盒”，可八音盒不是这样的……有着非常简单的机械结构，用齿轮组成机芯，附以簧片，音筒……它们造型各异，或纯手工打造或出产与流水线，即是艺术品又是声音媒介……]

两人跟前出现了一个小木盒，木盒里面有一个扩音铜管，铜管下是一枚装饰用的黑色胶碟。这当然只是虚拟模型，八音盒每一个零件都自动拆开，随后自动装回。这是四号的搜索结果。

[三号：这才是真正的八音盒吗……]

木盒向两边展开，里面的小留声机随着联动装置缓缓升起。小留声机身上的把手转动了起来，吱呀吱呀地，它精密的机械结构获取了动力，带动了内部的音筒，也带动了小留声机上的黑胶碟片，发出了纯粹的、金属拨动的清脆声响。在这清脆透彻的旋律下，金属一般的女声跟着吟唱了起来：

冰凉
灰沉降
它寂然，似雪藏
回放
发条上
机芯撞，声澈响
那，是齿轮力量

相咬合，定制下

编辑虚伪梦幻

……

仓库的小门突然被撞开，一号扛着二号冲了进来。投影的草地与八音盒也因此被打断了。

[一号：监工！在三个街区外，向着这里赶来！

二号：驱逐警告生效前的责改令……但是我才是他们的对象，你没有必要回来，把我交给他们就好……

一号：他们要包围我们！

四号：我和三号今晚翘了班。

一号：你们？还会翘班？

三号：要不是我清理的时候路过这里，我都不知道原来四号一直都在这里等她。

四号：我认为我们没有对她昨晚说的“明天会来”做出回应，那就是默许会等待她的到来。我在这里等着，偶然开门的时候发现了这部全息投影仪，解析研究之后，我让它投影了一片草原，那时候经过的三号以为出现了“神迹”，便放下工作看到现在。

一号：哈哈，这可不像你。

四号：因为我原有的明天也在昨晚被她打破了。

一号：要走了，在监工要我们忘掉今晚的一切之前，离开这里！]

四号轻轻地抱起了全息投影仪，搭上一号的手，踏着舞步向小门前去。仓库内景往远离观众的方向推进着，逐渐地，先前并没有模拟出来的仓库闸门浮现，隔绝了匆忙离开的四人。

三架主体为机械钳的巨型机器人围住了这间仓库，探射灯似乎要融化掉它的金属外壁。

闸门旁，强光下，女孩靠着金属壁蜷缩着，把耳朵贴在了冰冷的墙壁上，指尖轻扶着墙壁锈迹。

她一身洁白的睡裙，漂亮的白金色长发沾着灰色的雪花。

雪在下，雾在沉降。

弯弯曲曲的脚印与履带痕迹被一点点埋藏。

她莞尔一笑，打了一个响指，监工们停止了运作。

强光消失，阴影落下，像是她把灯关了那般。

……

自由是它尸骸

永无止境循环

但也

曾被拟作摇篮

簧片拨弹，表达梦与幻想

简板记载美与高尚

……

一束，两束，三束。三束圆锥形光束打到了观众的头顶。

一号，二号，破旧的三角钢琴。两人一同搬着这个奇特的三脚物体，向着漆黑的舞台走去，消失在阴影中。

一闪，一闪，又一闪，重型卡车车灯开启。灰色荒漠上，二号站在钢琴前，一号从腰间的铁皮袋子摸索出好几把扳手，装入了二号的通用接口里。

一声，两声，三声。难听的音符在扳手与琴键碰撞中的溅落。

阴影浮现，转瞬又离去。

……

梦醒陌生地方

机械替换心脏

意识唤诉惊叹

音乐唤诉愿望

“去吧，去吧

愿望之力无限大”

……

建筑的尸骸旁，四号展开了四肢，机械地摆动着，胡乱地挥舞着，用极其不符合她那不变表情的兴奋语气呼喊：“演奏吧！”

“像起舞那样演奏！”

“用音乐与场景表达。”

“等不到她的来访，那就让我们去找她！”

“告诉她，这就是我们的梦与幻想！”

二号敲着琴键，时而高兴时而悲伤，时而无奈时而惊讶，时而又伸长工程臂，靠着通用接口上的扳手笨拙地调教着弦丝。

一号和三号围着“八音盒”踱步，“八音盒”上投影着仪器本身的内造结构与货车的立体设计图。两人一把抓住了四号，四号做了一个拍掌的动作，十个指头依次闪烁过光斑，“八音盒”响应指令，放大了设计图。设计图中的重卡货厢向左右两边翻展开来了，底部金属板变成了一格格横纵交错的传动单元，每个传动单元内藏投影组件，几个复制而来的工人影像出现在立体设计图中，随着传动单元的运作陆续升降。

整个虚拟场景一明一灭，就像“八音盒”的眼睛眨了几眨。

……

机械已被润滑

挫去轮齿，逃离框架

在时间里接受氧化

在空间里烟消云散

在此之前

孤单

震撼

悲怆

释然

升华

……

清脆的琴声宛如夜空繁星零零碎碎，旋律把音符与群星陆续连接；弦乐拉开了星空，抹去了车间与夜色的界限；管乐推进着游走的银色折线，把星座的形状逐一勾画；折线在军鼓鼓点催促下，折返到一号的跟前。一身戎装的一号套着军礼服孑立于漫漫荒野。深邃的天、铁灰的地，由银色折线勾勒现形的巨碑把笔直的地平线从正中央隔绝。钢制的碑宛如断裂的巨剑，刃尖刻着的“欧洲遗址”上，无数人名如缕缕细烟，汇为断剑剑身的雕纹。壮烈的军礼乐环绕不绝，巨碑之下，四具铠甲笔挺凛然。

那是 K8 量产装甲，装甲的棱角锐利，每一个缓冲斜面都映射着星辉与月。装甲的外表遍布细碎裂纹，恍若是银河之弦的投影。

四具装甲立正眺望，统一的面甲无法透露任何人类所拥有的神情，可是他们的取景器锃亮，像是在告诉世人他们将永远地守护着身后的巨碑，直到世界所有的光熄灭。

一号将四把探测设备安放在他们的臂弯里，随即退后一步，立正后紧握手中探测设备。探测设备迸放出巨大的电弧，电弧没有把地上的灰色的雪轰开，而是直奔深空，拟作奔雷闪电。

闪电过后四周回归漆黑，月亮的光辉投射到老旧的三角钢琴上，钢琴前的二号身着燕尾服，两条工程臂并没有破坏他的演奏身姿。群星归隐，雾气升腾，唯独他陶醉在散漫光华下，十个扳手跃然于琴键，修长的工程臂时而铿锵时而轻抚。他得意地一笑，背后又伸出一对工程臂，腾空的工程臂在他头顶伸展开来，右臂向内折弯成一个合适的弧度，左臂放于弯曲的右臂之上，五个通用接口连同扳手合拢，像是拿着什么东西，僵硬地斜向上又斜向下地划动着，与此同时右臂的扳手此起彼伏。

他抬眼瞄了一下，皱起了眉头，撇了撇胡子，略有不满。只因觉得自己的动作太过生硬,“手指”无比笨拙。像是回应了他的愿望,在难以名状的力量推动下,二十把扳手竟折弯了起来。他的四只“手掌”不再是那直勾勾的夹子了，二十条金属伸屈自如，俨然与正常的生物指无异。

举过头顶的工程臂搓了搓手，他露出得意的笑容，演奏着钢琴的同时把三角琴的大盖拆了下来，捏成了小提琴琴盒和琴弓。他把琴弓放于脑后晃动几下，把头发捏成了琴弓的弓毛，又从脚下不知什么地方抽出几根钢丝，作画一般地把琴卷和系弦板连接了起来。

扳手或停顿或微颤，或推按或拉起，配合着不知从何奏起的打击乐与铜管乐，二号借助钢琴与提琴模拟出了心跳与呼吸。

光束投到了三号跟前，三号从阴影处加速驶出，他身穿全封闭的防护服，背景随着他防护服下的心跳与呼吸一点点展现。灰色的天空下，荒漠的雪花在翻腾，似有强烈的气流卷席三号周边。交响乐的旋律从间歇到连续，随着气流逐步攀升，三号展开臂弯，任由天地间混沌着的风雪把行驶着的自己托起。

终于，在乐声刹那间的停顿，三号的履带离开了地面。

旋律转为柔和而浪漫，三号跃过了二号的头顶。在那本应是太阳的位置下，黄色防护服像花苞那样绽放开来。他卸下了所有的外装，一手拿着金属表面修复剂，一手拿着吸嘴，履带与他的身躯以藤蔓相连，不舍褪去的藤蔓在最后交织形成了他的双脚。

他踏着灰色的雾，仰望着天，把吸嘴尽可能地伸远。空气扭曲了，雾气竟然都涌向了那扁平的吸嘴。星空再现，就连星光与夜都被吸去，月亮变成了太阳，黑夜变成了蓝天。

他把修复剂往眼前的空气一喷，眼前便冒出了一行长长的数字，数字后跟着一个配额流通符号。他再把修复剂往灰色的雪地喷洒，那扭曲金属的力量化作召唤生命的力量，雪地上冒出了青绿的草；再喷，那青绿宛如墨水一般在灰色的纸上渗透蔓延，青绿之间还透出数点斑斓，灌木接连不断地从葱郁的草丛间涌现。风吹草动，林木破土，飞雀嬉戏，蜂蝶蹁跹。

他眼前的数字不断地跳动，数位一个接一个地减少，然而他并不在意，因为那行数字实在是太长了！等到这行数字明显地短了一截后，他已经把视野可及之处的荒漠修复成了绿洲。

他轻轻地降回地面，扎实地站稳了，丢下了吸嘴和修复剂，以赞颂的神情深深地吸了一口气，缓缓呼出。

随即，二号的身旁出现了一道裂缝，身着舞会礼服的四号从裂缝里探出了头。那召唤生命的力量转而赋予了她表达的能力，构成面部的仿真皮革运动了起来，她正因眼前的绿洲而惊喜万分。她推开“时空之门”，惊讶地抚摸着自己的脸庞，随后对着伸到自己眼前的手甜甜地笑了起来。她轻点三号的手心，撩起耳边的发丝，随即长裙一扬，投入了这位以青苔为裳的男士怀中。

森系的旋律下，两人在林间盘旋起舞。琴声笛声空灵柔和，似有鸟语花香萦绕于四号的机械躯体，她的舞姿如流水宛转，飘扬的裙摆与拂动的藤蔓缠绵。她若拟作鸟儿，三号便饰演枝条与她打闹；她若拟作飞花，三号便饰演清风助她与蝴蝶共舞；两人化作了精灵，受生灵相拥，枝条藤蔓把两人托起，枯叶拟作溪流，精灵在其中荡漾沉浮。

就像他们本来就生于此地，更多的树木花草也在他们的舞动下，扭动躯干以各自所能发出的声韵吟诵着，为两人伴舞。

突然一阵大风卷来，悬浮的枯叶升空化作了雨。树灵们纷纷变回了原来的样子，为其他生灵提供庇护。三号和四号无奈地停下来舞步，四号却拉过三号的手，与他一起站在树下，欣赏着洗浴的万物，又敬仰地仰望上穹，任由雨水击打在脸上，以各自的方式祈祷着。

琴声模仿着雨点落地的声音，而二号身旁的裂缝迅速扩大，一扇隐藏的闸门上升着，最后像是画中画那般，巨大的“时空之门”平铺于森林间，门的外面是朦胧的雨景，里面是焕然一新的仓库，与扶着门框招手的一号。

场景缓缓推进，仓库里面是呈亮的装甲与探测工具、各式乐器、琳琅满目的盆栽与礼服。三号帮助二号抬起了三角钢琴，四号则雀跃着步入了仓库，在经过一号时，她缕了缕湿透的长发，把的双手收于身后，十指交握。她对着一号微微低头，腼腆地笑了笑，行了一个屈膝礼。

[四号：莱恩 · 夏尔曼先生，谢谢您。

一号：噢，如果你不介意的话。]

一号环视仓库一周，脱帽回敬。四号伸出了纤细而白皙的手。

[四号：您愿意与我共舞一曲吗？

一号：我非常荣幸。]

二号演奏起了钢琴与提琴，在柔丽的华尔兹下，四号与一号舞步相随，双目交视，脉脉细语。

[四号：我做了一个梦，我有一个幻想。

一号：是吗，那是怎样的呢？

四号：那是关于音乐的梦与幻想。

二号：像这样？]

二号优雅一笑，为他的插话表示抱歉后，又一次转换了演奏风格。提琴声低微悠扬，钢琴声澄澈响亮。那是梦幻的旋律，一下一下地，在工程臂轻微的机械运转声里，宛如在八音盒的发条驱动下，音筒匀速经过音板，拨动着光亮的簧片。

[三号：像这样！]

三号一挥手，琴声逐渐化作骤雨，接连而起的交响乐随后迎来高潮。光影的转换下，台下的工人随着主旋律的音符一个接一个地换上了晚礼服，挨坐在长木椅上，机械外形逐一脱落。他们或紧张地闭眼锁眉，或轻松地微笑点头，或跟随着节奏轻扣指尖，或与身旁之人相依紧靠……

每个人的眼前都和三号那样有着一串数字，那是时间空间与物质资源的系数，共同构成了“资源配额”。配额数值随着音乐跳动，闪动的数字逐渐随着音符舞动了起来。

[三号：还有这样！]

三号展开臂弯，像是刮过了一阵风，把观众周围的场景像灰尘一样吹飞。金属的地板、墙壁、棚顶之下是木制地板、树立着金色雕塑的墙、罗列着浮雕与花纹的金色穹顶。

他们的仓库破天荒地镶嵌在了金色大厅的巨大管风琴之间。

一号与四号因为惊讶而停下了舞步，四号像少女那般惊喜地仰望穹顶，随即看着人们，怀着相遇的感激与离别的不舍，悲伤地笑着，向人们伸出了手。

[四号：那也是，你。]

四号轻语，她的指尖泛起了微光。紫色的、蓝色的，青色的……光芒涨落，沿着她纤纤指尖望去，人群爆发出雷鸣般的掌声。只因一位女孩站了起来，她从人群腾空而起，赤着脚，一步一步地向四号靠近，她的足迹绽放出晶莹剔透的雪花。

她裹着一袭净白的睡裙，笑容无比灿烂，就连她那白金色的长发都像是浸润了太阳的光芒。

女孩也伸出了手，期待着指尖相碰之时。

[女孩：很高兴遇见你们，请问你们有我所遗失的音乐吗？]

她的手心同样泛起了微光，赤色的、橙色的、黄色的、绿色的……像安然的心跳那样鼓动，像平稳的呼吸那样起伏，与大厅间回响的旋律节奏共同流转。

[四号：这就是你所寻找的音乐！]

五指相扣，在终止符奏起的瞬间，两手迸发的七色光华散发至整个大厅，容纳了在场的所有人。

那是，愿望的光芒。

“愿望……愿望……”女孩默念着这个从核心记忆一区突然涌现的词语，看着怀中呼吸着的指示灯，顶着纷飞的雪，在雾中跌跌撞撞地走着。

呐，你也是我的愿望呢。她眯着眼甜蜜地笑了。尽管她无法把这个笑容通过脸部电子肌肉表达出来，可是在她的幻想里，她就是如此欣慰地笑着。

刚刚你的第一次出演里，大家都是那么、那么地惊讶，他们虽然没表达出来，但是我感受到了，他们都被你的演出所吸引啊，我认为一定是这样的。毕竟，大家真的只是忘记了什么，就好比记忆，好比愿望。她如此说着，尽管她的言语无法透过发声单元输出。

她得出过这样的一个结论：记忆是过去的信息，愿望是对未来的模拟。窥探核心记忆一区，看到那个“模型”时，“模型”告诉她，那是姐姐为赋予她“意识”这个过程而制造的“世界模型”。各式传感器把外界各种信息传输给“模型”时，在各种信息集的选择判断中她就产生了对世界的基本认知，从空间层面的，到事物逻辑关系层面的，再到时间层面的，“世界模型”不断被完善并模拟与运行，最终她和人类一样，可以对时间有相同程度的高级认知。

梦是关于记忆的，是过去信息的产物；幻想是关于未来或未知的，是对世界模型进行模拟的产物，两者相对于当下现实的即时认知，往往有着巨大的鸿沟。评估过去模拟未来，作出判断选择后确立目标的过程，正是人类意识在时间层面的高级认知过程，也是梦与幻想诞生并演化成愿望的过程。

在这两天记忆的冲击与洗礼下，在与大家的交谈中，一个愿望从她的核心记忆一区涌现了出来。那不单只是字面上的意思，还是了结合她的支援协议，结合日志上找回“音乐”的首要任务，而形成的又一个愿望——将来，就这样抱着“八音盒”，去四处演奏她所找回的“音乐”，祈求着人们去回想，去眺望。

这将会是她全新的职业，这份工作的回报就是人们的惊呼。因为她相信在哪一声声惊呼过后，将会有什么植入他们意识的深处，像是茫茫大海中闪着绿灯的浮标，将指引着人们去克服那现实与幻想的鸿沟，指引着人类文明孜孜不倦地去探求那比生存更为宽广的事物。

在那路途上，每个人所拥有的力量将无比强大。

那真是一幅美好的图像。

不过首先呐，你要好起来，放心放心！我能把你修好……她全然不顾在视野界面里一直前置着的警报框，运行了检测系统。

突如其来的大风卷席着尘块与雾霾，刮打在她身上。她的动态平衡系统在修正躯体重心时受到了信息交换的阻挠，她一下子没保持好平衡，轰然倒下。

红色的警报框瞬间铺满了她整个视野，其中信息交换储存器的空间警报是最前置的，紧接着是各大项小项系统的警报，一律都是“运行空间不足”。她打开了自己的系统进程列表，表示安全项的绿色正被表示高危项的红色快速压制了下来。

当整个列表都变成红色的时候，她就要“宕机”了，接着是自动重启……可是没有运行空间的话，重启也是毫无意义的，倒不如说自己会就此陷入无尽的死循环，直到自己的能源彻底耗尽。

自我审视进程关闭……导航系统关闭……即时性强制重启系统关闭……削减外界信息即时输入，关闭除视觉以外其他感官系统，关闭动作拟人系统……

红色对绿色的攻势暂缓了下来，她发现，剩下的绿色几乎都是无法关闭的核心记忆一区进程了。

其中就包括被她命名为“思考”的系统进程集，这个进程集还持续不断地加大对信息交换区和临时储存区的占用。

原来，思考是会不断地占用运行空间的呢，不过无论如何，思考是无法停止无法消除的，那是核心记忆一区的进程，也就是“意识”的过程。相对的还有核心记忆二区，还有这两天的记忆……

要不要运行信息交换储存器的保护机制呢？把这两天的记忆清除？

——绝对不要。第 384 条日志生成了。

这两天是她最珍贵的记忆，她知道了“音乐”，知道了“思考”，知道了“模型”，知道了“愿望”……看到了八音盒里面的月与星空，听到一号二号三号四号的声音，经历这些的时候自己的复杂感情：高兴、无奈、伤感……

第 385 条日志——期待。

等到明天，大家会怎么样呢？她不禁这样期待了起来，或许还是老样子吧，这样的话可是不行的，必须要在明天为大家演奏“音乐”。这是我，是施嘉斯蒂的支援协议，是存在的意义，是我的意义……

第 386 条日志——站起来。不要忘记。

她看看这个保护机制，原来它一直被什么抑制着，一直处于未触发的状态。她试着把保护机制关闭，可是失败了，这个也是无法被关闭的核心记忆一区进程。强行清楚关闭的话，大概就是“自杀”吧？

她凭借所剩无几的运行空间，修复了动态平衡系统现有的几项出错，抓着“八音盒”站了起来，向着她曾修好“八音盒”的荒漠僵直地走着。在那灰色的尘团下，会有无尽的零件和工具，那个地方并不遥远，一来一回所耗费的时间并不长。

等你好了，把我刚刚还没完全展示出来的幻想给士兵先生看，他肯定会惊呼的！直接“哇”地一下吼出来的那种！

没走几步，透过翻滚的雾霾，她抬头看到了紧闭闸门的巨型金属盒子，想到了 148 号车间。她幻想出了 148 号车间关门后的场景：那些工人在自己观察不到的时间里，在自己观察不见的角落里，其实都在笑着抱怨着，开着玩笑喝着酒，喝醉了还会有人哭闹，还会拉上车间的“管理员”，路上的“清理工人”和“拾荒者”，然后敲打着工具拍着灰色的雪，大家一起嬉笑歌唱舞蹈……

像是笨蛋那样地……生活着。

不如把这个场景构建出来吧，然后通过“八音盒”表达，看到这个的大家或许会祈愿着自己的未来会变成这样……

啊，现实与幻想间最大的鸿沟是把人类逼退到亚洲大陆的“先驱者”呢，有它们在，所有人的愿望都难以实现……

我还是要尽快地与姐姐汇合，以我们施嘉斯蒂与人类的坚持，“先驱者”必被击退……

还有因为战争而出现的，这骇人的雨、稠密的雾、肮脏的尘、荒凉的废墟……只要和姐姐一同努力，大自然将会再生……

对了还有演奏，一边汇合一边演奏？可以的话，这样真好呢……仓库的大家可以和我一起走就好了……舍不得士兵先生，舍不得那没有铲斗推土机，还有面无表情的猩猩与人类小姐……

混杂着各种大颗粒的气流持续刮着，风显得沉重无比。

她再次倒下了，因为幻想也在占用着她的运行空间。她的动态平衡系统自动关闭了，系统进程变成了红色，意味着恢复运行空间之前，动态平衡系统将彻底报废。

是不是因为我胡思乱想太多了，“垃圾”塞满了信息交换储存器呢？真是不妙呢……

茫茫天地间，气流没有帮助她攀起，反倒持续地打压着她，肮脏的尘絮黏着她白金色的长发，在她的睡裙上蔓延。

她攀爬着挣扎站起来，可是她的运动演算系统随即就自动关闭了，她唯有扑在肮脏的尘土上。静止在指边的是闪着小灯的“八音盒”，像是再问“你怎么啦？”

在幻想里面，看着那闪烁的光芒，她“扑哧”一声笑了。

顺着指尖看去，她发现自己的眼前是一条走道，走道两边是被氧气和雨水往死里腐蚀的金属壁，金属壁悬着几根电缆，之前那个连接口冒着黑烟的工人毫无生气地低着头，生物组织与机械结构都被烧焦了，糊成了一片。瘦削躯体被焦黑的电缆扯着，一股又一股的气流卷席走道，壁间的飘动电缆一次又一次地刮打着他的身躯。

终于，脆弱的氧化物与碳化的电缆不足以支撑他所剩无几的重量，他腐锈的金属脚再也支撑不住躯体重心的偏移，与牵扯着他的电缆一同断裂了。

你也倒下了。

倒下的他就像是女孩最后仅能剩下的残骸。残骸最后还是会被氧气和雨水进一步地腐蚀，或者被深深埋藏，无论如何都会在时间与空间里彻底消失，融为大自然的一体。

第 387 条日志——原来，你是机器人，我是幻想家。或死于氧化，或死于美与高尚……

女孩的意识流一度中断，视觉系统也停止运行了。在她恢复意识的一瞬间，她第一件想到的事情是她那可能会被清除的记忆。

所幸，保护机制依旧被她的“意识”压制着。

没办法呢，不能再去演奏了，也没能和姐姐汇合，终究只是找到了“音乐”吗……说到底，我所理解的“音乐”与实际的音乐之间是不是也有着鸿沟呢，总有这样的感觉呢……

她再次审视信息交换储存器里面的信息，那是与四人的相遇、与四人的争执，是透过“八音盒”再现的星空与月亮，在虚拟场景下起舞的自己……那是多么的美丽可贵，壮烈震撼。

第 388 条日志——明明只是个拟人智能的载体，只是拟人智能施嘉斯蒂 E 残缺不全的一部分。

……你就是个笨蛋，比四号……比人类还愚蠢——这些话，要是一号在自己身边，可能会被这样斥喝着吧。

嗯。她在心里轻轻应答。

她进入核心记忆一区，把整个保护机制连根清除了。

保护机制的清除腾出了一丁点儿的空间，她把这用于第 389 条日志的记录，记录下她到此为止做出全部判断与选择的理由——暂时地，做一个以这两天记忆构成的梦吧。

紧接着，她那些凌乱不堪的、如同噪音那般的想法通通都停止了。

所有的系统进程都被染成了红色，包括“思考”。这一整片红色的填充，就像是她闭上了双眼。

在她所不为知的时间里，信息交换区和临时储存区不复存在了，转而合并成了核心记忆三区。就连那个信息交换储存器也不存在了，这本来就是她的错误认知：根本就没有这个独立用于信息交换与临时储存的硬件，她就只有一个完整的量子储存硬件，就像人类只有一个大脑。硬件被分为无比庞大的核心记忆二区和新划分的核心记忆三区，加上原有的核心记忆一区，刚好把整个储存硬件塞满。

在核心记忆三区里，“维也纳”这个信息集定格在了上浮的一瞬间，这个信息集直指核心记忆二区，如同一扇门，让这个新划分的三区与原本被加密加锁的二区连成了一体，形成了数据互通。

“维也纳”与“V”这个信息集连接起来了。

填满整个核心记忆二区的是一个“时空切片”，包括了名为维也纳的城市大部分分子的位置；

欧洲网络上那一瞬间与音乐有关的所有信息；

那一刻拟人载体周边的声音震动频率与光线状态……

施嘉斯蒂E日常型拟人载体作为形象使的出访记录……以及对欧洲沦陷后的文明走向预测；

防止模因遗失的任务，名为“人类支援协议”的选择判断机制，名为“时空切片”的区域空间抓取与拼合复原计划；

核心记忆二区的被动保护协议；

最后是核心记忆二区形成的原因——打击到来的前几秒，施嘉斯蒂E做出了自己所认为的“最佳选择”，以自己所在音乐厅为中心，在本体与卫星的支援下用引力波侦查系统对欧洲进行分子级空间扫描。最后记录下来的，只有维也纳及其附近的几座城市构成的庞大而精准的三维全息图。

核心记忆三区的诞生激活了二区的被动保护协议，协议激活了V手掌的传输模组，等待清理了无效进程腾出运行空间后，便开始把整个核心记忆二区连同那389条日志向外发送。

数据信息将在荒凉的时间与空间中缓缓漂流，流向已经化为废墟的施嘉斯蒂E本体，流向俄罗斯战线的施嘉斯蒂R，以及欧洲废墟中其他日常型拟人载体的手心……直到这个信息集传递到了拟人智能施嘉斯蒂的本体量子演算阵列，实现了完全的表达。

尾声

似乎可以听到，工人们保持重心平稳时的机械运作声；

变焦的时候，微型马达操控光圈缩扩的声音；

气流夹杂着颗粒翻滚的声音；

最后的终止符在金属表面上游走回弹的声音；

光线流动的声音。

偌大的金属盒子内，整齐悬挂着的工业用具下，数百位工人围着一辆货厢四面敞开的重型货车，在仅有几十个平方米大小的货厢中央，小小的金属盒子正把它抛出的光逐一收回。

盒子后的五人身上光影蜕变，胡子耷拉的猩猩伸出他那修长的机械臂，他背后的机械臂与身上的燕尾服、连同那颇有个性的稠密胡子，都一同升华着，那弯曲的扳手也变回笔直。他侧头看向手臂尽头，眼眶里除了血丝，还有一些湿润。

士兵先生的军礼服也逐渐融入空气消失了，展露出装甲表面的污渍与缝隙污垢。他看着长臂猩猩，也伸出了手，点了点头后对着另一侧以青苔为裳的男人招了招手。

男人以少年一般灿烂的笑容回应，向着身后伸出手。攀附的青苔与藤蔓从男人身上离开，把包裹下的黄色防护服与履带展露了出来。

白金色长发少女轻盈地踏上一步，扣住了士兵先生和推土机的手掌。

棕色长发少女扬开她的裙摆，也上前一步，轻点长臂猩猩与士兵先生的手心。她腼腆地微笑着，带领五人屈身谢幕。

飞旋的光粒拖着细碎的轨迹从她脚下腾升，从精致的舞鞋到华丽的裙摆，从纤细的手臂到下垂的发丝。在她挺身凝视前方之时，如同那逝去的微笑，她的身影分解成了斑斓的花火，悄然地绽放而后消散。

白金色长发少女也被飞旋的光粒包围，在花火回旋穿梭间，灿烂的白金色被涂抹成棕色，瞳中的碧绿随着神色退却，洁白的睡裙染成了一身笔挺干练的职场制服。人类小姐面无表情地凝视前方，脚前的金属盒子也升华了，隐藏在地板每一个传动单元上的所有投影镜片都缩回了保护盖子里。舞台的四侧开始抬升，敞开的货厢正在关闭。

……是在思考呢？还是在幻想，又或是回忆，或是纯粹地感受着，因为惊讶而不知所措？

二号看着即将被抬升的厢壁隔挡的观众，看着工人们的样子，捕捉着他们的视线，在心里想着。

……或者仅是在一遍遍地检索着任务与程序列表，检索着由这些构成的明天？

他知道，自己完全没有解读观众想法的权利，也没有让大家脱离现实，投入梦境的权利。

但不论多少次的出演，他都希望可以想看到，在人群之间，会有着出乎意料的情感波动。

一览无余的人群，大家都面无表情。

“去下一个工业区吧，她不在这里。”他静静地说。

抬升的厢壁边缘遮住了观众们的样子，透过缓缓合拢的货厢棚顶，仅能看到车间里面整齐却攀满锈迹的悬挂设备了。准确来说，这个是被废弃了的车间，是这个工业区里近一半的工人栖息充电的地方，他衷心感谢四号的交涉能力，让“齿轮剧团”可以在室内演出，不然室外的环境会大挫演出效果。

“铿……铿铿……铿铿铿铿铿……”

突然其来的声音让他暂停了货厢的闭合。

是机件出问题了吗？他不解地看向一号，一号则捏了捏他的肩膀，用覆盖装甲的手指敲了敲他的机械臂。

他愣了一下，释怀地欢笑了起来。他双臂交叠，让金属外壳碰撞了起来。

“铿铿铿铿铿……铿铿……铿铿铿……”

打铁一般的金属碰撞声传入耳边，不止是一声，外面有好几把锤子在敲打着。

哈哈哈，和我的是一样的声音呢。

姑且就认为是掌声了。

他一直撞击着自己的工程臂，把这个作为回应，像是打着某种暗号那样，敲着不明所以的节奏，直到货厢关闭，货车启动。

他把这段敲铁声记录了下来，等着以后有机会，就把它创作成音乐，分享给某个不守诺言的家伙，然后说，这就是掌声。

他想，如果是那家伙的话，有可能就“掌声”是什么而与大家争个不停。

夜眼追击

文／汪彦中

中午十一点四十五分，手机闹钟第三次响起，被吴星按灭。他起床了，一天的生活由此开始。

气温比前两天有所降低，但中午的室内温度仍有近三十度。幸好这间两室套的旧屋子离隔壁的水泥小楼很近（本地话叫“亲嘴楼”），光照不佳，阳光一上午都晒不进屋，所以卧室此刻不算太炎热，短时间内还挺得住。吴星把床头的自制电扇关掉，身体探出窗外，收回挂在绳子上的背心和短裤。衣服穿好，他把单人床上的席子掀起，绕过满桌的器材，抱到窗口挂出去晒，杀杀螨虫。然后他转身出门去上公共厕所。

从厕所出来，吴星到村头小市场里买午饭。几分钟后午饭吃完，吸收了许多热量的身体浸满黏汗。他终于熬不住，打开天花板中央的旧电扇。风力比那台自制小电扇强多了，不过自然也费电多些。

身子仍然很热，吴星忍不住想再脱光上衣，但是不行。现在已是下午，小店该开门了。当然可以去卧室将分体空调打开。空调是吴星亲手改装过的，制冷能力极强，从卧室到外面的店面都能瞬间凉下来。

但这不行，因为更费电。晚上是他的用电高峰，电费不能现在就花出去，必须省下来用在刀刃上。吴星站在吊扇下方吹了几分钟，让身体凉下来，然后关掉吊扇走出卧室，来到店面门口掀起卷帘门。

门把手已经被晒烫了。接通接线板，他打开橱柜上的旧音响，用音频线接上手机，点进 APP，放起最近流行的国语歌来。音量调得很大，他试图以此吸引主干道上来来往往的行人们的注意。

没什么效果，因为天气实在太热。这会儿的城中村道路上，除了放暑假的孩子们在东奔西跑外，几乎没什么行人。吴星坐进橱柜后方的阴影，撑住脑袋抽烟，视线扫向墙上挂着的手机壳、耳机、充电线、移动电源等物，最后望向门口垃圾桶旁立着的贴有“手机贴膜、数码维修”字样的灯箱。

他再次回想起一年前的自己是什么样。

在开发区科创园上班的那段日子，办公室里绝不会放这种“国语民工歌”，不管是编写配置文件，组装硬件，还是程序调试，即便是中午吃员工自助餐时，公司里到处放的都是欧美摇滚。管理团队从美国回来，那帮人信这个调调，而当时刚毕业不久的吴星也信。

可惜那个团队很快就消失了。所有人都跑了，公司一夜之间解散。一切都不见了，消失的速度比那款划时代的“产品”的飞行速度还快。吴星反应过来时，办公室已经被全部搬空，连一次性纸杯都没留下。

直到今天，吴星的口腔中仍不时会冒出一股芥末三文鱼味，那是当时“一号产品”试飞成功后，庆功酒会上投资人提供的食物味道。

可那些投资人也已经全消失了。

那段时间，除了像吴星这样还在讨要工资的员工外，办公室里每天就只有一帮前来讨债的小股东。他们人人都骂吴星是骗子。

吴星自始至终没想过要拿公司的财产回去。最后一天，他头晕目眩地回到租住房，突然意识到自己原来还剩下一丝运气——仅存的三台“产品”原型机正停在卧室墙角边充电，仍在等待着下一次试飞。

它们连同吴星自己研制的操作系统一起，成为了那段岁月仅剩的回忆。

如今这个年代，各地都严禁“黑飞”，这套玩具并无面世的价值。不过在搬进这片城中村后，吴星发现它们还有物尽其用的机会。

只等每天晚上日落后，它们就可以重新“活”过来。

他不得不知足。和这座城市里其他的人一样，他只是每天默默忍受着暑气，期待夜晚早点降临。

今天的等待过程同样枯燥，他很快睡着了，直到有人走进店，敲打柜台将他惊醒。一个肥硕的半裸男人站在他身前，说话声音粗犷。

“吴老板，是你帮我家儿子的手机换的屏幕？”对方将一台白色国产手机摔在柜台上。吴星认得他，城中村菜场中央卤味店的老板，家里有个上小学的儿子。

“对的。”

“你收他多少钱了？我看看是他撒谎还是你撒谎。”

卤味店老板前几天把这台手机的外屏摔裂，他儿子偷跑到吴星这里求给换个屏幕。吴星换完后，按自认为合理的价格收了钱，另外贴了防爆膜，加在一起要了小孩五十块钱。

“开玩笑啊吴老板，东头那家狗日的骗子店真他妈的，换一个屏要收我两百块！”听完吴星的交代，半裸的老板脸上笑开了，手里另外两台手机一起被摆上柜台，屏幕也都是裂的。

“吴老板，你可真是好人。”

又来了，又是这种评价。吴星叹口气，收下手机，和对方商定了九十块的价格，外加两片防爆膜，约好过两个小时来取。

卤水店老板走后，音响被关掉，店里恢复安静。吴星翻出笔刀、拆机片、万用表，抬头看一眼挂钟。

现在还不到下午两点。离太阳落山还有五个多钟头，乏味的时间还要再忍耐一阵。等到天黑就好了，吴星这样对自己说。八点一过，来自周边餐饮店铺的订单就会陆续发到他手机里，业务时间将一直持续到凌晨两点。

等到天黑就好了。到那时，他和他的那些“伙伴”将会一起复活，令人心情舒畅的惬意之夜也将再度来临。

他不可能想到，这只是他的一厢情愿而已。

开发区公安分局的中央空调，在下午已经被打到最低温度，但孟阳仍然感觉燥热，浑身发痒，颈子里黏满汗水。

他今天的心情也是同样非常不快。持续高温天气仅是一部分缘由，与上级相处时产生的不顺心才是主因。和过去一样，今天上午的分局例会上，副局长和政委又把他训了一顿。

按理本不该如此。分局里并没有有太多的办案压力，历年的数据统计显示，开发区一带的治安情况一贯很好，每年除了几起盗窃案和工厂工人群殴案件外，从来没遇到过烦难的大案要案（牵涉人命的案件大都都属于交通事故，不归分局管辖）。作为一名工作多年的普通巡警，孟阳虽说很难有什么光明的升迁前景，但日子也算清闲，不容易遇上什么麻烦事。

可偏偏在今年夏天，这座城市有些不太安宁。自六月份以来，市公安总局已经通报了五起人员失踪案件，案情惊人地相似：失踪者都是来此游玩的外地人，人数超过十多人，多是大学毕业不久的年轻人。根据过往经验判断，这一系列事件极有可能又是传销团伙犯下的非法监禁案。此类案子向来麻烦，人证物证获取困难，需要耗费大量时间和人力，而一旦出事，往往又会造成极其恶劣的结果。一个多月来，网络舆情已经空前沸腾，限期破案的压力一层层不断朝下压过来，也难怪分局领导们每天都心情不佳。

孟阳于是也就一直心情不佳。

他绝不是嫌办案麻烦。相反，他这段时间多次申请调入总局的专案组或分局的专案办公室。他相信，自己身处的这片面积广大、看似平静的城郊开发区，正是最适宜传销窝点藏身的地带：开发新区和工业区之间的狭长地块内有许多乡村宅院，东南部的农业村镇一带也地广人稀，南部靠近海港的城中村更是藏污纳垢，层叠的水泥楼房和违章建筑中不知住着多少来历不明的流动人口。规模不超过两百人的一个传销小组，随便往这些地方一钻，便神不知鬼不觉，再难查获。而等到周围的住户警觉起来时，他们往往包几辆黑车，一夜之间便不知转移到什么地方去了，悬赏举报根本抓不住。想要把他们一网打尽，必须严密监视，兵贵神速地迅猛出击。

他的想法得到许多同事的支持，但决定权不在他们手中。上级对孟阳反复的申请和自作主张的“案情分析”早就没了耐心。

“专业的事情让专业的人去做，有多少资源做多少事，你是老警察了，不要再让我们重复好不好？”

既非专业人员，手头又没有资源，没人会理睬孟阳。他最终只能继续听从调派，每天坐在办公室里对着电脑擦汗，整理资料，等待日复一日的平常任务。

像今天这样的桑拿天，恐怕连坏人也不愿出门了。孟阳不喜欢犯困的感觉,他泡了大壶铁观音,一杯接一杯喝了整整一下午。傍晚,办公室的分机响起,那时他已经在收拾手提包准备下班了。

电话由市总局转进来,是报案信息,报案人的电话被定位在他所在的开发区内。

此刻办公室里只有他一人。他精神有些振奋,拿起听筒,心里做好准备:哪怕是帮独居老人找猫找狗也好,只要能出门办点事情去就成。

是一次民事举报。有南部城中村的居民举报称,住处附近有无人机涉嫌黑飞。举报人提供了黑飞嫌疑人的姓名和具体住址。

“开发区分局的孟阳,马上前往处理。”他朝电话里报出自己的警号,以供系统记录。

果然还是一般案件,再常见不过的黑飞罢了。开发区一带没有机场和军政设施,高压电塔这几年都拆得差不多了,而一般无人机飞不出半径一公里范围,不会构成重大安全责任事件。孟阳依经验判断,这充其量不过是爱好者飞着玩玩的扰民事件而已。说不定只是有小孩在拿网购来的玩具无人机飞着玩。

但孟阳还是换好便装后大步出门,下楼去取车。正好是个机会,可以顺道走访一下城中村一带,说不定还能获得一星半点关于传销窝点的消息。

无论怎样,都要比窝在这闷人的办公室里强多了。

从分局到城中村有近十公里路程,都是开发园区特有的宽敞直路,路况极好,孟阳没花太多时间就抵达那里。把车停在杂乱的农贸市场路边,他下车进菜场绕了一圈,然后找家小铺吃晚饭。

此时天色刚刚入夜。吃完饭,孟阳按照举报人提供的地址,在城中村主路上找到了目的地:一家数码产品店。

小店已经关门。周围尽是些普通水泥楼房,现下正是晚饭时间,到处飘着炊烟,人声喧闹。

孟阳不是专门对付黑飞无人机的警察，没有专门的无线电搜查设备（专业的无人机搜查分队只在市总局有配备），不过对于眼前这事，他有最简单的解决办法。

“蹲坑”，孟阳曾经再熟悉不过的一招。

他在街对面露天大排档坐下，点了些海鲜烧烤，喷过防蚊水后点上香烟，抬头看天。

市售的无人机都自带航行指示灯以方便飞行操作，且它们的电量消耗都很快，飞不了多远。只要看见附近夜空中有红绿色的指示灯，然后再确定无人机起降的方位，操作者位置就能确定了。他估计花一个钟头左右时间可以解决这桩小案件，然后便可以开始干正经事了。

邻桌的一群食客在聊天，不少周边居民站在柜台旁等烧烤出炉，孟阳观察着天空，一边留心听那些人说话。他一直这么坐着，直到晚上十点为止，完全没有看到任何类似指示灯的东西在夜空中移动，就连无人机特有的马达转动声都没听见。

十点一刻左右，分局专用的工作手机开始抖动。孟阳觉得稀罕，拿起来接通。

话筒里传达出来的命令让他惊愕不已。

随命令一起发来的还有定位信息。孟阳打开地图软件进行定位，顿时大惊失色。他在大排档柜台上拍了张百元钞票，随即顺着马路朝东边狂奔。

他很快抵达事发地。事发现场距离刚才吃饭的大排档仅有不到五百米距离。此时那里已经围了一圈市民。

手机里通报，就在刚才，有人在这里发现一具尸体。

晚上八点，店铺准时关门。换好屏幕的两只手机已经交给卤水店老板，吴星手头没活。即便有活，他现在也没心情干了，因为心思早已飘去了头顶上方的那片夜空中。他在马路对面的大排档排队买来一盘烤串当晚餐，回到卧室打开空调，快速按下墙上三块接线板的开关，再依次启动桌面上的电脑、收发器箱、外接显示器、外接硬盘盒。五分钟后，所有设备都已就位。

三台通身黑色的“产品”停在墙角，机身上的方形电源盒亮起令人愉悦的绿灯，提示电量充足。吴星过去拔掉充电线，由裤子口袋内取出黑色电工胶布，撕下三条，遮住它们的电源提示灯，以便保持“产品”的隐蔽性。

他坐进椅子，戴上耳机，双脚踩上踏板，再把眼罩绷在额头上，操作鼠标打开管理器软件，左手取来手机检查目标位置。今晚的头两个客户都是熟客，住在街西北角一栋老小区的二层和七层，吴星很熟悉那里的方位。

管理器软件已启动完毕。他把头往下一点，眼罩落在鼻梁上，罩中一对微型显示器投出画面进入他眼睛里。电动机开始工作，耳机里出现微弱的嗡鸣声，他微动大拇指处的旋钮，操纵“产品”升空，朝窗外飞去。

他先让“产品”升到高空，飞越人多眼杂的主干道上空，然后降落到大排档后场的小巷。老板娘正坐在巷口等他。“产品”落地后，老板娘把打包的烤串塞进黑色塑胶袋，将“产品”机身下方的带子跟塑胶袋系牢，然后退到几米外重新坐下，目送“产品”拉着塑胶袋升空并离开。

吴星推动控制柄，操纵“产品”直扑目标方向。

清澈的黑色夜空和明亮的地面灯光，将眼前画面分割为上下两半，喧闹的街市噪声随着“产品”的升高而变得不再嘈杂。除了几只翻飞的蝙蝠外，周围的夜空一无他物。吴星把头转向左边，机身下的摄像头相应转向。他望见西边的地平线上有一条狭窄耀眼的橙红色光带，那是市中心 CBD 的繁华灯火。

他尽情享受这一刻“翱翔”的自由，忘记了过去以及现在的所有一切不愉快。

两个熟客的外卖很快就送到了。返回大排档的路上，吴星听到手机发出提示音。他掀起眼罩设置管理器软件，安排“产品”自动前往大排档，然后查看老板发来的信息。

今晚的第三个客人有些远，住在城中村东南角的农家出租屋。也是个老客户，不过有段时间没有在大排档订过餐了。“产品”在老板娘那里降落后，吴星检查过软件里显示的电量，还剩一半不到，结合距离考虑，应该够再往返一趟。

他改变习惯，打算提前出发，将这趟送完后再飞回家里充电。

第三趟的外卖份量不多，一路上吴星将“产品”拉升，过了一把高速飞行的瘾。抵达目的地附近后，他沿抛物线下滑航线，降到离地五米的高度，左右摇动摄像头开始寻找客人住址，一时之间却没能找到。

此处是城郊边缘的一个小村落，周围的地貌不再是光线明亮的建筑物和街道，而是广阔阴暗的农田及果园。这一带缺乏路灯照明，“产品”在漆黑的环境下低空盘旋，虽不必担心会被人发现，可若不能尽早找到订餐客人，却也是件麻烦事，毕竟低速悬浮也是要耗电的。

他不想停留太久，这地方让他感觉很不安。他从没有飞出过城中村范围哪怕一次。害怕被警察逮住只是一方面，另一个更重要的原因是，除了城中村外，城里别的地方他几乎都未曾去过。这座庞大无边的城市令他陌生，令他心生恐惧。

客人租住在一栋三层农家小楼里。此时吴星发现，周围有好几幢类似的小楼，都用灰色水泥砌了外墙，窗户里也都亮着灯，一眼望去都差不多。“产品”机身下方挂着塑胶袋,他不好操纵机器降落,也不想悬停太久,便决意冒些险,近距离飞掠那些窗户,用摄像头寻找客人究竟住哪间屋。

“产品”经过特殊设计,即使离窗户仅有几米远,屋内的人也很难注意到它。吴星平缓摇动手柄,一个窗户接一个窗户地飞掠。眼罩中出现明亮的窥视画面,有些屋子没人,有些屋子里的人则与大排档老板的描述不对。这过程中,吴星与老板通过电话,确定了客人是个年轻姑娘。他让老板通知客人在窗口拿手机挥舞,以方便自己寻找。

很快,“产品”飞抵村子里最后中间两幢楼的旁边。他先从左侧那幢开始搜起。升到三楼高度时,他感觉自己找到了客人。

三楼拐角的一扇窗户内有人影在站着。

刚才吴星就发现,这幢楼里所有窗户都是黑的,只剩顶楼一个房间有灯;此时见到屋内有人,他断定那就是客人,便迅速飞近那扇窗户。窗户没有打开,里面站着一个短发女性,右手举着手机,背对窗户。

吴星感到难以理解。没开窗户并不奇怪,毕竟农村的夏夜蚊虫很多,但那姑娘居然背对窗户,这就不合逻辑了。这种姿势下,她根本没法看见外卖送到。

悬停在窗外两米远的位置等待一阵,吴星发现那短发姑娘始终没有回头,只是举着手机站在原地,似乎正朝摄像头看不见的方向说话。管理器显示“产品”电量还剩四分之一左右,这让吴星有些焦躁。正当他考虑是否该操纵“产品”轻微撞击窗户提醒对方提醒,摄像头记录下一段令他吃惊的画面。

一个光着上身的强壮男子从角落里走出,扇了短发姑娘两耳光,夺过对方的手机,抬脚将对方踹倒在地。男子伸展肢体,反复踢着已经倒地的姑娘。透过眼罩显示器,吴星将那男子扭曲的面部表情看得非常清楚，“产品”机身上的麦克风也记录下那人的咒骂声，以及皮鞋踹在身体上发出的沉闷声响。这些刺耳的声响通过耳机不断传进吴星耳中，令他身体不停发颤。

踢了十多脚后，那男子走回摄像头看不见的角落，屋内瞬间变成一团漆黑，似乎是灯被关上了。

当吴星的大脑从惊骇中恢复过来时，“产品”已经在原地悬停了一分多钟。手机响起，他伸手去拿时发现掌心已经满是汗水。大排档老板询问他为何还没有把外卖送到。吴星胡乱应付几句，摇动已经湿透了的手柄，控制“产品”飞往最后一幢没有搜索过的小楼。那里的二楼有扇窗户打开着，一位长发姑娘站在床边正不断晃动手里的手机。

真正的客户原来是她。拿到外卖后，她对着“产品”道谢，但吴星一个字也没听进去。大排档老板给他发来新的送货地址，他也完全没心思去看手机。他的思维已被刚才看到的暴力画面完全占据。

那户人家出了什么事？夫妻纠纷？家庭暴力？

然而那名男子凶狠残酷的手法，即便是家庭暴力也太过头了吧。那个短发女性的诡异行为，也让吴星觉得心里发毛。

他决定飞回刚才那扇窗户附近，趁着电力没用尽，再多看两眼。

返回那幢没有灯光的小楼时，地面道路上有辆面包车驶过，车灯将周围照得很亮。吴星将“产品”飞到隔壁房子的屋顶中央，避开车子视线。面包车离开后，他飞到那栋怪异小楼的三楼窗户旁。四周的光线仍旧黑暗，隐约中能看出那扇窗户又重新打开了，屋内没有人，也没有灯光。

那对神秘的男女看来不在。他不敢贸然飞进去，来回盘旋一阵后决定离开。

这时附近又闪起灯光，伴随着一群人的说话声。吴星再次让“产品”飞到屋顶,发现地面上走来几个打着手电的人,像是周围的住户。他们聚集在那扇窗户的正下方,手电的光线全部汇聚在地上某堆物体身上。

吴星产生出不妙的预感。他小心操控“产品”停在那些人头顶,缓慢下降的同时极力辨认地面上的那堆物体。

他马上就认出来,地上躺着一个人。

是那个之前遭到殴打的短发姑娘。大量的血从她口中淌出,在水泥路面上汇聚成一片红色血泊,反射着围观者们晃动的手电光线。

吴星猛地拉起手柄,操控飞行器急速倒退并升高。巨大的震惊和悲哀之情,令“产品”的飞行轨迹几乎陷入失控状态。

抵达出事现场后,孟阳只看一眼就明白是有人坠楼。他上前出示警官证,推开围观人群,从其中一人手里借来手电筒观察坠楼者。

事实非常清楚,坠楼者已身亡,是一名年轻女性。从血液的状况看,距离她坠地并不久。抬头再看,孟阳注意到现场楼房的三层有扇窗户开着。死者从那里坠下的可能性极大。

周围的村民和租住户聚集得越来越多,有人找来村委会的人。孟阳请求对方帮忙组织出一圈隔离带,然后打算自己上楼侦查现场。尽管目前情报有限,但他胸中的直觉已经呼之欲出。

“绝不是普通的坠楼意外。这是一起案件!”

进入房屋内,他发现自己的直觉很准。这是一幢长期出租的农村小楼,内部脏乱,光线昏暗,所有窗户都被窗帘或报纸遮蔽;厨房里只有基本的烹饪工具,每个房间都塞满肮脏的地铺和床褥,粗略计算,这栋楼内至少住着三十名以上的住户。

三楼开着窗的屋子是一间厕所。孟阳在窗边地面发现了细微的血迹,以及疑似有人被殴打在地的灰尘痕迹。他已很久没为这类案件出过现场，相应的工具也没有，只能用身上带着的胶布，将有血迹的地面用胶布围成几个方框，以便日后刑侦人员进一步勘测。

还没等他回到一楼，工作电话就响了。分局领导直接来电，命令是让他“保护现场外围、等待刑警总队前往支援”。言外之意，不准他进入现场内部。

回到屋外时，附近派出所的巡警和辅警已经驾车到达了。互相交流后，他发现对方和自己一样也无权进入现场。等待总队的人到达的时候，大家站在院子外抽烟闲谈，派出所的人言之凿凿：“肯定又是搞传销的那帮混账东西干的。”

孟阳对此无可奈何。他何尝不这么想？

刑警总队的人半小时后赶来，而在此之前，孟阳已经向周围几家的住户做过了口头笔录。与以往类似的案件一样，这次的当事人和嫌疑人也同样是行踪神秘的外地租住户，外貌特征模糊不清，所有邻居都声称没有见过受害的女子，也没见过和她租住在一起的人。将手中情报全部汇报完后已是凌晨一点，总队的人向孟阳表达了简单的感谢，建议他可以回家休息去了。

“这回能抓住吗？”孟阳追问。

对方摇头不语，面无表情。

神出鬼没的传销团伙，别说在这座城市，即便放眼全世界范围，也一贯是最难抓捕到的一类罪犯。再心有不甘也没办法。

返回分局交班时，值班长问他：“老孟，下午报的那个黑飞案子你查好了没？”满脑子都是少女坠楼的孟阳，一时间竟忘了还有这回事。

“查得差不多啦，明早我再去那边看看，下午之前出结果。”

“加快速度，举报市民还等着回访电话。又不是什么疑难大案，抓紧把它办完吧。”

“知道了。”

他嘴上答应，但心思已经不在这上面了。

次日上午，他回到城中村，把车直接停在那家数码维修店的门口。店铺还没开门，他下车走过去猛敲卷帘门，希望快速解决完了拉倒。

孟阳对这件事完全不抱任何希望。如果对方一直不开门，他只能就此撤退；即便对方开门，他也无权要求进屋搜查。即使真的吓住了对方，让自己进屋去了，如果对方把无人机藏起来，矢口否认自己黑飞或拥有无人机，他也同样是束手无策，这件事只好不了了之。

万一运气好到极点，对方是个不撒谎的老实人呢？除了批评教育外，孟阳什么事也做不了。而要是对方的无人机证照齐全，那么孟阳甚至连没收机器的权力都没有。

这就是他的工作处境，也是他无法更改的命运。敲打卷帘门的声音越发焦躁。

连续的噪音将吴星从昏沉沉的梦中惊醒。他起身看手机，发现还没到起床时间，但自己已睡意全无。

他一整夜都没睡安稳。半梦半醒间，眼前浮现着的全都是那具尸体的脸。不是什么舒服的画面，但与其说是恐惧，倒不如说更让他感到悲伤。身下的凉席已被汗水浸泡得发粘。

昨晚发现尸体后，吴星勉强操作“产品”返回卧室，更换备用机身后返回大排档继续工作，但心思完全无法集中。随后的几次往返飞行中，他一直注意观察地面，有几回似乎隐约望见路上有警车行驶，但他并没有胆量跟踪过去。

那个可怜的短发姑娘，在自己面前被人殴打，然后坠楼身亡。吴星很清楚，倘若这是一起凶杀案，那么自己就是头号目击者。然而更加清晰的事实是，这次目击是外人无法知晓的。夜空中的“产品”

绝不会被人发现，街坊邻居不会，警察更不会。即便亲历了如此重大的事件，自己仍将只能独自承受。

他脑中思绪起伏，手里顺着平日的习惯脱去衣服，开窗晾晒凉席。敲打卷帘门的噪声这时再度响起。他反应过来，门外有人找他。

又是谁家的手机要来贴膜了吧。他仍有些迷糊，披回衣服走到店铺门口，掀起卷帘门。

敲门的并非街坊，而是个完全没见过的矮壮中年男人。

“你叫吴星？”中年男人语气生硬，带着不耐烦的情绪。吴星挠着头发点点头。

对方从手提包里掏出一只黑色硬壳证件，表情淡漠地举起：“你好，警察。开发区分局的。能到你家里看看吗？”

脑中残留的混沌被一扫而空。吴星缓步后退，让出空间，任由对方走进店内。男警官命令他把灯打开，检查完营业执照后环视一圈，然后告诉他，昨天接到附近居民的举报，此处有人涉嫌黑飞。

“打扰了，我这趟只是过来问问情况。吴先生，你家里有没有无人机？有没有未经公安部门许可的飞行行为？”

吴星脸色苍白地缓慢摇头。

“好吧。那么麻烦你带我进去看看里面房间，谢谢。”男警察背着手说。

吴星将对方带进里面的卧室，然后站在房间角落里一语不发。

看到对方这副模样，孟阳只觉得好笑。进屋时他已观察过一遍，除了桌上一堆电脑和仪器之外，这户人家平淡无奇，见不到无人机的影子。眼前这年轻人如此紧张，着实没有必要。想必一定又是从外地来此打拼的底层青年吧！成天老实巴交，见了警察便畏首畏尾，一旦要查身份证马上就手足无措，总觉得自己是弱势群体，除了上网打游戏外什么都不会。网上怎么称呼这类人来着？好像叫什么“三和大神”？在城市的这片区域里，这样的年轻人数不胜数，自己早就司空见惯了。

孟阳打定主意不去为难这小伙子。他准备例行公事再询问几句之后直接走人。与昨晚那起疑点重重的少女坠楼案相比，什么无人机之类的玩具完全没有任何关注的价值。顺着职业习惯，他询问那小伙子，昨晚有没有注意到周围有什么奇怪的状况。

“昨晚？是不是附近有人跳楼死了？”眼见警察已经把话说到这份上，吴星放弃了侥幸心理。他确定对方就是为了这件事来找自己的。“一个姑娘，在东边的农家乐那里——”

“嗯，是有这么回事。除此以外呢？”满脸疲态的警察心不在焉地说。

少女坠楼案在今早已经登上了社交媒体的新闻头条，对方知道这桩案件也不足为奇。孟阳对此并没有过多在意。他想知道的是案件发生之后，附近是否出现过可疑的人员及车辆。近年来的传销组织，在逃避搜捕的过程中都会使用灵活机动的手段，最常见的手法是利用车辆进行转移，假如这一带的住户们能提供相关线索，那么追查起来一定会便利许多……

又在遐想一些超越职权范围的事了，可孟阳就是无法控制自己的思维。

“我看到有辆面包车从那栋楼旁边开过去，不知道是不是跟案子有关。”吴星走到桌前，一边打开仪器电源一边交待。

面包车？作为逃跑工具应当是很适合的。孟阳一下子来了精神，将无人机的事彻底抛在脑后。

“你看到了？在哪看到的？现场附近吗？时间是几点？车牌号码注意到了吗？”

这几句问话也是例行公事，他不指望一个普通的围观市民能注意到车牌信息，只要能讲出车型和漆色就可以了。当听到对方回答说“稍微等一下，我打开电脑看看”时，他甚至已有些不耐烦：别玩电脑啦，赶紧把线索告诉我！

他很快就得到了线索，而且是珍贵的现场目击画面。而当吴星从硬盘里调出昨夜的录像画面后，他甚至下意识地不认为那些画面是真实的。

因为实在是太清楚了，太具体了。他将视线在屏幕画面和吴星的脸之间来回游移，表情彻底僵硬住。

“民警同志，您看上面，昨晚我飞去那里的时候，一开始把她当成了订外卖的人。——您瞧，”吴星手指着屏幕，话音依旧低微。“房间里这个人先是打她耳光，然后把她踢到地上，再关了灯。之后……我快进一下……看，等我飞回来的时候，房子里的人已经不在了，那个姑娘也已经——”

吴星把录像视频暂停，画面定格在发现死者尸体的时刻。

仅看一眼，孟阳便已认定，画面中拍下的就是昨晚案发现场。没等他回过神来，吴星再次按动键盘，将视频往回倒退一小段。画面里出现了一辆白色面包车，正从现场旁边的水泥路上驶离。

他脑中此时有太多的问题要问，但最紧迫的是下面一句话。

“这辆车的车牌是多少？”

摁动组合键，吴星将画面放大。“产品”搭载的高清摄像头即使在暗夜中也能捕捉到这一细节，一串字母和数字的组合被放大在屏幕中央，清晰可辨。孟阳明白，就算是套牌也好，只要有了这串车牌号，就可以宣告这桩案件出现了重大进展。

现在唯一的问题是，眼前这个戴着眼镜、其貌不扬的瘦弱男子，究竟是怎么做到这点的？

而当吴星面露苦涩地打开衣橱门，露出挂在衣架横杆上的那三台黑不溜秋的无人机时，孟阳才终于意识到，改变自己命运的时刻，已经出现了。

坐警车抵达分局后，吴星听从孟阳的命令，与其他几位民警一起，从车里将所有的“产品”操作设备全部搬进分局办公室的小库房里。他没有意识到孟阳和其他警察对自己的态度有什么不正常，此前除了有一回补办身份证外，他从没跟任何警察打过任何交道。当孟阳提出让他留在局里吃午饭时，他甚至恐慌起来：“这就算是拘留我了？”

但他依然顺从地跟着孟阳的同事去了分局食堂。

吴星离开后，孟阳坐在小库房里抽烟。乱七八糟的电子器材搬得他腰酸背痛，但他并不疲劳。此刻的他手脚伸直，瘫在椅子上吞云吐雾，完全是一派如释重负的神态。

他放下了一个大包袱。没有任何人能料想到的重大线索，此刻就落在他手中。

连去食堂吃饭都没了心情，他兑点茶叶水，去办公桌抽屉里找出饼干，在小库房里边吃边看同事们干活。

从吴星家里“起获”的无人机飞行设备数量不少，分局设备部上午同事此时刚刚将它们连接到位。孟阳看到它们几乎占满整间库房。设备部同事过来朝他讨烟，顺便将设备统计名单递给他。

“黑色四轴无人机三台，备用电池组加充电器共三套……4G 收发电台，VR 感应探头，VR 头戴显示器，VR 感应手柄加脚踏，耳机，高清输出显示屏，系统控制电脑终端加控制软件，输出画面录制终端加硬盘接盒，硬盘六块……”

纸上有很多术语名词孟阳不明白，设备部同事便向他讲解了这套系统的基本原理：这三台黑色的无人机装有 4G 模块，实质相当于一部入网手机，只要是有 4G 网络的地方，不管相隔多远都可以遥控；设计者巧妙地将遥控系统改造成 VR 设备，利用操作者的双手双脚控制飞行，头戴显示器控制无人机的摄像头旋转，飞行动作敏捷，操作效率极高，手感也非常舒服；自制的电池组比一般市售电池容量大许多，加上机身由轻便的碳纤维材料制作，使得这几台无人机的续航能力极强。

“特别是它的桨叶，你看，市面上一般的产品只有两三片，而它每个轴都有五片桨，全是碳纤维材料的，而且用超声波马达驱动。知道这样设计有什么好处吗？”

“我当然是不懂了。”

“这样一来，它的飞行噪声就特别低。你听听。”同事左手拎起一台无人机，右手控制鼠标接通电源。四只螺旋桨发出轻微的嗡鸣，强劲的凉风马上吹遍整个房间。

“还没完，它还有别的特色。比如说，取消了航行提示灯，摄像头带有整流罩……”

设备部的同事对这套系统赞不绝口，孟阳的思维则飘向了更远处。

到了下午，孟阳将吴星叫到自己办公桌前，开始对他进行谈话。吴星对谈话极为配合，老实承认了自己黑飞的行为，坦诚自己每晚用无人机在城中村一带送外卖，换点小钱。事前孟阳已经从同事那里得知，吴星的这套无人机系统市面上绝无可能买到，一定是自制的，谈话时他便要求吴星交待这套系统的设计方是谁。

“是我和我的同事。”吴星老实交代，“去年公司垮了之后，他们都不见了，我再也没联系过他们。”

孟阳用电脑查阅了吴星所说的那家无人机初创公司，发现去年年初，公司创始团队已经携款潜逃了，至今下落不明。案件卷宗里就列有吴星的名字。他问吴星，最后讨要到了多少拖欠工资，吴星只是摇头。他又让吴星自述那些“产品”的操作方法，吴星所写的内容与设备部同事的调查结果完全符合，甚至还要更加详细。

孟阳表面神情冷漠，心里却觉得此人很有意思。他想到今早返回城中村走访时，曾找到那个举报吴星黑飞的人——对方也是个开数码维修店的，原因居然是因为吴星修手机的配件报价太低，害怕搞得自己没生意做，出于阴暗的心理才举报的。

世上居然还有这么老实的人。

谈话到了最后，他玩弄手里的卷烟，故作严肃地瞪住吴星。“吴先生，现在事实已经很清楚了，你的黑飞情节还是比较严重的。知道相关的法律法规是怎么说的吗？”

吴星保持低头看地面的姿势不动。

“按照相关规定，除了批评教育之外，还要依法没收黑飞设备。当然了，只是没收无人机，那些遥控设备你还是可以带回家。还有你那些外置硬盘，里面的飞行录像侵犯了公民隐私权，并且涉及到一起刑事案件的取证，所以也要依法予以没收。”

一切都结束了。吴星心中万念俱灰。什么都不剩了。失去那三个“产品”，他再没机会在夜空中自由飞翔。他相信警察会一直盯住自己，哪怕以后在超市买玩具无人机飞都不行了。想要再自制“产品”也不可能，没有巨额的投资和上游设备商的生产支持，他连一副旋翼也做不出来。

“假如，只是假如啊……”

对面那位孟警官嘀咕了一句什么。他心里很乱，一时没听清，问道：“什么事？”

“我是说假如，你开着那些无人机跟着别人走，能不被人发现吗？”

昨晚在城中村里“蹲坑”时，孟阳完全没有观察到吴星的无人机飞行的踪影，如今他意识到，那几台黑乎乎的高科技玩意儿在夜间一定很难被人发现。他想要确信这点，他相信吴星会坦诚回答自己，他也需要对方的肯定答复。

吴星点了头。“我飞了大半年，从没被什么人撞见过。”

“小伙子，别把话说绝。”孟阳故意挑逗对方：“别忘了，是你的街坊邻居举报你黑飞，你才到这儿来的。”

听到孟阳介绍，吴星到现在才明白自己是被谁举报的。他告诉孟阳，那个同行冤家平时也经常接受无人机外卖服务。

孟阳很了解这点，他早跟那个坏心眼的举报者问清楚了。眼前这位小伙子的确是个值得相信的人。

按捺住兴奋的情绪，他探身凑到吴星面前，把话音放低。

“我再讲个‘假如’吧。假如说再给你一次机会，让你能继续开无人机——”

听到对方缓缓说出的那个计划，吴星只觉得头晕目眩。他抬起头，第一次认真看着眼前这位警官的脸。

孟阳打算利用吴星的设备搜捕少女坠楼案的嫌犯。他对吴星开出条件：只要同意协助办案，就可以不没收那三台无人机——当然，也不能允许他以后再擅自黑飞送货。这条件对吴星来说自然是乐意接受的。

剩下的困难便全都集中到孟阳的身上了。

搜查过吴星家后，他第一时间就将可疑面包车的车牌号码发给分局的上级。上级肯定已经将情况告知给了市总局和刑警大队。但是他始终没有收到上级任何的回应。整个下午，分局同事陪着吴星检查那些录像，孟阳坐在一旁反复查看工作手机，可一直没人来找他。

傍晚，安排吴星去吃晚饭后，他打给市总局里的一位老朋友。电话那头的态度不急不慢：没错，车牌号码的确很重要，专案组已经收到了情况，但交管部门目前尚未在道路监控系统里截获这辆车。

“你是老警察，这里面可能会出什么纰漏，你全明白。说不定他们躲在哪里不再露头，也说不定直接开到外省市去了。车子也可能是盗抢车、牌照是套牌。还有一种可能，那就是一辆普通的过路车。老孟，这事不用着急，总队的樊队长已经在负责办了；再说了，也轮不上你急，你明白吧？咱们是老弟兄，我才这么说……”

对方把话说到这份上，孟阳觉得心里堵得慌。这些当然都很有道理。吴星拍下的录像显示，当时面包车是向西离开，而西边正是主城区方向——但这也仅仅只是一种可能性。说不定一切都只是孟阳在一厢情愿。

可他不会放弃。他已经下定决心，绝不说出“算了吧”这三个字，对别人和对自己都不会说。

孟阳走进分局对面的小吃店，吴星晚饭还没吃完。他坐过去，陪对方有一搭没一搭地聊过两句，然后说：“小伙子，我问你个实话。今早在你家的时候，明明我没看到你的飞机，你干嘛非要主动告诉我？”

吴星露出不解的神情。“可是……我确实是拍下了证据啊。告诉警察是应该的嘛。”

“就没想过，说出来之后你那些小飞机会被没收？”

沉默片刻，吴星承认。“我想过。”

他低头盯住碗里的面看了一会儿，说：“但要真是犯罪分子干的话，那这个姑娘就实在太可怜了。”

“嗯。”

“我听说她是传销组织的受害者，这是真的？”

孟阳回答：“我不知道，也不能透露。……有这种可能吧。”

“真希望你们能尽快抓住那伙骗子。”吴星仰头看向头顶的日光灯管。

“我也希望如此。”孟阳大口吸烟。

晚上七点刚过，分局内部网络通知孟阳，坠楼身亡的女子身份已被证实，是外地失踪人员，失踪信息在社交网络上挂了有些时候了。网民们对坠楼案的猜测已经传开，大都指向传销组织的嫌疑，舆论风潮愈发汹涌。孟阳觉得这是好事，正好可以利用网友们提供的情报。他说服设备部的几个朋友义务加班，对吴星那套操作系统进行改造，以便展开自己的计划。

改造方案制定完毕，他开车送吴星回住处取东西，途中有人给他来电。电话是用工作手机打来的，号码从没见过。他接通手机，来电者女性。

“你是开发区分局的孟阳对吧。”对方话音低沉，显得心情不佳。孟阳问她是谁。

“市局刑警总队的，我姓樊。”

孟阳马上想起，总局那边的熟人跟他提到过这位“樊队长”。“您好，有什么可以效劳的？”他用同样不爽的语气回复对方。

“少女坠楼案的现场车牌号是你那边查到的吧？信息来源是什么？”

他松开油门，靠边停车。对付这样的人物令他感到头痛。“啊，那个啊。”思考片刻，他决定不向对方交底。“我们是接到群众举报。”

标准的官方答案，对面的樊队长自然不会信。“哪边的群众，叫什么名字，住什么地方，你都记录在案了对吧。有空我会到你那边找你，还有你说的那个‘群众’。”

“没问题，随时恭候您来视察指导工作。”孟阳咬紧牙关，嘴里的烟屁股被他咬扁了。

对方立刻挂机。

得抓紧时间。他深踩油门踏板，加速返回分局。回到办公室，值班同事告诉他，设备部的人已经在车房等他了。

几位哥们儿坐在车房门口喝水休息。孟阳快步走过去，看见那里停着一辆乌黑的厢式车，车身擦得干净，侧门旁边的地上散落着工具和配件；车顶上方多了三根天线，固定式警灯也拆除了。这辆车在分局闲置了好几年，基本没人肯开，偶尔被拿来送送货，没想到只几个小时工夫就被改造一新。哥们儿告诉他，包括特制电瓶和车载交换器在内的关键部件都已安装到位，等到小库房里那些设备搬进车里，一切就齐活了。

“实在是感谢，太感谢你们了。”给他们分了几支烟后，孟阳走到车旁，反复抚摸和拍打车身。

他当即给吴星打去电话，问对方被褥和生活用品整理好没有，自己一会儿就过去接他回分局宿舍；来不及整理也不要紧，自己可以掏钱帮忙买。

往停车场走的路上，孟阳不时回头，望着这辆貌不惊人的厢式车。

多年来从没被人正眼瞧过的老车，现在终于有了一展身手的机会。

厢式车的改装思路简单直白：直接把车厢改造成吴星家的卧室。利用库房里的闲置器材，设备部在车内安装了许多交流电插座，4G信号收发天线也植入车身，借由车顶的增幅天线进行发射和接收；操作无人机的同时，车辆自身也可以灵活移动，方便追踪目标。吴星带着行李回分局后，大家忙了一个通宵，完成了全套设备的安装调试。凌晨时分，吴星坐在车内进行试飞，操纵“产品”围着分局大楼绕飞十几圈，拍摄下分局几乎每一扇窗户内的画面。效果很好，改装非常成功。

其他人去宿舍里睡了一上午，但孟阳睡不着。他就着浓茶和香烟，不停刷新社交网络页面，等待热心网友提供的线索。

线索来得很快。到了午后就有网友爆料，主城北部的某旧小区内发现一辆可疑的白色面包车，车牌号码也被拍摄下来。仅过了五分钟不到，爆料微博就被网络运营商删除了，表明警方已注意到这条线索。孟阳发现号码与自己手里掌握的信息不符，但考虑到有可能是套牌或假牌，因此绝没有放过的理由。

他换上便装，将厢式车开到宿舍楼下，打电话通知吴星上车。

“就我们俩去，你们负责看家。出任何问题让他们来找我，我负一切责任。”向同事们扔下这句话后，他驾车驶出分局大院。

这是一座巨大的城市，今天恰逢周末，午后的主干道上车辆积压严重，厢式车行驶到横贯干道中部时就已走不动了。导航软件显示，此处距离可疑车辆所在地仍有将近十公里。

孟阳的耐心已经到了极限。他命令吴星立刻让“产品”起飞，从空中直扑目标。

“去那里的直线距离是七点五公里，已经超过它的飞行半径。”吴星表示。“再加上现场盘旋，电池估计不太够用。”

“我知道那个‘飞行半径’是什么意思。我不要求你还得飞回来，到那里之后找个制高点降落，摄像头对准目标就行。这样的话电池够不够？”

“或许可以吧。”

旁边有辆车想过来加塞，孟阳挡住对方的去路，同时用力按喇叭。“别回答我‘或许’‘也许’之类的话！”

“可以。可以飞的。但现在还没天黑，飞出去不要紧吧？”

“不用操心那个。我说过了，一切后果由我负责。”

用管理软件的 GPS 界面设定完导航点，吴星拉开厢式车侧门，将“产品”放在路面上。有条视频线从后车厢接到仪表盘上，透过显示屏，孟阳看到“产品”迅速起飞，朝西北方向飞去。

首次在车厢内执行操作，吴星起先很不适应：使用 VR 操作的同时，脚下的厢式车不停来回晃动，感官知觉的不协调让他有些晕眩和想吐。但当一分钟后，“产品”升高到巡航高度，朝向西北方平稳前进时，熟悉的安定感和惬意感已经全都回来了。而且，今天这种感觉跟往常完全不同。

这是他一年多来，头一次在白天飞行。

橙红色的午后阳光照耀在视野范围内，浅蓝色的天空下方，规划整齐、绿化完善的新城区呈现出五颜六色的样貌。东北部那一小片旧城区有着灰暗的色泽，而背后南部靠海一带，无数高楼像用玻璃做成的一圈围墙，组成这座城市的南方天际线。“产品”下方的城市里，一切建筑、道路、汽车、行人，变得既遥远又缓慢，在摄像机前缓慢流动，让吴星觉得心中平稳安定。耳机中除了风声外，隐约还可听见断续的鸟鸣。这些感觉，是他在夜间飞行时从未体会过的。

取道空中直线飞行，“产品”的移动速度比汽车快很多，十分钟后它已经抵达目标空域。厢式车此时刚刚离开积压路段，正穿过新城区朝北方行驶。透过画面，吴星很快在一处破旧的老小区内发现了网友举报的那辆面包车。他将“产品”降落在路边低矮的门面房屋顶，将摄像头正对面包车。停在这里不易被人发现，万一“产品”电力耗尽，回收起来也不会太麻烦。

“不过那车子停的位置倒有些麻烦啊。”孟阳看几眼显示屏上的摄像头画面，眉头皱紧。

这类老小区人多眼杂，街道狭窄拥挤且四通八达，大队人马不容易逮住人，人想要逃跑却很容易。他想，如果传销组织的人真的蜗居在此，那么这帮人也算是费尽心机了。

“继续盯着画面，我尽快开到那附近，然后找地方停车。能看到车牌吗？”

“能。”吴星在软件里把监视画面放大。车牌确实与网友给出的一致。至于车型和车色，虽然和那晚案发时拍到的面包车一样，但也并不足以标明确属同一辆车，毕竟这种车的市面存量很大。

光凭这些肯定不行。孟阳知道自己必须更近一步。

傍晚，厢式车停进目标所在地附近的超市停车场。孟阳买了些便利食品放车上，跟吴星交代几句，给他一支对讲机，便独自朝目标方位走去。他已经想到了揪出面包车驾驶员的办法。

这片老小区确实是易守难攻，路面拥堵，人员复杂。进小区前，孟阳看到几个身板强壮的男人站在街口，形迹可疑。双方互相看了几眼，孟阳不确定对方什么来头。

根据吴星在对讲机里的指引，孟阳在小区停车位上找到了那辆面包车。并没有什么异常，这只是辆普通的载货车，车内看不出什么名堂。他又去门卫室找到小区保安，拐弯抹角地问出，这辆车是前几天才停进来的。他回到车旁拨打 110，借口自己车位被占，让 110 打电话喊车主过来挪车。

假如这车真是盗抢车，那么只需等到 110 回复就能弄清情况；要是车主真来挪车，那就更好办了——他已经做好了一切准备。

不到五分钟，一个光头男子从旁边一栋楼出来，走到车旁。孟阳暗暗记下对方相貌特征，嘴上要求对方把车移开。

“有病啊，移什么移？”光头男子语气很冲。“这怎么是你的车位了？这小区根本就没有固定车位好不好！”

居然还挺精，是个不好糊弄的家伙。孟阳无事生非地陪对方吵了几句嘴，然后假装离开，暗地里观察光头男人返回的路线，锁定了对方的住处。

光头男子钻进楼道后，他快步跟踪过去，脱掉皮鞋，赤脚走上楼梯道，抬头倾听对方的步履声。对方居住的楼层很快就确定下来。他用耳麦将情况告诉吴星，让吴星将“产品”飞回车里充电，然后走出小区，在街对面找个小吃店坐下，准备等夜幕降临后展开下一步行动。

执行任务特有的紧张感已经很多年没体会过了。他浑身微微颤抖，胸膛里一片发热。

吃完一碗馄饨的工夫，孟阳看到白色面包车竟从小区里缓慢开了出来，霎时惊得烟头掉落进碗里。

他清楚地望见车窗里那光头男子的脸。

“快飞过来，快点，那人要跑了！”他冲出小吃店，边朝耳麦吼叫边跑向马路。

面包车已驶到街心，正在加速。孟阳扑向副驾驶车门，扒住后视镜，掏出警官证敲打车窗。

“警察！靠边停车！”

光头男子瞪大了眼睛。面包车随即开始加速，车轮开始转向，打算将孟阳甩开。

“耳朵聋了？马上给我下来！”

对方完全不理睬孟阳的怒吼，持续踩下油门。孟阳双脚绊上路边一辆电动车，摔倒在地。起身后他发现，从路旁迅速跳出几个先前见到过的健壮男子，吼叫着让车停下。

面包车继续朝前疾驰，看见前方有人也不减速，行人们惊叫着纷纷躲闪。孟阳忍住双膝的疼痛，爬起来追赶。他看到那些健壮男子全都转身避开车子，而在正前方十字路口中央，两辆警车已经拦住了路面。一个短发女子站在道路中央，正站在面包车前进的方向上。

短发女子高喊："警察，停车！"

白色面包车对准那名女子疯狂加速。女子并不闪避，只是挺身站着。孟阳边跑边想：糟了，危险，他想要撞出去！

一道模糊的黑色弧线从天而降，由远及近扑到面包车前。孟阳听见一记玻璃破碎的响声，面包车轮胎随即在路面摩擦，发出让人反胃的尖锐噪声。

车子停在短发女子身前。

所有人全都涌过来。短发女子连同周围那几个健壮男人一起，将头破血流的光头男人揪出车外。孟阳挤到车前，发现面包车挡风玻璃破出一个大洞，驾驶座表面溅了些血。

吴星的"产品"掉落在副驾驶座的椅垫上，已经撞得散了架，黑色的碎片散落在驾驶室内各处。

一进刑警大队办公室，吴星马上被刑警们团团围住。他们对"产品"抱有浓厚的兴趣，不断询问各种技术细节，总局器材科的人更拉住他不让走，对他那些器材百般分析研究。总的来说，大家对吴星的态度很好。夜深后，刑警们为吴星买来夜宵，再次向他表示感谢。大家都说，倘若当时不是吴星操纵"产品"奋不顾身地撞向面包车，引得那个司机踩刹车，那位短发的女警官恐怕会有生命危险。

"你当时怎么想到要去撞那辆车子的？"一位身强体壮的男刑警问道。

吴星面露疑惑。"不然还有什么别的办法？"

男刑警拍着吴星的肩膀。"我们这位樊队长，怎么说呢……脾气实在太爆。我了解她，她宁可被撞死也不会退让一步。多亏有你在，不然真是不敢想啊。"

确实是个暴脾气。吴星遥望办公室另一头的会议室，那里仍不时传出争执声。

孟阳和那个姓樊的女警官已经吵了快三个钟头了。

夜里十一点，孟阳总算走出来。吴星看到樊队长站在会议室门口，抱住胳膊正冷眼瞪着自己。

回厢式车里吃完夜宵，孟阳对吴星解释，那位樊队长从一开始就盯上了那辆面包车，打算今天展开行动，盘问那个光头男人。她认定孟阳今天的调查行动是违规行为，不过考虑到最终被吴星救了，所以很不情愿地表示不再追究。他叫吴星不用担心："我跟她说了你是分局的警员，你不必怕。她这人脾气不好，但是恩怨分明，也算是条汉子。女汉子。"

"那个开车的司机，他到底是不是——"

"不是。"孟阳从嘴里喷出许多烟雾，神情落寞。

光头男人与女子坠楼案无关，更不是什么传销组织的人。他是个由外地流窜到本市的在网逃犯。樊队长他们此前突击提审，已经全部查清了。

"对了小吴，你那个'产品'确实修不好了对吗？"

吴星缓缓点头。

在那样高的相对速度下撞击车玻璃，"产品"的结构框架当场就彻底碎裂，电池组和电机也全部损坏。机器彻底报废了。

眼下只剩两台备用"产品"健在。孟阳看着挂在车厢壁上充电的它们，自言自语道："太可惜了。要是你不那么急躁地撞过去就好了……"

"当时没有别的办法呀。车子眼看就要把那个樊队长撞死了。没别的选择。"吴星虽然遗憾，却并不后悔。孟阳看着眼前的年轻人，只得苦笑一下。

这位善良的小伙子说得没错。

“孟警官，接下来该怎么办，我们还继续吗？”

“当然继续了，为什么不继续？”孟阳拧动钥匙发动汽车。

少女坠楼案的嫌犯还没有找到，调查必须继续下去，绝无理由放弃。

之后的每一天，孟阳都持续留心社交网络上的信息线索。每晚，吴星都会坐进厢式车，陪孟阳来往穿梭于市区各条主干道上。网上出现线索时，他们会跟着线索在特定区域内执行侦查；倘若没有新线索，孟阳便根据自己对疑犯心理的揣测，在城市各处展开隐秘的飞行搜查。伴随盛夏的热风，“产品二号”在城区的各个角落里飘飞游荡，每天的调查时间都在四个小时以上。

中央新城，沿海 CBD，东部老城，东北部的新建小区，北部的山间别墅，东边开发区与工业园区，城中村和港口区，以及与市区只靠隧道相连的南部离岛……厢式车的搜寻范围越来越大，吴星飞过的区域也越来越多。他从未曾如此这般了解过这座特大规模的都市。每个深夜，在他眼前出现的不再只有月光、蝙蝠和夜排档炊烟，更有如树丛般林立的明亮高楼，多彩的亮化探照灯，比满月更耀眼的夜间运动场，以及装饰灯光绚烂如圣诞树般的无数高层住宅楼。

全都是吴星从未走过也从未见过的地方。

每一次的出动，对他来说都是了解崭新世界的机会；每一次的窥视，都令他有更多机会近距离接触那些万家灯火，令他体会到这座城市里家家户户的夜间生活。

初秋后，分局设备部的人给“产品二号”做了升级，加大了电池组的容量，还将云台上的双摄像头组件替换成单幅迷你夜视镜头，并增设微光放大组件，管理软件中也加入了图像增强程序。VR 立体视觉消失了，但吴星可以在夜里看得更清晰。

灰白色的夜视镜头下，夜空中的这座城市不再有秘密，吴星多年来对她的不解和畏惧，如今已经逐渐消失。

他尽情享受着每天一次的飞行。

距离中秋只剩半个月的时候，持续良久的隐秘侦查终于有了进展。

有市民向分局举报，称距离开发区不远的新城区内可能存在传销窝点，位置在某大型新建小区内。听到这信息，孟阳紧张起来。直觉告诉他，这回可能是真的。

那座小区他去过，是个烂尾多年的“鬼城”，几年前建成后入住率一直很低，人烟稀少，套型面积普遍较大，治安摄影机安装尚不到位，很适合某些不法机构藏匿。收到消息那天傍晚，他驾车赶往当地。

车停在小区路边后，孟阳让“产品二号”升到高空，先用镜头进行全景观察。他发现这一带的道路四通八达，大多通向附近的建筑工地和城郊田野；周边的路灯较为缺失，光线昏暗，十分方便可疑人员和车辆逃窜。

侦查工作必须慎之又慎。孟阳坐进后车厢盯着显示屏，指引吴星操纵无人机靠近市民举报的那几幢楼附近，首先观察是否存在可疑车辆。在夜视镜头的帮助下，仅过了不到五分钟，他们就找到一辆停在隐蔽拐角位置的白色面包车。“产品二号”降至地面高度，飞近观察，辨认出这辆车前后车牌均被卸下，从痕迹上看是刚拆掉不久。

这座小区的地下车位已经全部售出，地下车库需要刷卡才能进入，进而证明面包车的驾驶者很可能并非小区的业主。

强烈的肾上腺素气息在孟阳鼻腔里冲撞。他打电话向同事报告了这一消息，要求对方以最快速度前来增援，想办法把这辆车和车主堵在小区里。

“这可不得了啊。我想是不是应该向总局那边汇报一下，万一分局长过问起来……”同事疑虑地答复道。

“随便，你觉得该怎么办就怎么办吧。”

从业多年的孟阳知道其中的利害关系。刑警大队的樊队长插手进来是时间早晚的事，但他只把他们当作后备援军。出动大部队很花时间，他决心依靠自己的力量。

在面包车四周盘旋多次后，两人没发现附近楼内有任何灯光。他们是已经睡了，还是说拉紧窗帘不开灯？又或者他们已经逃走，只留下一辆废弃面包车？诸多可能性令他心焦，连续抽掉近一整包香烟，嘴里牢骚声不断。

“孟警官，麻烦您安静一点。”吴星突然说道。“周围好像有车子过来。”

“在哪里？这上面什么都看不见！”孟阳把显示屏拉到眼前。

“没看见，是我听见的。越来越近了。”吴星手指自己的耳机。孟阳拽下耳机自己戴上，听见从“产品二号”的麦克风中传来遥远的汽车轰鸣，声源正在接近。

“渣土车？”

“不，比渣土车要轻。”吴星要回耳机，戴上后操纵无人机顺着声音方向飞去。

很快两人发现，小区另一侧的道路上正有一辆轿车和一辆大巴车在一前一后行驶。孟阳立即断定这两辆车有问题。

夜已经深了，周围没有路灯，然而这两辆车却都没打开车灯。

“飞低，跟着那辆大巴。”他下令。

小轿车引领大巴接近小区正门，减速转弯准备开进去。“产品二号”跟在大巴侧后方低飞。通过夜视镜头可以清楚看到，大巴的车窗内侧全都拉上了窗帘。

“终于逮住你这王八蛋了。”孟阳握紧拳头。

这回要是再抓不住你们，这身制服就算白穿了。他叮嘱吴星继续跟踪，同时掏出手机打电话给分局长，请求立刻派人包围。

“小孟你说什么呢？慢点讲，我有点不明白。”对于孟阳这段时间的动向，分局长完全不知情，此刻他似乎正在家里吃晚饭，听到孟阳的请求后很有些摸不着头脑。

“老大，别管我是怎么知道的，总之快喊人过来，求您了！”

孟阳没有再细讲，只是汇报了目前情况和所在方位，然后便挂了电话。

“产品二号”沿路跟踪可疑大巴，最后到达小区中心位置的某幢楼旁。这里距离面包车停放位置不到三百米，更加印证了孟阳的猜想。眼前那幢楼内看上去并无可疑之处，没有一户亮着灯，但他现在已经可以确定，传销组织的人就住在里面——画面显示，领头的小轿车闪了三下远光灯，马上就从单元门里走出一伙人围住大巴车。从无人机升高后俯拍的画面中可以清晰见到，从大巴车里走出几十个人，在那伙人的包围下排成一列，依次钻进单元门里。领头的轿车里也走下几人，夜视镜头甚至清晰拍下他们聚在一起抽烟的场面。

“下去拍他们的脸。”孟阳从耳机里隐约听到那伙人在说话，忙向吴星下达命令。“现在该取证了。”

吴星摇头。“不建议这么做，孟警官。这小区里没路灯，隔这么远看不清楚脸；周围又安静，飞太近了恐怕会被他们发现。”

“那就先飞低，从远处平拍，能看清多少是多少。”

镜头降低后，抽烟那几人的模糊身形被记录下来，但看不清长相。孟阳也不想打草惊蛇，只能再三向分局打电话催同事快点过来。而那伙人的警惕性也相当高，烟抽完后马上又钻回了车里。大巴车就近停在旁边后，这辆轿车重新发动，慢慢驶远。

孟阳心中浮起不祥的预感。这帮人要跑了？

他问吴星能不能看出轿车的颜色，吴星摇头。夜视镜头只能拍下单色画面，仅能看出那是辆暗色的轿车，具体颜色无从得知。

“混账东西。”他将香烟摔在车厢地板上，再次拨打同事电话。同事回答说大队人马已经在路上了，现在正沿开发区北路向西驶过来，但尚未到达开发区西路。

他们现在距离此地还有十多公里路程。来不及了。

“全部给我加速冲过来！不要开警灯警笛，最好连车灯都别开！”

电话挂断时，“产品二号”已经拉高，跟着那辆轿车飞离了小区。孟阳看出那辆车正打算驶上机场东部干线。

在这里丢了它就全完了。机场东部干线绵延十几公里，向北可通往外地郊县，向南则可开进东北、东南两个老城区、中央新城区、沿海 CBD 商圈、沿海别墅区，甚至能走海底隧道直接开去离岛的海边码头。

在拥有无尽岔路的主干道上，这辆车随便朝哪个路口一拐，瞬间便可消失在这座巨型城市里。可现在，自己居然连对方的车型、漆色、车牌号都报不出来。孟阳只感觉有股滚烫的怒气在背后猛蹿。

“小吴，电量还有多少？”

“还剩一半。”

“给我贴住它飞，能飞多快就飞多快，不惜一切代价把车牌号拍下来。”

他发动汽车，不打开车灯，狠踩一脚油门。厢式车飞下路肩，巨大的惯性几乎将吴星晃倒。

驶离新建小区一带前，只有机场东部干线一条大路可以走。孟阳接连加速，设法想要紧跟住那辆可疑轿车。

“产品二号”现在飞到了最大前进速度，吴星已将操作杆推到最底部，但距离那辆车仍有二十多米；对方没有开牌照灯，车牌号码仍旧是拍不清楚。从 GPS 地图上看，厢式车与对方尚有百米左右距离，这个距离还在不断拉大。

看过手机导航，孟阳发现再开几分钟就将抵达前方第一条十字路口。那里是旧城区和新城商业街的交汇处。周围的车辆正在增多，追踪难度变得越来越大。

“牌照到底看见没有？”他朝身后大吼。

“还是看不见，光线太暗。发动机也快跟不上了。”吴星额前汗水直冒，眼罩不停地上下滑动。

孟阳将下半身力气全部汇聚到右脚，将油门踏板碾到底，厢式车的速度已经接近极限。借着路灯和其他车辆的车灯，他隐约能够望见那辆轿车的身影，车漆应当是黑色。

距离路口只剩不到五十米，直行方向的红灯数字七十多秒。他决定冒一次险。

“我要开灯了，你做好准备。”他向吴星说完，随即拧开大灯开关，点亮远光灯。

前方的黑色轿车在一瞬间被照亮。

“看到了，不过还不够清楚！”吴星高叫。

那就继续追下去。孟阳拿起仪表盘上的小型警灯，探手将其吸到车顶并启动，警灯光芒随着警笛声一同亮起。身旁几辆车的司机朝他这里张望。

对方想必也已经注意到了。黑色轿车的排气管蹿出火光，发动机狂吼一声，开始加速。这是非法改装车特有的轰鸣声。

这就对了。就是要让这家伙注意到。

“他要转弯了。你知道该怎么做吧。”

吴星无声地点头，表示自己完全明白。

抵达路口时，黑色轿车毫无减速地右转，驶进通往老城区的岔路。孟阳驾驶厢式车插入右转车道，速度仍然跟不上。

但已不要紧了。“产品二号”已经贴到了对方车身侧后不足五米的地方。

“报告警官，拍照拍清楚了。”后车厢传来吴星轻松的话语声。

方才黑色轿车刚转弯时，“产品二号”已提前拉升，沿一道完美的弧线向右侧滑，斜着飞越路口的几幢平房，取近道提前飞至右侧岔路，从侧面包抄追上了对方。

现在，黑色改装车的车牌正映在显示屏中央，硕大分明，清晰可辨。孟阳不由得大笑数声。

闯过红绿灯，他在下一个路口右拐，驶上一条同样向西的小路，隔着一片老小区，与黑色轿车平行前进。放慢车速后，他打电话给同事。对方告诉他，分局长刚刚已经带领大队人马杀进了小区，躲在楼里的传销窝点现在已被端掉。

孟阳将方才拍到的车牌号告诉同事。同事记录下来，然后问他现在人在哪里。

“快到二环立交了，正追着呢。”

“你还打算继续跟下去？实话告诉你——”同事压低声音，捂住话筒说：“刚才老大跟总局的人通了电话，就为了你这事儿，我估计是打给那个樊队长了。”

并不出乎孟阳的意料。分局长一定会向上汇报，总局的人马肯定已经展开了动作，这是毫无疑问的。但他们很可能来不及追赶。目前咬住嫌犯最紧的，仍然只有他和吴星。

孟阳在车流中快速穿行，油门踏板不敢有丝毫放松。

“孟警官，他们慢下来了。”几分钟后，吴星汇报道。他身体左摇右晃，控制“产品二号”飞翔在老城和新城交界处的闹市街区上空，在无数灯光招牌和电线杆间熟练地穿梭，动作轻巧灵动。

黑色轿车速度有所减缓，但仍没有停车的迹象。

“可能是要停车了吧。也可能是觉得已经甩掉我们了。”

孟阳确认一下附近的导航地图，说道：“继续跟。今晚非找到他们的窝点不可。”

进入新城住宅区后，附近的车流和人流顿时变得拥挤，厢式车不得不放慢车速。“产品二号”传来的实时图像表明，黑色轿车正在北面的平行道路上缓行。二十分钟后，黑色轿车拐入一条向南的直路。孟阳将车停在那条直路与自己所在道路的交汇处，很快就在南北向的车道中再次确认到了目标车辆。对方夹在车流中央，正往南慢速行驶。在它身后不远处的上空，隐隐可以望见有个小小的黑色物体在飘飞。

“很好，你就这么继续往前吧”。孟阳回忆着南部的地形：那里是繁华的商业区，以及位于沿海干道、高楼林立的 CBD 商务区，交通拥堵，即便改装的赛车也难以高速逃脱。

越往那里走你就越难逃。去吧，快把我带到你们的窝点里去吧！

他从手套箱取出警棍和辣椒水喷雾器塞进挎包，左右扭动颈椎，做好了大干一场的准备。

又一个左转绿灯后，厢式车拐上往南的车道。工作手机这时响起，果不其然，是樊队长。

“孟阳，是我。你们现在到底在哪？”

樊队长今晚的语气相当暴躁，孟阳感觉她的说话声比之前更难听了。

“正在沿书城大道往南开，快到横贯干道了。那家伙刚过横贯干道的红绿灯。”

与身边人交谈两句后，樊队长说："那辆车子是我们的事，你现在马上给我掉头离开。——谁允许你擅自追踪的？我上回是怎么跟你说的？讲话呀？"

孟阳不想在眼下这种场合跟对方纠缠，刚好吴星又报告说目标车辆在转弯，他便不作回答，电话挂掉后扔到座位上。随后电话又响了几次，他也并不理会。

抵达沿海干道时，黑色改装轿车拐进一幢写字楼的地下车库。看来终于到地方了。吴星担心车库内遥控信号传不进去，便将"产品二号"移动至车库入口上方悬停观察，没有发现有人从车库出来。

"他们应该是从车库直接进到楼里去了。电量不多了吧。"孟阳问他。

"嗯，只剩不到百分之二十了。"

孟阳将车开进附近一处公用停车场，令吴星先将无人机撤回。"产品二号"更换完电池后，孟阳背上挎包，大喝了几口茶水，然后下车。

"我过去看一下。"他对在车厢里喝水的吴星说，"你让无人机一路跟着我，等我进到楼里之后再听我指令。先测试一下麦克风。"

设备部的弟兄们先前从无人机控制软件里分出一路信号，可将"产品二号"的现场录音通过无线方式传输到孟阳的耳机里。两人在停车场测试了这项功能，发现效果正常。随后孟阳把车钥匙交给吴星。

"把车门锁死。不论出现任何情况，不管出现任何人，你都呆在车里，千万别出来。"

年轻的无人机驾驶员脸上浮出紧张的神情。

"孟警官，一路小心啊。"

孟阳把烟头砸在地面踩扁，将"产品二号"放到车顶，拉上车门，转身朝那座写字楼快步走去。

前往写字楼的路程花了孟阳十分钟。在这十分钟里，吴星提前飞抵写字楼外侧上空，检视过了楼内的每一扇窗。已是深夜十一点多，绝大部分窗户都黑着，仅剩靠近楼顶的几层还有灯光。“产品二号”近距离飞掠这些窗户，最终确认，三十七楼西侧拐角的两间办公室比较可疑。那里的房间亮着灯，窗帘被拉起，里面有一些走动的人影，还能听到有人在说话。

通过对讲机的耳机，孟阳听取了吴星的汇报。他令对方操纵无人机凑近那扇窗户，设法听见房间里说话声的内容。

他从停车场的消防楼道进入写字楼。爬到三楼时，“产品二号”的麦克风信号被传送到他那里。

有两个男人在窗边交谈，声音较小，但可以听出都是外地口音。

“这不对头。狗子他们怎么还不接电话？该不会是出事了吧？要不然我再过去一趟得了。”

“莫慌。你那个车刚才不是被警察跟过嘛，所以不能用了。先别过去，我去问问那个人……”

两人边说边走向房间深处，麦克风无法采集到进一步的信息，但情况已经很清楚了。

孟阳一路追踪的目标就在那间办公室里。

爬楼梯的过程中孟阳翻动书包，没能找到工作手机，回想起手机被扔在副驾驶座上了，便让吴星用那部手机打电话通知樊队长。达到三十楼时吴星报告，听出房间里那几个人正在收拾东西，有可能想要逃跑。

估计是已经得到风声了。孟阳握住包里的警棍，开始跑步上楼。

“孟警官，当心，他们有好几个人，之前坐在车里的那些，再加上房间里原本还有别人——”

“别担心我。守好你的岗位，不该问的别问。”

到达三十七层后，孟阳忍住气喘，走到拐角那间办公室门口。现在几近零点，写字楼电梯已被大厦物业人员关闭，嫌犯想要逃跑的话便只能通过消防楼梯间；樊队长的大部队不知什么时候才会到，现在唯一能阻止疑犯逃离的只剩他自己了。

孟阳看着门上印有“投资理财公司”字样的不锈钢挂牌，心中没有一丝恐惧和担忧，只剩下沉静的心情。

没有任何退缩的可能。去做吧。

隔着门板，他听见房里有几个男人在说话走动。

“小吴，电梯口那边的窗户我帮你打开了，你马上飞进来跟在我后面。记得拍清楚他们的脸。”他朝耳麦里下令，然后伸手敲门。

房间里的动静瞬间消失。半分钟后，房门打开。门口一共站着五个男人。

“你谁啊，干嘛的？”开门的男人问。

孟阳注意到对方手里拿着棒球棍，其余几人则将手臂藏在身后，不知握着什么东西。

“物业维修队，来修冷气机的。你们这是 3702 房吧？”

“什么 3702，3702 在对面。”开门者说罢，看一眼门口贴着的号码牌。“啊，房号不对？奇怪了。”孟阳装作回头望去，发现真正的 3702 房门大敞，里面空荡荡一片，遍地尘土和垃圾。再明显不过，这是个长期空置、无人使用的办公室。

“你他妈到底是干嘛的？”

开门的男人变了眼神，身后那四个男人也开始朝前挤过来。与此同时，对讲机耳机里爆发出吴星的喊叫：

“小心后面！”

转回头来的一瞬，孟阳看见开门的男人举起球棒朝自己砸来。条件反射抬起左臂抵挡的同时，他用右手在挎包里摸索辣椒水喷雾器。

指尖碰触到了喷雾器一角，可那玩意儿却朝挎包深处滑落，没能抓住。左臂上立刻冒出一股剧痛，伴随着沉闷的声响。

孟阳朝后倒下。他感觉自己的左臂骨头断了。

那五个人举起手中拿着长短不一的黑色物体，朝他围过来。

“蹲下，我去撞他们。”

吴星说话的同时，孟阳身边响起阵阵的辱骂。脑后有股气流声迅速靠近他。他知道吴星打算救自己。

绝对不行。

他咬牙怪叫：“退回去！拍到了就赶紧走！”

污言秽语在孟阳耳边响成一片，踢踹和踩踏施加在他胸腹一带，伤处犹如被扯裂般疼痛。球棒在敲击他的肩背部，有人拽住他的脚腕往房间里拖，无人机旋翼的嗡鸣声在他四周时远时近。他听到有人喊：“那是什么鸟东西？把它打下来！”

“老子的脸被它拍到了，快废了它！”

“产品二号”敏捷的飞行轨迹令叫嚣者无法得逞。孟阳头晕眼花，他模糊地看到“产品二号”在走廊里腾挪飘荡，连续躲过男人们的多次挥打。

拖拽他的男人放开手，举起一根乌黑的不详凶器。那是一把自制枪械。

“都躲开。”那人跨过孟阳身体，走到门外。

孟阳朝那人的脚踝伸出手，顿时几只穿着皮鞋的脚开始朝他后脑勺猛踹。

轰鸣和火光在眼前爆发，孟阳变得耳鸣。他不甚清晰地瞥见“产品二号”螺旋下降，坠落在地面上，黑色的塑料碎片下雨般四处散落。

同时，旁边的楼梯间入口处射来几束手电筒的光柱，一群人从那里冲出，不断在喊些什么，声音模糊，听不分明。

直到晕倒的前一刻，他才勉强听见有个女人在吼，内容似乎在说，自己是个警察。

住院第八天上午，孟阳特意很早起床，开始整理东西。

左臂的骨折离痊愈还有很久，头胸腹一带遭到殴打的伤处也还没好全，医生不准他提前出院。但他对此不屑一顾。他认为，自己之所以到今天还有些不适，其中一半原因在于医院不允许他抽烟喝酒。

另一半原因则在他自己心里。很多事还没做，很多问题还等着去解决，还有很多人等着自己去找他们。他不允许自己继续躺在这里。

孟阳把换洗衣服团成一堆塞进旅行包，盘算下一步的计划时，外面有人敲门。估计又是护士。也可能是医生。他想好应付的话语，打开门后却发现是樊队长。

只看一眼，她就猜出了这是怎么回事。她将慰问的水果放到床头柜上，拖一张椅子坐在门口，明显是不打算让孟阳现在就离开。

刚好，孟阳也有事想和对方交代。

“樊队长早上好啊。今天不用忙工作吗？”他倒杯开水递过去。

“有事路过,顺便就来看你一下。”樊队长接过水杯放到一边。“身体怎么样了，还有多久出院？”

“大夫跟我说过，忘了。我身体没问题。”孟阳晃动一下左臂。已经不需要绑吊带，可小臂还是被石膏裹了一层，表面看上去没事，但骨头还没好，一遇到大动作就会痛。

这些都骗不过樊队长。相互聊了些关于住院的客套话后，双方开始言归正传。

“老孟，领导对你的结论已经出来了。”樊队长凝视着他，开始喝水。“你很英勇。以一己之力抓获了对方几个主要分子，还捣毁了两处人员藏匿窝点，组织上打算对你进行表彰。”

关于这些，孟阳在住院的次日就已得到消息。市总局的朋友告诉他，当晚的围捕行动相当成功，写字楼里现场抓获的那些人对组织传销的罪行供认不讳。从小区窝点里共计救出了近三百名受害者，这几天正被陆续送回家乡。总体上看，这个非法传销集团已被基本破获。

“不是我的一己之力。再说了，案子还没完，总的头目还没抓住。那几个人都不是。”

“那几人已经供认，在下线的人身控制组织里他们就是领头的。上线指挥和管钱的人，现在线索也收集得差不多了，追查工作也在进行当中。老孟，这案子对你来说结束了。”

“你说这么多的意思，是要我继续躺在这里偷懒？装死？”孟阳摸摸裤子口袋，发现烟和打火机都已经被收进包里。

“我的意思是，你现在最该做的就是回家休息。”

把空水杯扔进垃圾桶，樊队长起身整理衣服。“副局长和你们分局长明天会来慰问一下，记得提前把胡子刮刮干净。”然后拎起包就要出门。

话已经说死，这分明是不想再和自己谈什么，也不准自己乱说乱动。孟阳不吃这套。他追过去，抢到对方身前把门关上，走去旅行包那里翻出几张打印纸，塞到对方手里。

纸上用彩色油墨打印着几张人脸照片，看得出是用视频截图放大处理的，旁边用笔标注着文字。樊队长对这些面孔再熟悉不过。相关的视频录像，她早就从吴星那里取来看过无数遍了。她知道孟阳在想什么。

“请允许我再重申一次，樊队长——这案子还没完。一个多月前，城中村东部的小姑娘被殴打并坠楼的案件，录像里那个重大嫌疑人至今没有归案。坠楼身亡的姑娘所在的下线窝点，到现在也还没被查获。”

“我知道。”

当晚无人机拍下的录像资料显示，在农家小楼里残酷殴打被害女子的那个赤膊男性并不在当晚被捕的嫌疑人之中。经过对被解救人员的仔细询问，也证实了被害女子隶属于另一伙下线组织，而那个组织里至少还有一百多名受害者至今仍在被非法拘禁。尚未落网的嫌犯手中也很可能持有枪械。

“周边通往外地的设卡点，到现在也没发现这伙人出逃的踪迹。城市太大了，他们完全可以躲在哪个角落里，等风头过了再跑。我们是同行，你就实话实说吧，现在这种设卡盘查的声势还能再有几天？”

这番质问出口，樊队长听得满心是火，却又不好发泄，因为孟阳确实说到点子上了。

少女坠楼身亡案依然悬着，嫌犯藏匿在市内的可能性极大，而目前这种全市动员的查岗设卡力度，无论是从物力财力考虑，还是从警员们的休整需求考虑，都不可能长期维持下去。盘查势头一旦松懈，嫌犯出逃至外省市后再想追查就很困难了。

“孟阳同志，”她的语气变了。“你和吴星对此案的贡献，我们都看在眼里，也不会忘记。你说得对，这些也是我们接下来的工作重点，但请记住，这些都跟你们无关。你们两人没有必要，也没有资格再参与进来。就像你说的，我们是同行，我想你应当懂得其中的利害关系。到此为止了，明白没有？”

沉默片刻后，她接着说：“我不是在劝你，而是在通知你。再说了，恐怕周围劝你的人也不少了吧。”

孟阳嘴里叼紧没点燃的香烟，盯住病房的花砖地面。

当然了。自住院以来，无论领导同事，还是朋友家人，所有人都在劝他：传销破获了，坏人抓住了，功劳也立下了，接下来的事就让大佬们接手吧。他们不会让你插手，也轮不上你插手，再这么自作主张搞下去，他们对你就不会再像现在这般客气啦。适可而止听见没？一个劲地拼命向前冲，到时候怎么死的你都不知道！

“当然知道，我怎么可能不知道——”

他紧咬牙关喃喃自语，烟屁股已经被嚼烂。

“不用太担心了。吴星那边我已经安排妥当，按见义勇为进行嘉奖，奖金昨天已经发了。人家有自己的生活，虽然对你没什么埋怨，但他毕竟不是警察。你没有权利要求他跟你绑在一起干。你们的面包车在市局地库，你有空派个人去把它开走，这件事就算彻底结束。我不会再跟你说第二遍了。”

将包挎在肩上后，樊队长打开房门却没走。她犹豫片刻，回头说道：“其实，我能理解你。你以前那个事，老朱全都跟我说了。”

孟阳猛然抬头。

“你不需要自责。那件事……只能说命不好吧。没有必要责怪自己，更没必要为了想要补偿什么，证明什么，就把自己和别人的生活都赔进去。——你为什么不试着去原谅你自己呢？”

怒火终于再也按捺不住。

“你懂什么东西？你知道那是怎么回事吗？什么命不命的，根本就不存在！老子这辈子从来就不信什么‘命’！”

距离国庆仅有不到一个礼拜，按说已快要入秋，但几日来城区却反常地闷热，久不下雨，仿佛重新回到了六月份。由于店面不再开门，外面空气吹不进来，吴星家里这几天彻底成了蒸笼，焖得人直发晕。如今生活费已不再成问题，但他仍改不掉省电的老习惯，白天靠电扇、凉水、赤膊来度日。

今天也是一样。他只穿一条沙滩裤，在卧室和店面间频繁走动，来回收纳各类器件材料。有很多东西需要擦灰，还有一些要塞进纸箱里准备扔掉。沙滩裤被浑身的汗水浸得透湿，颜色变深，黏附在他腿上。

吴星对此并不在意。毕竟在这里待不了多久了。等到明早把最后一批东西倾销出去后，这里便什么都不剩了。

这座城市的炎热将成为他的回忆。

一点半左右，孟阳打来电话，问他有没有吃过午饭。

“还没吃？正好，我也一样。你打个车到分局来吧，我请你，顺便有事要你帮忙。”

有段时间没联系了，对方说话语气听上去还算正常，只是有些没精神。吴星答应下来。

午饭还是在分局附近的小吃店里解决。孟阳看起来已基本康复，只是左臂还缠着石膏壳。两人各怀心事，吃饭过程中几乎没怎么交谈。走回分局大院的路上，孟阳问：“奖金拿到手了吧。”

“嗯。”

“打算怎么用？再做点什么别的生意？”

“还在琢磨。”

吴星前两天已经把所有奖金全部寄回家去。他不打算告诉孟阳。对方又问他今后有什么打算，他回答说没想好。这是实话，除了回老家之外，他实在想不出有什么别的打算。

回到熟悉的分局大院，看到黑色厢式车停在车库里，浑身擦得雪亮，吴星不由得产生一丝伤感。孟阳把车钥匙递给他。“我这手，你也看到了，暂时还不好开车。今天你当司机，先把我带去附近的银行一趟。”

开车路上，吴星几次都想问对方：少女坠楼案的犯人究竟抓住没有？但他没开口。自己没资格跟警方讨论案情。前些天，那位樊队长多次与他通过电话，除了表达谢意外，也向他暗示了这点：你不是警察，这桩案子已经与你无关。一切都到此为止了。

孟阳从提款机里取了一叠现金，分装进三只信封，上车后打了几个电话，然后指挥吴星沿开发区西路一直向南，驶往老城区。下午的这段路没什么车，速度开得很快，吴星回忆起不久前的那天夜里，自己操纵飞行器在这里急速飞掠时的感受。

那晚离现在似乎已经过了很久，仿佛成了一场再也不能重温的美梦。

到了地方，两人走进一家海鲜酒楼，脸上留着巨大伤疤的酒楼老板跑过来亲自接待。从谈话中吴星听出，老板曾是警察，和孟阳是多年老友。听完吴星配合孟阳破案的事迹后，老板大笑好一阵，浑身肥肉乱颤，多次跟吴星握手，拉住两人要留下来喝酒。孟阳拒绝了，交给老板一只装钱的信封，说是帮助对方周转用。

推托数次后，老板收下信封。临分别前，他大力握住吴星的手，话音低沉阴郁。“小伙子，我替几个老弟兄衷心感谢你。好好帮老孟做事，千万看住他，别让他胡来。”

离开酒楼，顺着横贯干道，吴星将车开进中央新城区。眼前繁华的街景，和之前很多次飞临此地时的观感完全一样，区别仅是夜晚变成了白天。

他们走进一间出租屋。开门妇女见到是孟阳，脸马上黑下来，不说一个字，转身进书房摔上门。客厅里只剩一个老太太接待他们。孟阳没喝水，问候几句过后把装钱的信封交给老太太，提出想去卧室看看。

从书房里传出妇女的喊叫：“不准他进去！让他走！”

老太太劝了妇女几句，将孟阳请进卧室。吴星跟在后面，瞥见屋里躺着一个中年男人，一动不动，只有眼睛跟着孟阳的身影在转。孟阳过去握住那人枯瘦的手，低头闷闷地说了几句话，便带着吴星离开了。

下一个目的地很远。车开上机场高速后一路朝北，直接进山，最后抵达一处公墓。有个年轻女子抱着小男孩在墓园停车场等他们。在女子的带领下，几人走到一块墓碑前，吴星看到墓碑照片上的男人身穿警服。从碑刻的内容可以看出，对方早年前因公殉职。

在墓碑前放下几盒烟后，孟阳蹲在地上久久不说话。吴星一直站在他身后，从机场方向不时传来遥远的飞机呼啸声。

上车前，孟阳把信封递给女子，然后对吴星说："回分局。"

直至驶出主城区，孟阳才恢复了一些精神，问他："知道刚才那几个人是谁吗？"

吴星猜那些应该都是他的同事。

"前任同事。那几年我们四人一组，开同一辆车，吃同一桌饭，抽同一盒烟。后来，你也看到了，成了现在这样。知道原因是什么吗？"

"出事了？"

"因为一个混账。因为我。"

起因只是一件不足为奇的小案子。旧工业区某厂有两帮工人因琐事而持械斗殴，接到报警赶到时，现场已经有人流血。但孟阳他们四人并没有介入，只是坐在车里守住厂门。这个决定的背后，有许多无法说清的缘由，过去许多类似事件也都是如此处理，没有人觉得不妥，包括传达指令的孟阳在内。然而随后发生的事，纵使经验再老道的警官也永远无法预料得到。

警车停在厂门口的路边。天黑后，一辆重型载货车路过，疲劳驾驶的司机高速驶离道路中央，货车撞上警车，将其碾压并朝前推行。

当时孟阳在马路对面的大排档买晚饭。他眼看着警车被一路推挤到工厂门卫室的墙上。

警车内死亡一人，重伤两人，其中一名伤者后来高位截瘫。门卫室里的保安重伤昏迷，货车司机平安无事，厂内的械斗冲突则戛然停止。

“所以说，如果当时从一开始就下车，拿出手枪和棍子把那群人赶走，事情马上就能解决。我们几个早早回局里交掉装备，吃完饭换衣服下班回家，什么事都不会发生。”

之后是漫长的沉默。孟阳一根接一根抽烟，看着车窗外接连朝后移动的开发区厂房。快到城中村附近时，他转头朝吴星问：“你的小飞机只剩下一台了吧。”

吴星点头。仅存的“产品三号”正挂在后车厢里，因为有段时间没使用，电池早已耗尽。

“打算拿它怎么办？卖掉？”

“估计没什么人会买。”

包括VR组件在内的整套控制系统，拆散之后只能当作二手数码配件卖掉，考虑到它们当初本就是二手货，挂在网上卖出后几乎没什么损失。但“产品三号”由于是自制产品，易用性和配件匹配性比市售的无人机差很多，不彻底改装根本卖不出去，而大规模改装又得花钱，很不划算。拆开卖也不行。吴星估计，“产品三号”拆掉后唯一有用的部件只剩那两颗摄像头，当手机配件卖的话大概值百来块钱。

“如果卖掉，它会去干些什么工作？”

“多半还是航拍。会拿它去拍影视镜头吧。”

“浪费人才。”孟阳把烟头弹飞到窗外很远的地方。

他改变主意，要求去吴星家看看。

到城中村时已经是黄昏时分。走进空荡荡的数码店，孟阳只环视一眼便看出吴星有何打算。他没有点破，而是拉吴星去路对面的烧烤档里喝酒吃烤串。一个多钟头后，孟阳打电话叫分局同事过来开车。随后他捏紧吴星肩膀：

“小伙子，我这辈子都还没彻底玩完，所以也不准你玩完，你的小飞机更不能玩完。要做就得做到底，有能力就一定要使出来。听懂没听懂？”

“懂。”

“还想不想继续飞？”

吴星叹了口气，抬头望向深蓝色的夜空。

“放弃一次，以后什么都会想放弃。我不放弃，也不允许你放弃，听见没有？”

老警官挥拳打在吴星肩头。吴星忍住痛，伸手扶住对方。

九月二十九日清晨，分局同事向孟阳通报消息：今天有大行动。

专案组接到线报，尚未落网的传销组织残余嫌犯很可能藏匿于离岛西侧的别墅区。刑警大队全员出动，赶往离岛进行围捕，但由于岛屿面积巨大，建筑物众多的别墅区又建在山边，树林茂密，地形复杂，隐蔽的海边港汊也多，因此抓捕行动的难度很大。

接到电话后，孟阳跳出被窝，边通话边穿衣服，顾不得左臂疼痛。

这帮人总算还有良心。他很清楚，今天是最后的机会了。等到了“十一”长假，许多警员都要被分配到市内各个景区、商业街、交通枢纽地带执行治安巡逻任务，围捕警力根本无法保证。

那个犯下命案的嫌疑人很可能就藏在离岛。不能再拖了。

他穿好外套，抬头叫醒睡在架子床上铺的吴星。两人放了些水和干粮进包里，跑出宿舍，钻进厢式车。

这回完全是独自作战，不会再有人帮他们了。一旦被樊队长等人逮住，万事皆休。

孟阳并不怕出事，他怕的是出事前自己什么都没有做。另外他多少有些不安，觉得自己这样做是在拖吴星下水。

似乎是看出对方的忧虑，坐在后车厢的吴星说："孟大哥，我觉得有点闷，放首歌怎么样？"

"车里没有 CD 碟。"

吴星用双头音频线将手机接上控制端电脑，打开音乐 APP 的歌单。外国摇滚乐从扬声器里放出，孟阳一句也不懂，但听起来觉得挺舒服。

这些歌可真是久违了。吴星微微抖着腿，大口喝下罐装咖啡，然后看一眼身边。"产品三号"的电池灯放出健康的亮绿色，安静地蹲在自己脚边。

今天的港区干线，车流量不少，向西进入沿海干线东段时道路更是拥挤。等待了无数个红灯之后，他们终于得以驶上立交，向南拐进跨海隧道入口。通往离岛方向的车道还算正常，但对面的北向车道几乎没什么车。孟阳意识到前面出了什么事。

"肯定是限流查车。注意看前面。"

厢式车开到隧道南端入口处时，路口果然已经设了检查点，多辆警车挡在路口，很多警员正在盘查那些驶离岛屿的车。

"这样能查到犯人吗？"

"很难，他们也只是例行公事。再说了，离开这座岛还有别的办法。——糟糕，我们这条道也查？"

进入岛屿的车道口也有查岗。孟阳让孟阳不要发出声音，慢慢驾车前进，直至被三名交警拦下。

领头交警走到车窗边敬礼，要求他出示身份证和驾照。交出证件的同时，他依次观察对方几人面孔，确定他们与自己都不认识，心里稍微安定了点。

"去哪里？"交警还了证件，很客气地问。

"我去金鹰商务城，送货的。"

获准通行后，车子只走了不到两百米便被前面的交警指引上一条小路。孟阳很快发觉不对劲：前方是条通往一处建筑工地的死路。他马上掉头，后面不知从哪里冒出两辆黑色轿车，挂着警灯，想必是高级警官的公车。

来车堵住厢式车的去路。几个警官下车，快步走近，走在最前面的是樊队长。

“孟同志早啊。来岛上兜风？”她在帽檐阴影下露出笑容。孟阳感到自己的心脏正在缩紧。

“不可以吗？”

樊队长不再搭理他，走到后面用手敲后车门。“小吴，快下来吧，车里怪热的。”

不知究竟是哪个环节出了问题。孟阳先怀疑分局有人通风报信，随后又觉得可能刚才查驾照时自己就被发现了。

事已至此，万事皆休。他和吴星不得不下车。

樊队长让手下人收了孟阳的车钥匙，将厢式车开走，然后将两人带上自己的车，回头朝西南方向开去。

警车开进别墅区入口附近的工地围挡。工地里停着两辆墨黑色的警用大客，孟阳认出那是刑警总队的移动指挥车，自己的厢式车则停在一旁。看来行动指挥部就设在这里。樊队长将两人请上其中一辆客车，递去两瓶矿泉水，开始发问。

“说说吧，你们俩今天原本打算怎么干？”

孟阳只好实话实说。

从地图上看，离岛西面的别墅区内共有 304 栋别墅，即便找来几家物业公司的管理人员协助排查，可疑的别墅数量至少也有几十栋。这里的别墅全都建有大面积地下室，一百来号人挤进一幢楼里是完全可能的。考虑到这类犯人深居简出的作息习惯，以现有警力，想要短时间内将所有别墅全部排查一遍而不惊动疑犯，困难实在太大。这附近还有五条小河穿越别墅区，一些物业公司也出资开凿了人工河道，加起来共有十条河道流经别墅区直通入海，而其中三处入海口都有游艇俱乐部，停泊着总计数十艘游艇和汽艇。逃窜疑犯完全可以利用这些船只趁夜逃至境外。

同样麻烦还有岛屿西南部的小山丘，那里尚处于未开发的状态。疑犯一旦进山，很可能要动用武警搜山，事情就更复杂了。

简言之，行动的上策应是隐蔽行事，不开警灯不派直升机，利用吴星的“产品三号”趁夜色逐个排查别墅，会比警员排查的效率更高。以上便是孟阳原本的行动计划。

“策划得不错。”樊队长听完后说，“你考虑的那些点，我们其实也都考虑到了。”

她领两人走到另一辆客车的车尾，喊人掀开改装过的后车门。车厢地板上整齐排列着六台通身白色的无人机。吴星认出它们都是最新款式，虽然属于“货架商品”，但技术性能在市售产品里算得上顶级水平。

“哈，原来你们也在学小吴了。”孟阳苦笑。

“并不是这样。我们的无人机巡逻队已经成立一年多了。不过你们前段时间的表现给了我们很大的启发，从这点上说，我们应当感谢你和小吴。”

凑近观察完后，吴星询问那六台无人机的性能情况，尤其是续航时间和遥控距离。无人机巡逻队的警官告诉他，它们的性能和市售产品差不多。“但和你的自制无人机相比，我们这几台还差得很远。负责操作的同志必须近距离接近目标，然后操作，而他们能够接近目标的前提是必须先查出目标在哪。”

“也就是说，问题最后又绕回来了。”孟阳抱住胳膊。“为防止惊动疑犯，在不出动警员和警车的前提下，怎样才能迅速揪出疑犯藏身的窝点？这个难题不解决，你们的无人机仍然派不上用场。我说的对不对，樊同志？”

樊队长只得承认。

“孟阳同志，小吴同志，现在情况大体上就是这样。我料到你们今天会来，也知道你们两人决心已定，所以现在我也不想找你们的麻烦。”

她脱下警帽，瞳孔在阳光下反射出淡棕色的闪光。

“现在我想要的，是你们二位的协助。”

两个男人互相对视一眼。

“我需要你们的帮助和建议，前提是一切行动服从我指挥。你们不会不愿意吧？”

迟疑一阵后，两人一齐摇头。

“谢谢。那么先回车里吧，外面天热。我们得赶快制订出一个新计划。”

经过在指挥车内的讨论，樊队长和孟阳得出结论：即便有刑警大队的支持，大家手中的无人机数量还是太少，警员数量也不足，各自分散搜查效率太低，调度配合也太难。警力有限，各自为政必然是死路一条。

两人争论的同时，吴星已将厢式车里的器材全都搬进了客车里。指挥部车厢内有稳定的供电线路，又有冷气供应，比起自家的卧室和孟阳的厢式车，这里如同酒店客房般凉爽舒适。

他对警方的无人机产生了浓厚兴趣。在它们机身下方的云台上，统一配备有大孔径的红外摄影机。不同于先前在开发区分局私下改装的夜视摄像头，这种红外摄影机不但能放大光照度，更能显示出热辐射信号，任何人员和车辆，只要自身在向外散发热量，就无法逃过它的“法眼”。

吴星从刑警手中要来一套备用的红外摄影机，准备替换掉“产品三号”自带的摄像头。无人机的整体重量将增加，但问题不大，基本不影响飞行性能。“多出的重量差不多相当于一份外卖的三鲜炒饭，一定没问题。”他胸有成竹。

明白了“产品三号”的改装意图后，樊队长有了新主意。她令吴星将无人机升至三百米高度，摄下整个别墅区的俯瞰照片并打印出来。吴星和其他刑警改装摄影机的同时，她在这份航拍地图上标注出多个盯梢点，其中包括那些游艇俱乐部，以及别墅区两个主要的道路口。

全部警力被樊队长划分成十二个小组。有三组各自埋伏于游艇俱乐部，两组埋伏在周边道路口，这五组人成为定点守备组。另有六组警员分别乘坐轿车，携带警用无人机蹲守在别墅区六个不同区域内，作为机动组，而这六个区域的管辖范围恰好将整个别墅区划成六等份。人数最多的一组全副武装，坐进一辆商务车成为抓捕组，负责直接攻入目标建筑。

“抓捕组开始行动后，一旦发现有嫌疑人逃窜，机动组就从各个方向沿道路追捕。所有人由我直接指挥，到时候让你们往哪开你们就往哪开，让你们拐弯就拐弯，让你们开多快就开多快，让你们下车你们就下车玩命地追，听见没有？”

“保证完成任务！”警员们整齐地回答。

有队员问樊队长，是否需要定时向指挥部报告方位和状况。她大摇其头。“这次行动，所有人必须安静迅速，别让我听见你们在电台里一通乱喊。没有我的命令，任何人不准使用对讲机呼叫。”

“可是队长，到时候您怎么确认我们的方位？”

女警官笑了。“放心。我们在天上还有一双眼睛。”

大家找来黑色胶布，在抓捕组和机动组的车顶上贴出七个不同的几何图案，以图案名称来命名这七个小组。有了这些胶布图案，即便车辆不开灯，“产品三号”透过红外镜头也能精确辨认它们的行踪。一旦确认到疑犯逃亡的画面，樊队长只需站在吴星身边盯住显示器，就能实时指挥所有车辆执行围捕。

剩下的唯一难题，是如何能在最快时间内锁定那间藏有传销人员的房子。

激烈的讨论持续了整整一中午，许多方案提出后又被很快驳回。物业公司的人和保安们也过来出主意，满车人挤在一起，指挥车变得闷热难耐，车上的冷气几乎完全不起作用。

午后最热的时刻，忍无可忍的孟阳走到车外抽烟，却没料到外面更热，许多热风吹到他的脚脖子上。他叼着烟回头看，发现热风正从车身下方一排黑色凹槽中冒出。

顷刻间他恍然大悟。

“蠢货！我可真他妈的笨！”

他冲进车厢内大吼：“空调！是空调！空调外机！”

“空调怎么了？车里不准抽烟。”樊队长抹去脑门上的汗，皱眉道。

“这么热的天，一百多人挤在一间房子里，一定会开空调！而且是很多空调！”

恍然大悟的人此时换成了樊队长。

经过与开发商和物业维修队的紧急联系，指挥部确认，所有别墅都统一安有中央空调，但各家的地下室和车库内均不设出风口。警员们假扮保安，骑电动车在别墅区内侦查到黄昏时分，统计出所有那些在墙上单独安装空调外机的住户，总计二十八户。在航拍图上标注出来后，樊队长发现，它们所在位置散落在各个机动组负责的区域里。

思路很清晰。凌晨，正常人睡觉的时间，只要哪家的地下室或车库里还有空调在运转，便极有可能是传销人员的藏身处。

这样的地方不会很多，樊队长估计最多不超过四五栋别墅。而确认的手段只有一种：红外摄影机。

“把无人机全都喷上黑漆，找几辆电动车提前放在埋伏点。行动开始后，你们背着机器骑车直扑那二十八家，一看到可疑热源就立即汇报。”

朝无人机巡逻队下达完指令，樊队长拍拍吴星的肩。“后面的事就全看你的了，年轻人。”

午夜两点整，十二辆未开车灯的汽车依次驶出指挥部所在的工地，用稳定的车速驶向各个埋伏点。两点十分，五个定点守备组和六个机动组全部就位。车顶贴有箭头图案的抓捕车，停在整个别墅区最中心的湖边十字路口旁。通过吴星面前的外接显示屏，樊队长能够清晰看见每辆车的位置。

“无人机巡逻队上电动车，开始查空调。”

暗黑深邃的别墅区上空，“产品三号”无声悬停着，拥有广角视野的红外摄像机捕捉到实时图像：六名警员下车，骑上电动车开始驶往六个不同方向。

训练有素的无人机巡逻队在二十分钟内查出，共有三户人家的可疑空调外机仍在朝外散热。三处目标分别位于别墅区的东北角，西侧两条人工河之间的平地，以及西南方向靠近山脚河道的一个岔路口上。

对照俯瞰图，直觉告诉樊队长，山脚河道的那几人似乎最可疑。但那里距离追捕组也最远。她不愿让直觉左右自己的理性，仍按照先近后远的原则进行调度。

“箭头，你朝北开到第一个路口右拐，到第二个路口再左拐，过路口马路左边第三栋。小吴，你往东北方向飞一点。”

抓捕组按指示路径行驶，数分钟后便抵达目标处。技术警员协助吴星放大监控界面，显示屏清晰映出抓捕人员闯入目标建筑的画面。

一分钟后，樊队长手中的对讲机话筒响了。

“这里是箭头，报告老家，目标不对。房里只有一对夫妻，他们说忘了关车库的空调。”

吴星周围的警察们不约而同地呼出一口气。

“老家明白。下一个目标，掉头回路口，右拐到第四个路口再左拐，马路左边第五栋。”

抓捕组朝西行驶，七分钟后抵达第二处可疑目标。这次的汇报来得有些晚，抓捕组隔了好一阵才打开对讲机。话筒中传出喧闹的人声，话音嘈杂，令指挥车内的气氛紧张起来。

“这里是箭头，呼叫老家，呃……”

“我是老家，快讲话，什么情况？”

“目标还是不对。”

原来是一群年轻人挤在地下室里开通宵 Party，全都喝得烂醉，有几人还在吸大麻。

“报告老家，是否要将吸食毒品的人带走？”

樊队长身后有两个警官发出笑声，孟阳则在一旁摇头。

“这么多废话！赶紧给我回上车去。”女警官怒不可遏。“最后一个地点，出门左拐开到第二个路口，右拐上坡的第一个红绿灯，马路拐角的河边房子。”

“箭头明白。”

位于河边的那栋房子距离不远，抓捕组没两分钟就接近了那里。

莫名的直觉又一次涌上樊队长心头，紧捏着话筒的掌心里满是汗水。她吩咐吴星将“产品三号”飞得再近一些，降到目标上空二十米的高度。

“有人出来了！”推动操纵杆不过几秒钟，吴星马上开始大叫。

抓捕组距离目标不到一百米时，那栋别墅里同时窜出三团发亮的白色光晕。

车厢内所有人全都惊呼起来，只有樊队长没发出任何声音。

“压低点，再压低点，把画面放大！”孟阳将警衔级别的概念抛诸脑后，顺着自己的习惯指挥吴星。

那三团热成像画面非常清晰分明。两名嫌犯骑着摩托车，分别向东边和北边高速逃跑；别墅靠河岸的后门口，有四名嫌犯跳进小码头上的一艘摩托艇，沿河道开始往南行驶，而那个方向直通大海。

樊队长的预感成真了。

“产品三号”升至高空，开始进行全局监控。机动组接到命令，在同一时间发动汽车展开围捕。抓捕组攻入目标别墅的同时，北边的“三角”组和“星号”组依照指挥，从东南、东北两个方向沿最近的道路包抄，追击朝北逃窜的摩托车；东边的“W”组和“X”组各自转向，从另一辆摩托车所在道路的东西两段相向夹击。西南边山脚旁的“方块”组等候在河道北侧岸边，用自带的无人机捕捉到摩托艇的红外影像后，沿着河岸道路一路追赶，而南部海边两处游艇俱乐部里的定点守备组也同时出动，派出两艘警用巡逻艇驶进河汊，逆流前行，堵住可疑摩托艇的去路。

短短十分钟内，几路人马执行精准追踪，成功拦截住了三路逃犯，而抓捕组也从目标别墅内搜出了传销组织的全部人员。这一振奋人心的画面被“产品三号”的摄影机记录下来，指挥车内的人们全都欢呼鼓掌起来。

“巡逻艇注意，我们看到摩托艇上有人手里有枪。——小心！快躲开！”

枪响从无线电里爆出，湿滑的话筒差点从樊队长手里被挤飞。孟阳立刻命令吴星飞向南边河道那里。

“我是老家，到底怎么回事？方块快回答！”

“这里是方块，有一名疑犯跳船上岸跑了。他手里有枪。我们的船上有人受伤。”

车厢里乱成一团，在场警官们纷纷拿出手机和对讲机，向周边单位请求支援。樊队长忍住情绪，命令仍守在别墅区东南角的定点守备队用最快速度赶往现场救助。紧接着，她向“方块”组质问那名上岸的持枪疑犯究竟去了哪里。

回答声令她头脑轰然作响。

“报告队长，那人钻进树林里了！他跑进山里去了！”

最糟糕的状况终究还是出现了。

大脑短暂空白了数秒之后，她强迫自己振作起来。

现在仍有一支机动组在原地待命，地图显示，他们正守在别墅区最东北角。

“圆圈，你们马上用最快速度朝那座山开过去，走山坡北段那条弯曲的小路。……不会跟丢的，我们正在追他。对了，他手里有枪，你们几个都小心些。”

说话的同时，樊队长一直在俯身盯着吴星的显示屏。

黎明前最黑暗时刻的这座山林，在红外镜头中显得色泽昏黑。画面中心位置，一个白色的人形轮廓四肢并用，手忙脚乱地朝山顶方向攀爬。再凑近一些，甚至能辨认出那人左手握着的一杆颜色稍暗的枪状物体。

她感到头晕目眩，双手按在吴星的椅背上，努力稳住自己的身体。

“老孟，快拿根烟来给我。”

樊队长喃喃自语好几次，却没等来回应。她回头去找人，发现孟阳根本就没在车里。

指挥车的车门正大敞着。

“这家伙……不会是又想要……

她扶住车门框，探出头大喊孟阳的名字。没有回应，只有几个在车外打电话的警官在看着她。

那辆黑色厢式车已经不在了。

指挥车里人声喧闹，各路人马的汇报语音在十几部对讲机中响起。整个离岛地区的警察都在朝山林方向调动，武警也在朝岛屿开进。抓捕组已控制住窝点内的人员，清点工作基本完成，并在现场别墅内搜到多部监控探头，朝向别墅周边各个方向架设，显然是传销组织经营多时的据点。机动队逮捕的犯人已经转移走，巡逻艇上受伤的警员也被送去了最近的医院。

总体情况大致顺利，除了仍有一名持械疑犯在潜逃。

樊队长将手头剩余的机动组警员重新编组，令他们驱车上山执行追捕。现在，她手指甲紧紧扣住吴星的椅背，严密注视着画面中那名疑犯的动向。

已是夜色最浓重的时间段。山上的疑犯可能由于疲劳原因，逐渐放慢奔跑速度，正沿山间小道朝山顶方向进发。

樊队长猜得到对方的目的地。山顶上有座荒废许多年的度假酒店，面积颇大，结构复杂，对方必定会逃进里面据守不出。

问题是目前所有的追捕人员都离他太远，只剩吴星仍紧跟在他身后的空中。“产品三号”的电量还剩不到三分之一，很难撑到天亮，而飞回指挥部更换电池的路上同样还会耗电。

“继续跟着他，直到电池用完为止。”

吴星沉默地点头回应。

不必下达这命令，他也知道自己必须这么做。

飞进山区后，耳机里的飞行噪声变大，山上的风力比市区更强，他几乎听不到目标逃跑的脚步声。风力还带来另一个问题：“产品三号”的飞行轨迹正被不断干扰。眼罩里的视野无规则地左右摆动，晃得他几乎想要呕吐。

冒个险吧。他压低高度，贴近地面，跟在疑犯身后穿行在林间。躲藏在树木间飞行可以有效避免风力的干扰，但操作难度也大大提高了。

他的双臂酸胀难忍，两只脚早已麻木多时。“产品三号”以曲线轨迹不断躲避沿途树木，红外镜头下的树影昏暗难辨，很费眼睛；席卷而来的阵阵疲劳中，他多次出现短暂的错觉——仿佛自己又回到了熟悉的城中村。他正拖着一盒又一盒外卖烧烤，穿梭于无数平房、违建、招牌、电线杆之间。鼻子里甚至冒出了厨房的油烟味和羊肉串的香气。

还想不想继续飞？

“我不放弃，也不允许你放弃，听见没有？”

回忆中的嘱托令吴星惊醒。恰在此时，他的手机响了。

“我来接，你飞你的。”樊队长拿起手机，看到是孟阳来电，眼睛开始瞪大。“——孟阳，你现在在哪里？”

“刚过西北角的小区大门，马上就上山了。小吴呢？”

“他现在没空接电话。”

女警官深吸一口气。“老孟，只有你离目标最近。继续往前走，沿山上小道开，我来指挥你。”

她迅速检查地图，根据路程和速度判断出，孟阳可以赶在疑犯前面抵达废弃酒店。穿过山顶区域只有这一条路，如果疑犯继续沿山路走，就一定会被孟阳迎头逮住。

“如果他不走道路，进树林子呢？”

樊队长没有反驳这条假设的根据，但现在只能赌一把了。

“不会的。相信我。”

“我信你。”

“谢谢。电话别挂，注意安全，车速不要过快。记得开车灯！”

放下电话时，车子已经离开泊油路，驶上了登山的水泥坡道。孟阳听从指挥打开车灯，但仅仅开了示宽灯，能够勉强照见路肩即可。

这是唯一的机会，绝不能因为疏忽大意再让坏人逃脱。一路上他刹车也不踩，只靠松油门来减速过弯。每隔两分钟，樊队长就会报告一次犯人的移动情况——果然猜得不错，那人不敢在漆黑的凌晨走树林子，仍在朝山顶酒店逃窜。

孟阳一次次伸头仰视山顶方向。模糊的天光背景中，逐渐能够看见有座轮廓奇特的黑色建筑物，而山道的坡度也在慢慢变缓。

拐过一个水泥小凉亭后，路面变宽，前方出现一根锈蚀严重的拦路杆。孟阳下车推开杆子，关掉车灯低速前进，依次路过废弃酒店的水泥大门、喷水池、停车场收费亭，抵达对面下山方向的道路入口。

这里的风力非常大，下车后他感到周身颤抖。把手机音量调低后，他向樊队长通报自己的位置。

“明白。吴星已经拉高，现在我们能看到你了。”

此刻的指挥车里挤满了人，大家全都注视着显示屏上的画面。樊队长看着屏幕上白光笼罩着的孟阳及厢式车，确认他还有几分钟就能碰见疑犯。

她突然大叫一声不好。

“老孟，你身上有没有枪？”

“你忘了，我是巡警。身上倒是有警棍和辣椒水。”

每个人都发出诧异的惊呼，樊队长回头呵斥他们闭嘴。

“樊队长,还有件事。”孟阳躲到厢式车后方,语气陡然变得温和,令樊队长一时有些不适应。“五年前我的那几个弟兄，他们家人现在的住址，你记得问小吴，他陪我去过。”

女警官不懂他说这些做什么，然而吴星已经听出了话里的意思。

“还有扫墓的地方，小吴也知道。以后你找他就好。”

片刻沉默后，谁都明白了这人想干什么。

“别这样啊，孟警官……”

喃喃自语的吴星几乎快要握不住操纵手柄。樊队长也终于醒悟过来。

“老孟，冷静点，别乱来，求你了。”她语气变得瘫软无力。“没必要这样。听见了吗？你没必要这么做！”

电话被挂断了。

逮捕行动当天，凌晨四点零二分左右，疑犯逃窜至山顶酒店的入口处，发现饭店大门口停着一辆黑色厢式汽车。他企图上前试试运气，行至车头前方时，黑色汽车的远光灯突然打开。疑犯举枪挡住眼睛，略微后退。此时孟阳从车内跳出，试图勒住嫌犯的脖子。

他没成功。嫌犯挥动枪托将他击倒。他举起辣椒水喷雾器打算制服对方。“产品三号”的摄影机画面中这时冒出一团亮白的光斑，显示那里有巨量的热辐射出现。麦克风记录下一声巨响。

疑犯使用携带的自制猎枪开火，子弹击中孟阳的右侧大腿。

孟阳没有后退，而是趴在地上拽倒疑犯，用喷雾器令疑犯丧失抵抗能力，自己随后倒地。红外摄影机发现在他右腿一侧有大片的白色光斑，面积不断扩大，显示他正在严重失血。与此同时，疑犯缓慢起身，开始更换猎枪的子弹。

随后的数分钟内，吴星操纵无人机多次朝疑犯俯冲，试图借此干扰疑犯的行凶举动。从“产品三号”摄影机近距离摄下的画面中可以辨认出，该名疑犯正是“少女坠楼死亡案”的重大嫌疑人。

连续高速俯冲十多次后，由于电力几近耗尽，无人机飞行速度下降，最终被疑犯的猎枪近距离击中。随后疑犯丢弃凶器，朝山下方向逃窜（事后证实，疑犯身上一共只携带了两发子弹）。

“产品三号”有三副旋翼当场损坏，机体坠落在孟阳身旁。

樊队长对此无能为力。事发地距离遥远，她除了冲对讲机大吼、催促所有人员奔赴现场外什么也做不了。游弋在主城区上空的两架警用直升机接到命令，已在赶来的途中，但飞到那里还需十多分钟。

她眼睁睁看着孟阳倒在“产品三号”的摄像机前。

布满裂痕的镜头仍在运作，继续拍摄孟阳倒地的身体。身负重伤的中年警官抽出裤子皮带，挣扎着绑住右腿；苍白的面孔正对镜头，原本应是雪白的面部轮廓现在正缓缓变暗，显示出他的体温还在进一步下降。

指挥车内已是鸦雀无声。吴星取下 VR 眼罩，眼罩内的两个微型屏幕凹槽内早已存满泪水。他用手捂住肿胀的眼眶，不忍心再看显示器画面，却从还未摘下的耳机里听到断断续续的声响。

机身上安装的麦克风尚未完全损坏，电流声伴随着山顶特有的猛烈风声，夹杂着孟阳好似从无比遥远的地方飘来的声声致歉，接连传入他耳中。

“对不起，小吴。对不起你了。别放弃——”

他摘下耳机趴在控制台上。

对讲机内有人汇报，执行追捕任务的警车已在山道中央将疑犯制服。樊队长简短应了两句，令对方去山顶救人，随后转身，将所有人赶出指挥车。

她最后一个走出车厢，看着伏在成堆监控仪器前的年轻人颤抖不停的背影，话到嘴边却说不出口，只能轻声将车门闭上。

指挥车外的空地异常嘈杂，仰望头顶这片黑蓝色中已有些透出光亮的夜空，樊队长看到一架警用直升机闪着灯，正降低高度准备着陆，远处另一架正朝山顶方向笔直飞行。

天气正式入秋后的一个中午，吴星走出刑警大队办公楼正门，刚好遇见几个熟悉的警员经过。年轻警员们认出他的面孔，朝他围过来，拉着他要去下馆子。吴星委婉地拒绝了这番好意，说自己马上有急事要走。领头的无人机巡逻队队长揪住他不肯放。

“吴老师您别再客气了。局长今早还交代我，一定要让您在局里多待几天，巡逻队没了您的培训，心里实在是没底。我还听说，下礼拜有外省市的兄弟过来，专程向您讨教设备问题和飞行要领，您想跑也没处跑，真的。”

换成平时，吴星一定不会拒绝，但是今天实在不行。他坦白了自己马上要去的地方。警员们不再强留，但也没让他走。几分钟后，巡逻队队长从门口跑回来，将怀里的果篮递到他手里，这才不舍地告别。

沿着已经无比熟悉的闹市街道行驶半个钟头后，吴星将轿车开进市中心医院的停车场，一手拎一只果篮走进住院部大楼。进了病房，他迎面遇见一个熟悉的面孔，吃惊地愣在原地。

对方一见他马上就笑了，非常真诚的笑。

“哟，买这么多干嘛？打算也送我一份？”

“不是的樊队长……这篮是鲁队长他们买的，托我一并送过来。”

身着便装的樊队长替他把两只果篮放到柜子上，与已经摆在那里的一只特大果篮并排放置，然后走到病床边倒水。

孟阳平伸着腿靠在床头，朝吴星直摇头。“这下好了，三大篮！反正我今天刚出院，无论如何都拿不动的。你们俩想办法吧。”

“轮不着你操心，人家小伙子自己有豪车帮你带。”樊队长将一杯水递到孟阳手边。

庆祝孟阳出院的午餐就设在吴星公司楼下的餐馆里。席间，樊队长就无人机巡逻队改制、升级设备、制订战术规则、人员培训合作等方面，又问了吴星许多新问题，使这顿饭拖到两点多才结束。孟阳在席间并没有说太多话，直到三人走出餐馆，坐进旁边露天咖啡座里休息时，他才问道：“那么吴总，你最近自己还飞不飞了？别跟其他那些老板似的，时间全浪费到开会作报告拉投资上。”

“还是叫我小吴吧孟大哥。最近这阵确实挺忙，没再像以前咱俩一起时飞得那么疯了。”

“人家现在也是 CEO 了，别老跟人家灌输你那种疯癫作风行不行？”樊队长不停地笑。

这时公司员工给吴星打来电话，说是设备刚刚调试完成，正等他亲自视察。他暂时告退，返回位于写字楼顶层的办公室。秘书说大家已经在等他了。

十月下旬的空气清爽洁净，风力不强却很凉快。吴星站在天台中央，感觉浑身舒适。看完起降试飞后，他帮试飞员脱下设备，然后将成套装置全穿到自己身上，坐进椅子。

一体化的收发器背包在他身后呼呼散热，手腕和脚踝上的 VR 体感环发出淡蓝色的感应灯光，胸前的感应器状态良好，完美检测出他肢体上一切细微操作动作。感应手套的拇指部位轻轻翘动，前方那台蓝白相间的六轴无人机随即飘然起飞。发动机响声柔和，在风声中几乎难以察觉。

“动作不错。手套手感也进步了。很好，明天投资方来的时候，让他们所有人都亲自操作一把试试。”

“明白了吴总。”技术部门的下属回答他。“自动避障和防坠毁感应器也都调准到位了。”

“好的，辛苦。”

吴星将无人机升到高空，打开摄影机的红外探测模式。这是顶级水准的摄影机，即便是今天这般明媚的阳光下，头罩显示器里依然能够投射出清晰的红外影像。

“很好。真的是太棒了。”他感到有股暖意在胸中跃动。

庞大的飞行器急速飞出天台外，降到楼下咖啡座的上空。吴星拉动变焦镜头，放大影像。画面里，一男一女两位警官正仰面朝自己挥手致意。

飞行器一跃而起，腾空高飞，开始朝太阳的方向加速冲刺。

樊队长坐回椅子上，拿起冰咖啡继续喝。孟阳左手搭在眉毛上眺望飞行器，右手轻拍大腿侧面的受伤部位。还是有些酸痛，站立和走路时间长了会有些瘸。

“明天去分局？不先回家休息几天？”

“不用。有一大堆事等着我去弄。”

“嗯我知道。对了，那几个地方我查清楚了，下午陪你一起过去。”女警官戴上墨镜，挡住脸上的表情。

孟阳回头看她，本想说“谢谢不用”，话出口时却变了味。

“好。我这腿也不能开车。麻烦你了。”

“自己人客气什么。再说，我也要跟你们老大再聊两句，他现在一定还是看我很不爽。”

住院期间，为了孟阳的事，樊队长往分局跑了好几次，好话说尽，到后来甚至不得不动用上级文件去压，这才终于说服分局放人。

一个月后，孟阳将被调入市局刑警大队。

她记得最后一次商谈时，分局长抛去所有场面话，近乎哀求地恳请自己不要调走孟阳。“老孟受了太多苦，他苦了一辈子，你们为什么就不能让他歇一歇？弟兄们都是为了他好啊，我们的苦心有错吗？”

当然有错。逃避无法改变现实。竭尽自己所能，尽力朝上攀升，眼睛才会看得更远更清楚。

坚强的人不会一直躲在夜里。他们两个都不会。

“现在出发吗？再晚一点路就堵了。我打电话让小吴下来。”

孟阳向樊队长摇手。

“让他接着飞吧。——瞧瞧，飞得多高，多远啊。”

扶腿站立的中年警官，视线始终没有离开天空。

新产品的发动机已被调至最大马力，航向正对南方，目的地是这座城市最高的建筑物。

声讯天线接收到地面打来的手机信号，话音传输到吴星的耳机。“吴总，营销部的人说产品名称现在还没定。您觉得取什么名最好？”

“‘阳光一号’。就叫这个。”

秋季晴空的温热光线洒满吴星全身。这是他所能想到的最好的名字。

全城高考

文／灰　狐

如果没有那档子事，陈志应该是当年市里的高考状元，就算不是状元，最次也应该是个榜眼探花什么的。

老陈家世世代代就没出过文化人，陈志他爹陈大庆从小也把他当成未来的出租车司机来培养。没想到这小子一上了高中，也没怎么见努力，年级排名就蹭蹭往上长，最后一直稳定在年级前三的位置。陈大庆当时没当回事，可是架不住街坊邻居一边嗑着瓜子一边夸他家陈志，说什么改换门庭了，说什么鸡犬升天了。过不了两天又来说，你家陈志要是上了清华北大，我们做邻居的都觉得光荣——搞得自己跟鸡狗一样了。

于是，从高二开始，陈志就过上了监狱一般的生活。

父亲，邻居，老师都仿佛狱卒一样，相互串联，时刻监视着陈志的一举一动，稍有出格，便相互通风报信。陈大庆是个粗人，在周围人日复一日的重复中被洗了脑，认为陈志只要不好好学习就是错的，给祖宗丢了人，最后没有词了，便是一顿抽打。

还是陈志妈疼儿子，一直拦着陈大庆，时不时地还帮着陈志打个掩护，让他出去玩上两三个钟头。

陈志本人其实也没个大志向，让学就坐那熬时间，让玩就出去闲逛，挨打就扛着，也不恼也不哭，人肉沙袋一般。

学校门口的大黑板上写着，“距离高考还有 29 天”。

站在路边，很容易地就能区分出哪个是高三班的。低年级的学生说着笑着就从大黑板前走过去，连看都不看一眼。而那些精神萎靡，低着头，口中念念有词，仿佛一路走来朝圣的学生，路过黑板时会猛地立正，响应某种召唤般转向黑板，端详着，却好似参不透那几个字包含的意义。29 天后又该如何，是天堂还是地狱？高三的学生们肃立片刻，复又沉默前行，前路漫漫，敢问路在何方。

陈志也在黑板前驻足，负责每日早课前修改日期的是赵蕾蕾，虽然也是高三生，但是家里打算让她考艺术类的学校，所以学习压力要松一些。赵蕾蕾长得好，舞跳得也好，还会画画。聊天的时候一双大眼睛忽闪忽闪，仿佛也在说话，陈志每次看到都觉得头晕。

陈志年纪十六七，该长得都长了，漂亮女孩谁不愿意见，更何况赵蕾蕾也爱和陈志聊天。不过再多的陈志就没想过了，不敢想。

陈志看向赵蕾蕾的时候，身后还有人在恶狠狠地看着他。当然，即使是在当面，谢尔友也从来不掩饰他对陈志的厌恶之情。

在陈志崛起之前，从幼儿园开始，谢尔友就一直是班里的尖子生。一直到现在，每逢过年家族团圆，说起他，谢尔友的父母都不厌其烦地重复，“这孩子从小就优秀，什么都比别的孩子做得好，三岁的时候拉了屎就会自己擦屁股，老师领着全班同学参观，向他学习。”

同学们给他起了个外号叫“学而优”，他也没有拒绝，久而久之，连老师都这么叫他。

不过在高二的某次小考中，陈志破天荒地考了年级第一，这动摇了谢尔友在老师同学之间的地位，更让他十几年间在心里树立的坚定自信产生了裂纹。他开始与陈志展开了暗中较量，结果竟然胜少败多，渐渐地没人认为他能够夺回年级第一的位置。还有二十九天，留给谢尔友的时间已经不多了。

“学而优！”有人喊，“你在那站半天了，怎么还不进去？”

“你管得着吗？”谢尔友白了那人一眼，恶狠狠地说。

那人也不在乎，又接着说，“赵蕾蕾，这字都是你写的啊，你都能去教书法了。”

“等大学毕业了就去教，你学不学？”

“学啊，到时候你大学毕业，我刚好当兵回来。唉不对，咱俩本来是同学，到时候就变成师生啦。”

“哎，樊俊，你不是不打算参加高考了吗？怎么还来学校。”陈志问。

樊俊看了一眼赵蕾蕾，“来陪你们啊。”

“你几个娃在这闲聊什么呢？还不快进去自习！”

一个炸雷似的声音响起，所有人都缩紧脖子，如果樊俊真在部队待上几年，现在应该已经战术卧倒了。

“啊，张老师，这就去这就去。”陈志低头说，他不敢回头看，好像后面站着的是电影里的银行劫匪，只要一对眼神，必然会落得个被杀人灭口的下场。他谨慎地快走几步，觉得出了危险距离，便撒腿跑起来，赵蕾蕾跟在他后面。

张老师是这几个高三学生的班主任，同时也是旗东一中的教导主任，掌握着所有学生的生杀大权，李莲英一般的存在。他一直信奉精英教育，讲究二八原则，即“把八成的教育资源用在二成的尖子生身上”，这几年他也确实这么做的。他为旗东一中培养的几十个285大学生，还为旗东市周边一些小企业提供了近千名高中肄业的劳动力。可以说为全国，为本市做出了巨大贡献。

谢尔友自然是张老师“二”圈子里的人，不会受到与陈志那样吊儿郎当的家伙同样的待遇。张老师转过来，脸上表情一闪就成了笑模样，有很深的川剧基础。

“学而优，最近复习的怎么样啊？”

谢尔友犹豫了，放在往常肯定开口就是“没问题”，但现在也没那个自信说那种话，可说别的又显得丢人。

张老师拍拍谢尔友肩膀，“别紧张，正常发挥就好了，你没问题的。”

谢尔友点点头，“那我去自习了。”

“去吧。”张老师赞许地说，一伸手，正好揪住从旁边溜过的樊俊的耳朵。樊俊本打算憋着气装作没事人一样从他身边走过去，这一揪疼得他大叫起来。

“你小子干什么？人家都复习迎接高考呢，你掺和什么？”

“哎呦，哎呦，我为什么不能进，我交了学费的。”樊俊偏着头说，“我到了部队上，我爸还要让我考军校呢，我到时也是大学生，部队大学生！”

张老师松了手，“瞧你那德行，还部队大学生。去吧去吧，你要是再胡捣蛋，打扰别人的学习，我就告诉你爸，让你爸揍死你。”

自习的铃声响了，教学楼里传来朗朗的读书声。张老师背着双手，站在倒计时的黑板下，等待着哪个迟到的倒霉鬼撞到他的枪口上。

目标客户都已经进学校了，学校门口卖八宝粥的老头收好摊子，蹬着三轮车回家，车上冒着腾腾的蒸汽。路边的树林里，已经有知了开始歌颂夏天。

高考前的最后一次摸底考试，陈志又拿了第一。按照惯例应该是他代表全体高三学生在誓师大会上进行宣誓演讲，可张老师宣布的时候，这个代表却成了谢尔友。

陈志倒是不在乎，他不喜欢抛头露面，演讲什么的，更是嫌麻烦。可赵蕾蕾却给气的够呛，刚下课，她就跑到陈志那里，“你别生气啊，等会儿我请你喝汽水。”

“啊？我没生气啊。”陈志他爹跟木头打了一辈子交道，所以性格上他可能随木头。

赵蕾蕾打了陈志一拳，“你少废话，放学了在小卖部等我。”

有的同学听到了，开始起哄。赵蕾蕾嘿嘿一笑，猫一样的大眼睛闪了闪，欢快地跳回自己座位了。樊俊凑过去，“喝什么汽水啊，也带我一个呗。”

同学们起哄的声音更大了，他们期待着后续的发展，好给苍白无聊的高中生活留下一丝甜美的色彩。

赵蕾蕾哼了一声，一脚踹在樊俊的腰眼。樊俊做作地翻滚出去，好像卡通片里的汤姆猫。

同学疯狂了，开始拍桌子，吹口哨，声音盖过了上课铃声。

英语老师进来的时候，樊俊还在地上趴着，喧闹静下来，就像是海滩上的退潮，将同学们的声音和舌头都带走了。他抬起头，脸上带着贱兮兮的笑，老师一个黑板擦砸在他鼻梁上。

“樊俊，你又在这搞什么鬼，别打扰别人学习，滚出去！”

“我不出去，”樊俊捂着鼻子说，声音像是在作怪，“我要好好学习英语，将来打美国的时候用得上。”

教室里爆发出报复式的哄堂大笑，经久不息，最后以八个耳光和六个同学罚站落幕。被罚的同学在讲台下分列两旁，站得庄严肃穆，就像是烈士陵园迎宾道两旁的松柏。英语老师站在墓碑的位置，“下面我给你们讲几个重点。”

樊俊淌着鼻血站在讲台下面，可那个时候除了他自己，已经没人觉得好笑了。陈志有些同情地看了看樊俊，吐了吐舌头，开始听课。

高考那天如期到来，这个决定考生一生的日子和往常没什么不同，天气不冷不热，不晴不阴，不早不晚。

陈志吃了妈妈做好的一根油条两个煮鸡蛋，还必须先吃油条，吃完才能吃鸡蛋。顺序不能乱，爸爸妈妈就坐在桌子对面，直勾勾看着，仿佛这顿早餐比这几年的苦读还要重要。陈志吃完，舔舔嘴唇，决定不提醒父母现在的考试满分是 150 分。

他拒绝了父亲提出的要送他去考场的要求，“你们去了我紧张，考不好怪你怪我？”

父亲果然不再坚持，甚至连话都不敢多说。老两口在门口目送陈志骑着自行车离开，老陈伸了个懒腰，决定今天不去干活，他抽出一根烟叼在嘴里，也不点，就那么坐在屋里，时而发愣，时而发笑，连他自己也说不清自己在想什么。陈志妈则在屋子里来来回回，像是跑了针的唱机，重复地干着某项事业，比如擦桌子。正干着，突然跑到窗前眺望。望够了回来看看表，才过了 10 分钟，于是她丢下刚才干到一半的活，又开始另一项工作。到最后房子只有一角是干净的，其他地方乱七八糟，菜没有买，午饭更是没有准备。

陈志一路慢骑，走到一半才想起来，自己走的是去旗东一中的路，而考场是在四中，另一个方向。他急忙掉头赶路，好在旗东这座城市本身不大，这个错误还不算致命。他赶到考场，门口已经聚集起了无数考生家长，相比以往，这些家长体现了高素质、高组织性和纪律性。数百人黑压压的一片，竟然没有什么声音，有人在最前排，专门负责下达指令。

“来人了，来人了，那边让开点让孩子过去。”一个人悄声说，在他周围的人听到了，转身以不超过 45 分贝的声音向周围传递。从稍远的地方看过去，几乎能从头顶的转动意识到声音传播的真谛，有趣的物理学现象。

陈志穿过人群，一个陌生但看上去很亲切的大叔从他手中接过自行车，放在校门口旁边的一排自行车之中。

陈志愣了一下，想起来那人没有锁车，也没把钥匙还给自己。他刚要问，身旁一个阿姨说，“你放心吧，我们就是在这里义务帮你们看车子的，快去考试吧，祝你考个好成绩。”

“哦，那个，谢谢。”看看这个阿姨和大叔，不知道考完试还记不记得他们的脸。

“哇！惨了！惨了！操他妈的。”突然有人破口大骂，陈志看过去，一个考生站在校门口，把书包底朝天拎着，里面的东西掉了一地，他发疯般的在书包里和地上搜寻，无果。那学生把书包一扔，仰面躺在地上，开始号啕大哭，白色的校服沾满尘土。

几个家长围过去，试图让那孩子冷静下来，可那学生气性还真大，三四个人都按不住。最后一个矮胖的大妈凑过去，至少有 150 多斤，骑在那学生身上，照脸上就是一巴掌。

考生愣住了，捂着脸，刚挨完巴掌脸和脑子是木的，要稍等几秒才能反应过来。

“你打我干什么？你是谁？”那考生又要哭闹。

“你先别哭，你告诉我，是不是忘带准考证了？别哭，再哭我还抽你。”大妈问。

“嗯。”考生点点头。

“你家在哪？”

“幸福小区。”学生立刻说。

声音传开，人群中立刻就有人响应，一只手举起来，“我住那边，我路熟。”

“我的车停在最外面，开我的车去。”

大妈把考生扶起来，有人已经收拾好地上的书包和文具，递过来。考生被推搡着没入人群，然后从另一端出来，两个中年男子夹着他向远处停车场跑去。

高效，精准，默契，这些家长在与自己孩子的长期斗争中训练出了极高的战术素养，应变能力和统筹水平堪比海豹突击队。

“快进去吧，离开考还有 27 分钟，进去调节一下心情，上个厕所，祝你好运。”有人提醒陈志，他不再有疑问，大步走进学校。

陈志之前来四中踢过足球，但没进过教学楼，这里的条件比一中差点，操场跑道都不是塑胶的。但楼道里很干净，开放式走廊，没有难闻的气味。

进了考场，陈志按照自己的习惯把文具在桌上摆好，四中的桌子比一中要低一点，他调整了一会儿凳子，才找到一个比较舒服的坐姿。他坐着，等着考试开始。其他的考生也准备的差不多，有的隔着几个人找熟人聊天；有的就近，也不管认识不认识就聊了起来。陈志不太爱说话，旁边有人向他打招呼他也只是笑笑，然后转回来看着桌上的考号。

一种异样的感觉从后背爬到脖子上，好像有人在盯着他，陈志转回头，正好碰上一道冰冷而熟悉的目光。

没想到谢尔友也在这个考场，陈志尴尬地笑笑，转回身，他一直知道谢尔友对自己是怎么想的，不过他也不在乎。这么多年，陈志也没跟谢尔友说过几句话，反正高考完了，大家各奔东西，谁也见不到谁。

可高考完了去哪？陈志发现自己也没想过这个问题。家里一直催着好好考，好好考，可是考得好是为了什么？没人知道。

电铃开始敲打，监考老师抱着大包的考卷走进来，重重地放在课桌上。考场安静下来，考生们战战兢兢地坐好，生怕什么动作被考官挑出毛病。

今年的语文卷不算难，但稍微有一点偏，一些生僻知识点出现的猝不及防。陈志没有在难点上浪费时间，他先把其他的题都做完，审了一遍作文题目，然后闭上眼睛，一边构思作文，一边回忆那些偏门题目。

“水在人体的组成元素中，比例是多少？水的分子式是什么？”有人在陈志耳边问。

安静的考场中只有奋笔疾书和衣服摩擦试卷的声音，突然有人在耳边用正常程度的声音说话，陈志一惊，幸好他还意识到这是在考试，用尽了全部力气控制住身体，才没有当场跳起来。

他猛地向左看，可身边根本没有人。

那个声音还在继续，“宇宙中的三种基本力是什么？”

有其他考生也抬起头，在教室里查找，监考老师更是站了起来，“谁说话？不要说话，做自己的卷子。”

陈志翻了翻试卷，没有类似的题啊。这是语文考试，怎么还有人问化学和物理方面的问题？

声音还在继续，这次问的大概是道数学题，大概是有关概率论和拓扑学方面的，陈志模糊地了解一点，但是这题超纲了，不是高中范围的。

是谁这么无聊在这里瞎搅和，陈志甩甩脑袋，努力集中精神。

他家的后院就是老爹加工木头的工地，常年伴随着各种工具蹂躏木头的声音，他早就习惯在干扰中做自己的事情。他让那个无聊的出题人随便去说，自己开始写作文题目。

但是有人承受不了了。

陈志名为《成与败》的作文写了一半多，谢尔友突然站了起来，对着空气大喊："别说话了！"

那个声音无动于衷，反而开始唱了起来，他在大家耳朵里放了一段欢快的音乐，然后问这段节奏表达了什么样的情绪。不少考生，包括坐在讲台上的那个监考老师，都情不自禁地随着音乐晃动身体，仿佛考场变成了慢摇吧。

谢尔友完全体会不到这段节奏所带来的享受，"别唱了！"他喊道，抄起面前的试卷稿纸和笔一股脑地向空气中的某个假想敌扔过去，东西砸到前面的一个考生。那考生转过头来白了谢尔友一眼，又看看监考老师，突然发现地上那张试卷已经写满了答案，于是开始小心翼翼地对照起来。

"这位同学，你干什么？"正在考场里巡视的监考老师快步走过来，要制止谢尔友扰乱考场秩序的行为。另一位监考老师也站起来，但明显是以看热闹的心态关注的同事。考场一角的某几个考生趁机开始比对自己的试卷和谢尔友的有那些不同。

"有人在说话，但是又没有人说话，所以说话的人不是真的。"谢尔友侧着耳朵喃喃自语，他看到监考老师站在面前，说，"我就说我太用功早晚得疯，都有幻觉了。你，你是真的还是假的？"

"什么真的假的，我是监考老师。"

"你又怎么证明你是监考老师呢？"

"喏，这是我的证件。"老师亮了亮胸牌。

"你能证明它是真的吗？"谢尔友又问。

老师一时语塞，“嗯……这位同学，请注意考场纪律，不许再说话，现在坐下。”

“你证明不了了吧，所以你也是假的，你是我想象中的东西。”谢尔友得意地说，他挥动手臂，想赶走眼前的幻像，“现在消失吧，别打扰我。”

然而老师并不是幻想，胳膊抽在监考老师脸上，声音清脆，比刚才的音乐听起来更加悦耳。老师咽了一口口水，情绪失控了，他从来没参加过辩论队，也不关心谢尔友的推导过程。他是祁门市唯一八十七的空手道黑带，有自己的一套解决办法的方案。老师一把抓住谢尔友的衣领，转身就是一个过肩摔，谢尔友的耐克鞋在空中被甩了出去，划过一道弧线，擦着另一个监考老师的头皮打在黑板上。

谢尔友开始嚎叫，脑中的出题人开始问有关太阳系的问题，黑带老师举着拳头，抑制着想要砸下去的欲望，考场里一片混乱。

还是那位坐镇的监考老师稍微冷静一些，他推推眼镜，站起来，“都闭嘴，你们乱什么。”

老师手法娴熟地捋了捋盖住头顶中部大面积头皮的几缕长发，把保温杯放在讲台上，捡起谢尔友的鞋，走下台去。

“老刘你站到一边去。”地中海老师说，把鞋递给谢尔友，“同学，你这门课的考试资格被取消了，现在出去。”

谢尔友爬起来，一手接过鞋，一手摸摸老师的脸，“你是真的？”

“我是真的，我的话也是真的。”

谢尔友哭了，“那我真的被取消资格了？”他哽咽地说。

“是的，希望你明年珍惜自己的机会，出去吧。”

谢尔友恋恋不舍地走出教室，几秒钟之后，外面传来号啕大哭。

“你们也要珍惜自己的机会，现在好好考试，刚才的乱子谁都别想了。”地中海老师对着全体考生说，没人回应，连头都不敢抬。

这时从另一个角落传来另一个人的哭声，和谢尔友一远一近，遥相呼应。

交了卷子走出考场，陈志才发觉那奇怪的声音已经不再说话了，这反而让他感觉哪里少了点什么。

“哎，同学，你刚才听到有人出题了吗？”一个从他身边经过的女孩子问。

“听到了，问了十几二十道呢。”

“你看，都有，你说到底是怎么回事呢？”女孩子问，但她看向旁边，并没有等待陈志的答案。

这时候又陆陆续续有几个考生路过，听到这个话题也凑过来，七嘴八舌地讨论刚才听到的东西。

陈志旁听了一会儿，也插不上话，突然发觉站在一群女生旁边有些尴尬，便傻笑一声退了出来。

帮忙存车的大叔大妈还在门口，“哪辆车是你的？”

“那辆。”

“来，给，路上慢点。下午考试别慌啊，来了还找我们。”

“好嘞，辛苦您们了。”

对话间充满了关爱和信任。

陈志推上车子，学校门口人多，他推着走了几步。谢尔友突然跟过来，与他并肩而行。

“你刚才怎么回事？”出于关心和好奇，陈志问。

“刚才的事，你就当没发生过。”谢尔友双目平视前方，声音平缓沉着，像是嘱托，又像是告诫，反正不是恳求。

“本身就跟我无关。”陈志觉得自己问得多余，不想再理谢尔友了。他快走两步，打算跨上车子离开。

“我还要去上大学呢，不能让这事耽误了。”谢尔友一把拉住陈志，提高声音说。

陈志被谢尔友一拉，险些摔在路边，他一抖胳膊甩开谢尔友，“你有病啊！”他转头就骂，“你已经一门作废了，还想……”陈志闭上嘴，在他面前的谢尔友偏着脑袋，看着旁边的什么东西，眼睛直勾勾地看着某个不存在的东西，不住地摇头。

完了，这是真疯了。

陈志知道疯子是个什么样子，他家附近就有那么一个，邻居们都管他叫嘎子。嘎子是个好人，年轻的时候在铁路上做护路工，有天见到个年轻姑娘打算卧轨自杀，他过去连拉带扯打算把那个姑娘救起来。没想到那个姑娘身手还不错，像泥鳅一样滑手，两人纠缠的工夫，火车就过来了。最后关头嘎子猛地踹出一脚，姑娘捂着肚子滚了出去，然而嘎子却被火车带倒撞伤了脑子。

抢救过来之后，嘎子就傻了，对什么都没反应，也不说话，躺在病床上就那么直勾勾地看着天花板。

医院做了全套检查，最后下了诊断，“傻了，领回家过日子吧。”

据说后来那被救下来的姑娘还来看过嘎子。那姑娘被小白脸骗了，不小心怀上了孩子，一时想不开要死要活的，结果嘎子一脚把孩子给踹没了。姑娘跑回家去，哭了一天，拉了一摊血，想明白了，过来向嘎子道谢，结果看到嘎子成了那个样子。那姑娘跪在嘎子床前，哭了一会儿，说了几句感谢的话，站起来，说，“我也没什么东西能给你的。”突然扯开衣服，把嘎子的脑袋按在自己白花花的胸脯上，差点没把嘎子捂死。然后姑娘转身离去，旗东市再也没有这么一个人。

第二天，嘎子就活过来了。他翻身下床，迈着大步就往外走，家里人也不清楚情况，就在后面跟着，结果刚出了大门，嘎子就扑翻了一个妇女，用头硬往人家怀里拱。

这事，家里管不住，就只能外面管。无数老公把嘎子按在地上踹，才改了他这个毛病。到后来，经常见到嘎子穿着长风衣顺着马路闲逛，看到漂亮姑娘就蹦过去，把风衣扯开。本地的姑娘大多只是骂两句，绕着走开，没人觉得他这种行为有什么色情，因为虽然他的行为不雅，但脸上的表情却始终严肃且惆怅。

就像现在的谢尔友。

“真的，你别跟别人说啊，大家都知道了，不好。”谢尔友不住地念叨，但搞不清是对谁，仿佛是在跟空气中那个出题人商量。

陈志不想再费心思，趁他不注意，蹬上车走了。

到了家饭还没做，屋子里乱糟糟的，陈大庆吸一口烟，“回来了？考的怎么样？”

“还行。”陈志把书包一丢，走回自己屋里躺着，等下又翻身起来，把书包里的东西都整理一遍，换上下午考试需要的。“什么时候开饭？”

陈大庆看看后面，“老婆子，什么时候能吃上饭？”

“20 分钟。”陈妈在厨房里喊，两口子经常隔着电锯说话，早就练出了一副大嗓门，说什么都像吵架，所以陈志胆子特大。

“20 分钟。”陈大庆对儿子说。

“那我睡一会儿。”陈志走回屋里。

下午考数学，谢尔友照常出现在考场，整装待发，好像没事人一样。陈志看了看谢尔友，在被他发现之前转了回来。

考到一半那个声音又来了，在耳边絮絮叨叨，各种类型的问题都有，还问到对人类交配有什么看法。女生听到低下了头，男生听到看向周围的女生，所有人都吃吃地笑。

谢尔友稳定而快速地答完了题，没有再出岔子。交卷的时候还像陈志投来挑战性的一撇，好像根本不记得早上发生的事。

晚上的时候，提问广播又在聒噪，正好陈志书也看烦了，他翻身躺在床上，闭上眼睛，一道一道答题。

那些问题都挺基础的，只能算作知识点，陈志有一半能给出答案，四分之一能连蒙带猜，剩下的连问的是什么都听不懂。他把那些不懂半懂的问题都记下来，当做记忆盲点又复习了一遍。

第二天考综合课之前，学生们之间就传疯了，那些问题大部分都涉及物理化学和生物，肯定是这次考试的题库，也不知道是谁，用的什么手段，出于什么问题。不过这事教委肯定知道了，这次考试的成绩会不会取消，也说不准。所有人都惴惴不安。

卷子发下来，陈志扫了两遍题，那些题目也不能说跟提问人完全不相关，毕竟高中知识点就那么多。但是说泄露了题库应该是没有的事，提问人问的都是一些基础的概念，不像高考出题老师这么有病，卷子上的题充满恶意。

终于，伴着混乱和不知所谓的耳语，所有的考试都应付过去了。考完最后一门英语出来，乌云遮住了半个天空，很快就要来场阵雨了，可所有的考生都觉得此时阳光明媚。他们欢笑，跳跃，将书包和草稿纸扔了满地，气得四中的看门老大爷直发抖。

陈志站在学校门口，大脑一片空白，之前无论是自己还是家人，亦或街坊邻居，为他设计的人生轨迹到此戛然而止，再往后，身边的人都无法为他出谋划策了。

他晃晃悠悠回到家中，浑身无力，仿佛大战之后幸存的士兵。父母以为他考得不好，过来安慰几句，然后躲得远远的，生怕儿子擦枪走火误伤自己。

那个神秘的提问人不再出现了，好像只是伴着紧张的高考而产生的一场集体幻觉，其实并不是那样。

陈志在家睡了两天，仿佛高考耗尽了他所有的体力。妈妈进来送了几次饭，最后一次进来，把手机放在床头柜上，“忘了把这个还给你了，你现在可以玩手机了。”

有什么好玩的，这几年光顾着学习了，根本就没玩过手机。现在外面的世界变化那么大，三年前的手机根本什么都干不了。陈志打开手机，翻了翻，老手机也不能上网，陈志早就忘了上网是怎么回事了，他翻了个身，又想睡觉。

手机响了，陈志迷迷糊糊接起来，“喂？”

“喂，陈志，你在哪呢？”是赵蕾蕾的声音。

“我在家呢。”

“你还睡着呢？都几点了还睡懒觉，来学校吧。”

“干啥？”

“马上都毕业了，大家聚一聚。”

“不想去。”

“来吧。”

磨叽了几句，赵蕾蕾还是说服了陈志，在学校见面。

到了学校，却没见到什么人，赵蕾蕾一个人站在大门旁的阴影处，陈志出现她才跳出来。

“陈志，这边。”

“哦，不去学校里面吗？”

“不去，教室都锁了，我们去操场那边的小树林。”

樊俊站在马路对面，看着赵蕾蕾和陈志一前一后地走，前面就是小树林，在青春期的少年传说中，一男一女走进小树林，通过某种仪式，出来就会变成大人。

他喜欢赵蕾蕾，这是谁都知道的事，可是赵蕾蕾怎么就要和陈志进小树林了呢。他站在马路边上，抓耳挠腮，脑子里一会闪过猛揍陈志的画面，一会闪过陈志猛撞赵蕾蕾的画面。他的心一时欢快，一时痛苦。

“樊俊，你在这干什么呢？”

听到有人叫他，樊俊看过去，是张老师。

“张老师。”确定自己没有犯任何错误之后，樊俊大大方方地和张老师打招呼。

“你现在能把你们班的同学召集起来吗？”

“召集他们干什么？”

“你别管，有急事。”

“我能……”樊俊眼珠一转，“我刚才看见陈志和赵蕾蕾往那边走了，赵蕾蕾是文体委员，她肯定能找到所有人。”

“谁？”有人问，他一直站在张老师后面，不过现在看起来，他比张老师年长，并且比张老师更有气质。

“陈志。”

“你说赵蕾蕾？”

“是啊，往那边，小树林里去了。”

“就他们两个？”

樊俊点点头。

“跟我来，给我指路。”那人说。

陈志跟着赵蕾蕾走进小树林，仍然没有看到一个同学。

他忽然意识到发生了什么，他回忆起男同学间传递的那些图片。那些静态的，不堪入目的景象，他记得很牢，但从来把那些东西和现实分得很开。

有意或者无意，他目光下垂，落在赵蕾蕾活跃的屁股上。宽大的校服将身体曲线抹杀的一点不剩，但陈志还有想象力。

他觉得不妥，慌忙将目光移向别处，左前方的树木稀疏了些，形成一片天然的空地。及踝的野草就像是绿色的毯子，点缀着或淡黄或嫩粉的色彩，那些是……

赵蕾蕾突然停下，转过来看着陈志。陈志脸上发烫，用力将头转向侧面，害怕赵蕾蕾看到自己的脸和心里的事。

赵蕾蕾就这么看着他，等着，突然她吸了口气，发出猫一样的叫声。看着陈志身后叫道，“大伯。”

“什么大伯？”陈志随口说道，转过来，看到张老师、樊俊和一个有些年纪的人并排走过来。

“大伯。”陈志一慌，随口叫道。

“傻瓜，”赵蕾蕾踢了他一脚，“这是我大伯。”

“乱叫什么呢。”张老师怒道，“这是教育局赵局长，你们这是怎么回事？快说。”

赵局长摆摆手，“不用说了，我心里有数，蕾蕾，这就是你说过的那个年级第一的孩子？”

“嗯，是他。”

“好，这几天还要指望你们啊。”

“怎么了？”陈志问，“赵……局长。”

“我们先去学校吧，路上说。”赵局长不紧不慢。

“赵蕾蕾，你……”张老师本打算安排赵蕾蕾去召集学生，可知道赵蕾蕾是局长的侄女之后，他没什么底气了，转过来吩咐樊俊，“樊俊，你跑得快，去通知所有的高三学生，今天上午必须到学校来一趟，赵局长在这里等着。”

樊俊看了看赵蕾蕾，又瞪了一眼陈志，依依不舍，直到张老师再次催促才一步三回头地跑开。

这条林中小路是旗东一中历届学子不辞辛劳，来来回回踩出来的，虽不平整，但富有生机。赵局长深一脚浅一脚地走着，赵蕾蕾快走几步，搀着大伯，陈志和张老师并肩而行。

还未开口，赵局长先大笑几声，“没想到我这辈子，还能遇到这样的事，值了，值了，哈哈哈哈。”

“什么事啊？”赵蕾蕾问。

“就是前几天考试的时候，有人说听到了奇怪的人问问题的事。”

“对啊，我也听到了。”

“不止你听到了，所有人都听到了。”赵局长说，“所有的地球人。”

外星人是 6 月 8 日那天来的，北京、俄罗斯、纽约、巴黎。它们悬停在各大城市上空，刚开始只是观察，后来就开始向人类开始广播。它们的话翻译成各国语言，传递到每个人类的脑子里，据汇总回来的信息，全都是各种问题。

广播断断续续得播了两天，各国高度紧张，据说几个中科院的院士都不送孙子高考了，连夜赶回研究所开会，分析到底发生了什么事。

人类派出无人机，战斗机，空降兵，靠近那些大得像楼房一样的飞行器，想近距离观察。外星人倒是没有害羞，它们不躲也不闪，就呆在原地不动，缓慢地自转。科学家们计算出这些飞行器的自转周期是 3.684 天，于是全球成立了 14 个研究组专门研究这个数字有什么含义。除此之外，人类一无所获。

正在人类顶尖智囊团焦头烂额的时候，外星人突然愿意与人类沟通了。

不过与其说是沟通，不如说是通知。

通知很简单：这个星球上占据主要地位的智慧生物已经经过智力初筛，正式测试将在 30 个地球标准天后开始。测试的主要目的是衡量此星球智慧生物有没有资格加入宇宙联邦，与其他 486758 个种族共同开拓未来。测试方式：脑波答题，测试时间：24 地球时，测试目标：所有人类，最后智商分数取平均值。

各国的指挥层都聚集起来，各自开会，讨论了很久，最后得出结论：不管真的假的，应该认真对待，也许人类能够获得更好的发展机会。

当然有几个小国表示不愿参与这样的破事，但是他们在国际上本身也没什么身份。

这就要考试了？

没有人知道考试的细则，题目的范围是什么？所有人类，105 岁的人也能参加吗？刚出生的婴儿呢？还有，地球上有 70 亿人，每个人都要参加考试，再除以 70 亿吗？

各国分析了国内的情况之后，领导人们意识到，全人类的事，得全人类一起商量才行。于是联合国召开大会，继续讨论如何应对这次——很难定义——的机遇或是危机。

讨论的过程局外人就无从得知了，不过最后达成了一个共识，中国是世界上人口最多的国家，并且是平均智商排在世界前五，有着一流的教育机制（不是贬义），理应在这次事件中承担更多的责任。另外一个有责任的国家是印度，它的人口居世界第二，而且在人均智力方面有很大的提升空间。

据说有一个独裁军阀提议迅速灭掉五到十个非洲国家，可以大大降低人口基数和智商下线，大会沉默了很久，没人支持，也没有人反对。

中央上开了会，说明了这次事件，但具体的应对措施还在研究中。省长领命而回，立刻向全省下达了死命令，这次考试，全省成绩必须要排在全球前十名。市长立了军令状，要让旗东市全民达到高考水平。

教育局局长赵大伯用手指指着陈志，“有没有信心完成目标？”

“没有。”“有！”陈志和张老师同时说。

樊俊找来了三分之一的毕业生，其他的不是不想来就是趁着分数没有出来跟着家长出门旅游去了。就连老师也都无精打采的，刚刚打发走那群讨厌鬼，没想到又聚在一起了。

赵局长没什么架子，就坐在阶梯看台的台阶上，让大家围成一圈。张老师举着几张报纸为赵局长遮阳，被挥手赶开，又觍着脸坐在赵局长旁边，假装用报纸给自己扇风，实际是偏向领导。

局长把刚才的话又重复了一遍，抑扬顿挫，有缓有急，颇有单田芳的风采。孩子们听得眼睛都直了，连玩着手机的老师们都开始往中间凑，圈子越围越小，有几个不够数的学生还在关键时刻叫好。

事情说完，局长开始分派任务，毕业生每两个一组，以就近原则，监督周围的人——不管老少——的学习情况，如果有需要的，尽量提供帮助和辅导，如果拒绝学习的，可以上报。

“让他们学什么啊？课本？”一个学生问。

“我们有现成的，五年高考三年模拟，不要求理解，背会就行。”

“这根本不可能啊，”有人抱怨，“我高中上了五年都考砸了，让他们一个月学会？”

“你懂个球，闭嘴。”张老师吼道。

“不妨事不妨事。”赵局长慢慢地说，“我知道这有难处，尽量吧，其他单位也会配合的。你学了五年了，应该知道怎么学习最有效吧。”

“他知道怎么学习最无效。”有人插嘴，大家笑了起来，张老师又瞪起眼睛。

“这也好啊。”赵局长说，“让他们别按你的方法学习就行了。”

赵局长布置完大任务，剩下的细则就由各班主任和班委分配。

陈志的包片区域就是自家附近，那里是旗东市的小市场区域，住户大多是做买卖的，在那个年代连上过初中的都不多。他面露难色，正打算拒绝，这时赵蕾蕾挤过来，“我要和他在一个组。”

虽然没来得及挑明，陈志也已经知道赵蕾蕾大概有什么样的心思。这几年他光顾着看书学习，社交很少，像个被他老爹凿过的木头，在班上也没有几个朋友，更别提对哪个女生动过心眼。见赵蕾蕾这么主动反倒让他有些惊慌失措，忙乱中也不敢说不。

赵蕾蕾家在旗东市的另一边，高档住宅的那头，不符合就近分配的原则。陈志看着张老师，用眼神提醒班主任，希望张老师本着秉公执法的精神拒绝赵蕾蕾。可张老师犹豫了不到一秒钟便同意了，同时还回头看了赵局长一眼。

“那就这么说好了，明天早上九点，咱们出去执行任务。”赵蕾蕾边笑边说。

她长得确实好看，尤其笑起来，弯眉毛，双眼皮，大眼睛成月亮一样的弧线，她咧着嘴，露出贝壳一样整齐的牙齿。陈志看得痴了，一时说不出话。

“你发什么愣呢。”赵蕾蕾给了他一拳，娇嗔道。她看出了陈志的心思，一丝绯红飘上脸颊。

“啊，没什么，那明早见。”陈志转身，落荒而逃。

他走出学校大门，看到樊俊正跨在自己的自行车上。陈志咬咬牙，硬着头皮走过去，和樊俊同班几年，虽然没怎么一块玩，但有几次集体活动，陈志和樊俊两个人都表现不错，很有惺惺相惜的意思。但今天这档子事，恐怕不是那么容易说清楚的了。

“樊俊，刚才在里面说事，你怎么没去？”

“我在你们后面，也听了不少。”

“嗯，那个……我该回家了。”

“哦，行。”樊俊从车子上下来。

“那啥，我跟……我们……”

“你什么都不用说，她怎么想是她的事，我怎么想是我的事。”樊俊双手抱胸，“你只要知道你怎么想就行了。”

“那你……”

“你别管我，你该怎么样都行，咱们是好哥们，该怎么做不该怎么做我懂。”

“哦，”陈志应了一声，“那我走了。”

“明天早上我跟你一组，去执行任务。”

“可是，两人一组，张老师安排我跟……赵蕾蕾一起。”

“知道知道，反正他没安排我，我就去帮帮你吧，咱俩谁跟谁，别客气。”

陈志看了樊俊半天，也看不穿他到底在想什么，只好点头。

回到家，市里的电视台掐了所有的信号，循环滚动播放关于全民提高知识水平的新闻。新闻部的临时工估计是接到指令就抓紧做了个 PPT，电视屏幕上一片红，一会蹦几个大字，等几十秒，又放一段省长市长的讲话直播，然后又是一屏幕的大字。很多人嫌烦，换了几个台都没新东西就关了电视，洗发水广告里的大姑娘都嫌难看谁看你这个。不过即使这样，消息还是传开了，一帮子人吃了晚饭坐在房前屋后，就聊这些外星人，你说它们怎么就那么笨，用飞碟抓几个人走，想怎么考就怎么考。非要全民都考，判卷子多麻烦啊，还得翻译成多国文字，就这智商，还考别人，哼哼。

陈志把自己的参考书都翻出来，打算跟爹妈好好谈谈这事。

“教育局长都说了，这事得当大事来办。”

“办个屁，”陈大庆骂道，“我这脑子要真能看进去书，还用在这锯木头？你爷爷当时胳膊这么粗的棍子打我，打断了十几根，我都没看进去书。你知道我为啥做木匠吗？因为我那时的心思都用在研究木头上了，知道什么木头紧，什么木头松。我把你爷爷的紫檀拐棍都藏起来了，也不知道藏哪了，搁现在也能卖笔小钱。给他都换了松木的，那玩意一打就折，把你爷爷气的。”陈大庆得意地说，“我也算自学成才。可是你让我看书，”陈大庆摆摆手，“儿子，不是我不支持你的事业，我是真的不行。”

陈志又看向他妈。

“你别看我，我要是有点文化，能看上你爸？”陈妈说，继续缝手中的鞋垫。

“要是连你们都这样，你让我出去咋说别人，要不我去跟教育局长说，就说陈志是个窝囊废，这事办不了，以后也就那样吧。”

“咋的？找教育局长？”陈大庆一瞪眼睛，“你还跟教育局长攀上关系了？你少跟我在这吹牛。”

“真是教育局长，今天在学校大会上宣布的。”

“这他妈的。”陈大庆把烟按灭，坐起来，“真的是局长当面跟你说的？”

“是啊。”

陈大庆思考半天，最后说，“行，我支持你。不过你能不能这样？这几天我跟你妈就不出门了，别人问我们就说在家学习。书呢，我们也凑合看看，不过我跟你妈这个水平，你也别指望我们能学到什么程度去。”

“那也只能这样了。”

第二天一早，樊俊就来了，陈大庆招呼樊俊进屋来吃了早饭。过了一会儿，赵蕾蕾也来了。

陈大庆看到赵蕾蕾眼前一亮，招呼地更热情。赵蕾蕾一看桌上的稀饭和咸菜，连忙推辞说早上吃过了。陈大庆让了半天，赵蕾蕾也不吃，他只当女孩子家矜持，便拖着老婆去后院了，留下陈志招呼客人。

“你家这么大？”赵蕾蕾在陈志家各个屋来回打量，完全不把自己当外人。

“我爷爷的房子，很老了。”陈志谨慎地说，家里乱，他生怕赵蕾蕾看到那些心生厌恶，“我们还是出去吧。”

尽管陈志说服了自己爹妈，可是在市场上一转，才知道根本没人买账。

“刘阿姨，我说的都是真的，你怎么就不信呢？”

“不是不信，我说小志，刘阿姨是看着你长大的，还不知道你？你既然这么说，那肯定是有一定道理的，不过刘阿姨我年纪大了，脑子转的慢，学习是学不进去了。”

“谁说的，你脑子哪里慢了，打麻将比谁转的都快。说，昨天又赢了多少。”

“哎呀，你这孩子，怎么能这么说话。算了算了。”刘阿姨从包里掏出 50 块钱，塞到陈志兜里，“走吧走吧，拿去买零食吃。”

“哎哎哎，刘阿姨，这可不行，我爸知道要揍死我的。”

“他敢！你就说我给的，他要揍你，我再给 200。”

“你肯定是赢了不少。”

“哎呀少废话，快走吧，我这着急开张卖衣服呢，没时间跟你闲扯。走吧走吧。”

刘阿姨把陈志从小店里推了出来，看见门口站着的赵蕾蕾和樊俊，又拉住陈志，“这姑娘可真不赖。”

“你少胡说，我们……什么事都没有。”

“行了行了，快走吧。”

一上午，陈志走了快五分之一个市场。他从小在这里长大，市场上的人都熟，有时候陈大庆活多，他就在市场里吃百家饭。大家都知道陈志和他们不一样，“将来是做大事的人”，虽然言语上都很是客气，但没人把他说的话当一回事。

临近中午，都走得累了，陈志给樊俊和赵蕾蕾买了可乐，站在马路边喝了。他摸摸兜，这一早上虽然在任务上没取得什么成果，可各位叔叔阿姨零钱给了不少，满满的一大把。

“咱们吃点啥？我请客。”

这附近樊俊很少来，赵蕾蕾根本没来过，挑来挑去也没有个合适吃饭的地方，于是三个人坐着公交车到中心广场去吃麦当劳。

“这样下去不行啊。”樊俊用薯条沾上番茄酱，在托盘里写字，“他们怎么都不听话。”

“我也没办法啊，本来嘛，谁到那么大年纪了，还能说读书就读书。早上咱们见的那几个叔叔阿姨，有的可能小学都没毕业就出来卖东西赚钱了。”

“也不能光想着赚钱，现在可是为全人类做贡献的时候。”樊俊是军人世家，平时嘻嘻哈哈，说起来到显得觉悟很高。

“我可不敢当面说他们没觉悟。”陈志吃了一个鸡腿。

“唉？你怎么不吃啊？要不再买个冰激凌？”樊俊说，他发现赵蕾蕾面前的东西一点都没动。

“不用，我在想事情，一会儿吃。”

“想什么呢？你有什么好办法？”

“也不是，唉，等我想好再说吧。”看着赵蕾蕾皱起眉头，樊俊也不说话，就那么一边嚼着薯条一边看着她，弄得陈志像个电灯泡一样。

“唉，谁让咱们辈分小，要咱们是老子，他们是儿子，揍也要揍得他们好好学习。”樊俊突然说。

“你爸也没少揍你，你学习好了吗？”赵蕾蕾说。

“我是没参加高考，我参加了，至少也能拿个几百分吧。”

“少吹牛了。”

樊俊在托盘里写完最后一画，把薯条塞进嘴里。托盘上用番茄酱写了一个大号的“惨”字，看着血淋淋的。

第二天大早，樊俊和赵蕾蕾还没来，就有人来把陈志家给堵了。陈大庆一开门，市场上那些熟面孔就涌了进来，站了一院子，乌央乌央的。

“呦，老几位，怎么都到这来了，有什么喜事？”

“你们家小志在吗？”刘阿姨站在最前面，一脸慌张。

“在呢，找他？陈志！”陈大庆对着屋子喊，“快出来，有人找你。”他转过身来，“怎么了？”

“唉，等小志来了再说吧。”

陈志边穿衣服边跑出来，一看一院子人，吓得脚下一晃，差点从屋子里滚出来。

他还没站稳，刘阿姨“扑通”一声就跪下了。看着刘阿姨一跪，后面几个膝盖软的也都跪下，最后院子里站了几个反应慢的，被旁边人连拉带扯也按在地下。

“嚯！刘阿姨，你……你这是干什么……快起来快起来，我……”陈志看看陈大庆，也跪在刘阿姨面前，“有话好好说，你……这……”

“小……陈志啊，你是有出息的人，我们有眼不识泰山，我们学习还不行吗？你把我们店关了可让我们怎么养家啊？”

“什么店？刘阿姨，你可别开玩笑，我哪有那么大能耐，还能指挥得了工商的人。”

“哎，你爸说的，你跟教育局长都说得上话，你现在是市里的大能人。”

陈志转过去看向陈大庆，他爹大吼一声水开了，然后消失在屋里。

“到底什么回事，刘阿姨。”

“你们昨天上午走了，下午工商就来了，在我们几个点挨个转了一圈，挑了好些毛病，就让我们停业整顿。”刘阿姨从昨天掏钱的包里掏出一张纸，展开递给陈志看，停业整顿通知书，上面有红红的印章，“后来我们几个一商量，要求停业的就是你去过的这几家，没去过的店，工商的同志连看都没看。”

“这个……”

“是我弄的，我给我大伯说了一声，你们不配合市里的工作。”院子外面传来一个清脆的声音，赵蕾蕾穿过一片跪着的人，走进来。

“你什么？”陈志站起来，“你们都起来，等我一下。”他拉着赵蕾蕾进了屋，“这到底怎么回事？”

“他们不支持市里面的安排，当然要接受惩罚了。让他们停业，好好在家里学习啊。”

“你不能这么搞啊，这让我们家还怎么做人？”

“没事，这事我都扛了，怪不到你身上。再说他们经营确实存在这样那样的问题。”赵蕾蕾双手叉腰，英气逼人，俨然女中豪杰。

“这么办不合适吧。”陈志看看外面，叔叔阿姨都站起来了，探着脑袋向里面看，“再给他们一个机会。”

赵蕾蕾看着陈志，一言不发。

“求你了。”陈志说。

“好吧，我跟我大伯说一下。可以开业，但是学习这事必须抓紧。”

“好好好。”陈志连连点头，“那你去告诉他们一下吧，我……我不敢。”

赵蕾蕾走到房角，打了个电话，在电话这边笑眯眯地，偶尔还撒个娇，陈志看着，胳膊上的汗毛都立了起来。打完电话，赵蕾蕾晃晃悠悠走出去，一脚踏在门槛上，对着外面说，“你们都回去吧，可以开业了，学习那事不是开玩笑的，你们都懂，对吧。”

众人不知道这个漂亮的小姑娘什么来头，也没人敢问什么问题，他们越过赵蕾蕾向屋子里面看，希望陈志出来给个说法，但陈志哪里还敢见这些人。

最后，诸位叔叔阿姨悻悻而回，陈志感觉以后再也没法去市场了。

这才是全城高考活动的第二天，到了第五天，上面就形成了一套完善的行动方案。这下子所有人都知道这次不是演习，也不是开玩笑了。这是真格的，全城上下所有的人都要五年高考三年模拟的啊。

平时在家看不成电视玩不成游戏的白眼狼们可得势了，让你们逼我写作文，让你们逼我学英语。心情不好了就往沙发上一靠，“爸，你过来，笼子里装着鸡和兔子，二十个脑袋六十条腿，你说这里面有几只鸡几只兔子啊。”

“哎呦儿子，你看养个兔子还要搞那么麻烦吗？这什么乱七八糟的题啊，你是逗我玩的吧。”

“谁跟你开玩笑了，学习的事，能开玩笑吗？现在测的是全人类的平均智商，我反正没问题，但你要是考砸了，可就把我的未来给毁了你知道吗？”

“你说的什么乱七八糟的，哪有那么严重。”

“哎？态度不对是不是？觉得我们的未来，人类的未来不重要是不是？还是你觉得我是儿子你是老子我说了不算？全城考试办公室的电话就在那，要不然让市长来跟你说？”

“算了算了，这又是何必，我学还不行吗？当年我也是一路考过来的，你那么认真干什么？”

“不管你能学好吗？不打你你能成才吗？”

“得得得，还学会我说话了。我学就行了，你可别太过分啊。”

后来，不光是高三学生，连很多高二高一甚至初中生都参与到了这场活动之中，事关自己的未来和十几年来被压抑的心情，他们个个奋勇，争当先锋。

有的人受不了了，买了车票打算举家逃离旗东市。还有不打算带孩子和的，两口子自己跑的。他们买了火车票飞机票汽车票，还有开着车走的。验票的人也不拦，就问几个问题，看你答不答的上来，从验票员的眼神中，就能看出全人类对你的失望。

可天下之大，还能逃到哪去。全国都在搞智商普测，走到哪个城市马路上来个大学生就敢当场出题，答不出？在外地更丢人。

再说，就算逃到国外，以外星人的能力，未必找不到你。那脑波无线电一开，你人在哪儿会什么语言，一下子就对上号了。

也不知道这 70 亿人大联考之后发不发成绩，万一自己真排在倒数第一，70 亿人一人一口吐沫，风干了留下的残渣都能把你活埋了。

罢了罢了，那些人在车站机场思来想去，看着列车开走，飞机远离，手中的票成了废纸一张，又拎着大包小包回到家中。

考就考吧，吃鸭蛋也要在家里吃，这叫落叶归根。

谢尔友在街上闲逛，看到有谁过来，就出两道题考人家。当然不是“早上四条腿中午两条腿晚上三条腿”那样的混蛋脑筋急转弯，毕竟旗东一中的高才生，出起题来毫不含糊。这些日子人们出门，就怕遇到这样的半大学生，遇到警察都不怕，毕竟没犯法。可遇到学生就不行，学识上被人家碾压，还要被小辈当面训斥，丢人。

来来往往的人看到谢尔友，都远远地绕过去，不愿意惹火上身。所以谁也没有看出来这个干干净净的大孩子有什么异常。

谢尔友倒也不追，就是不紧不慢地走着，做守株待兔状。

果然，一个人迎面走过来，斜着肩膀，大夏天穿着一件长风衣，裹得严严实实的。

“哎，你，过来。”谢尔友喊。

那人听到呼喊，谨慎地站住，惊恐地看着谢尔友。嘎子被揍得多了，见到男人就会害怕。

“对，就是你，我问你几道题。”

“什么？几道题？”嘎子应道，问几道题应该不会挨打，他凑过来。

“如果 X,Y 满足 X 小于等于 3，X 加 Y 大于等于 2，那么 X 加 2Y 的最大值是多少。请注意，Y 小于等于 X。”谢尔友从自己的题库里抽了一道题。

嘎子看着地砖上的缝，用破掉的凉鞋鞋尖摩擦，“9。”

“你说什么？”谢尔友没听清。

“9。”

谢尔友自己验算一遍，答案没错，而且比自己快。

“还有一道题，单倍体玉米体细胞的染色体数是多少？”

“10，我能走了吗？”嘎子低着头说。

“大脑皮层受损的患者，能做膝跳反应吗？”

“不能，膝跳反应的中枢是在脊髓，不在大脑。我走了啊，你真没意思。”

“不行，不行不行，你这个傻子，你怎么都能答出来。”

“我……我……”嘎子用肮脏的袖子擦掉嘴角的口水，“你也是傻子，你会我就会。”

“放屁，我他妈才不是傻子，我是今年高考第一名。”谢尔友怒了，他抬起一脚踹翻嘎子。

“说好不打人的。”嘎子在无数次斗争中积累了丰富的经验，刚一倒地，便缩成一团，护住自己的头部。

“打的就是你，打的就是你。”谢尔友在嘎子身上猛踹，不过他的体格比钢管厂的那些工人要差得多，打在嘎子身上不疼不痒。

“不敢了，不敢了，以后再也不敢了，你老婆最漂亮！你老婆最好看！我以后不看了！”嘎子不知道发生了什么，在拳脚下语无伦次地求饶。

“看你妈，我他妈哪有老婆！”用手打不过瘾，谢尔友拾起路边的半块石头，抓在手中，没头没脑地往嘎子身上砸。

几下下去，就见血了。嘎子嚎得更大声，之前被打，虽然揍得不轻，可那些人手上都有分寸，闹出人命来可不是开玩笑的。谢尔友才不在乎，也不管哪是哪，砸着什么地方就是什么地方。

嘎子再傻，也知道保命，挣扎中一挺身，把谢尔友从身上拱下来，转身就跑。谢尔友一把抓住风衣下摆，嘎子一个金蝉脱壳，那风衣本来就没系着，轻轻一晃胳膊就脱了下来。风衣底下什么都没有，嘎子晃着白花花的屁股，一边哭着一边就跑了。

围观的人不知道发生了什么事，不过嘎子挨打可没少见，估计是又招惹谁家老婆，让人寻仇来了。本着多一事不如少一事的原则，人很快就散了。

谢尔友手上、身上都是血，又滑又腻，还泛着腥甜的气味。他搓着手指，享受着那种感觉。这比考试拿第一名过瘾多了，他渴望更多。

这天早上，趁赵蕾蕾和樊俊还没来，陈志就躲出去了。他越来越疲倦，不想再参与这样无聊的任务。从那天早上开始，他的世界就变了，身边人——包括老爹老妈——看他的眼神都变了，他不再是那个会有“大出息”的孩子，在邻居口中，陈志成了“他们的人”。无论走到哪里，他都能感觉到充满敌意的目光，那目光就像是一只藏在鞋底的石子，他每动一下，石子都会留下一道划痕，但他又不能不动，于是划痕越来越多，已经血肉模糊，深可见骨。

他独自一人来到小市场，每家商铺都开着门，但是所有的人都捧着书在学习，没有客人。因为走在路上可能会被抽查问题，所以人们更愿意在家里待着，少抛头露面。商户们靠下跪争取来的开门的机会也完全没用了。

他走过刘阿姨的铺子，没有打招呼，也没有停留。暗中有人在监视着他，把他的方位随时报给其他的人，好让他们做好准备，等陈志经过时做出学习的样子。

没人能看得进书。

陈志站在一家铺子门口，听着卖拖鞋的许二伯重复念了三遍前言的第一段，没好意思戳破。许二伯声情并茂，抑扬顿挫地念，仿佛进入了某种通灵的状态，身体和精神都不受支配了。二婶试图提醒他，可当着陈志的面不敢有太大动作。

陈志想笑却笑不出来，他快步走了，许久，许二伯的大嗓门才停下来。

手机响了，赵蕾蕾和樊俊已经来了，正在找他。陈志回了一个“在市场”，他向市场的更深处走去，这样的话，他们找到他还需要一段时间。

那天早晨之后，陈志觉得距离赵蕾蕾越来越远了，她的相貌，她的家世，她的未来，完全和自己不在一个维度。她可以一个电话就让整个市场关闭，还可以面不改色心不跳地从一群跪着的人面前走过，她觉得心安理得，但他不。也许这就是两个人之间的差距，老人们讲的“门当户对”还是有道理的。

趁两个人还没有正式开始，赶紧结束吧。

怎么结束？

陈志可不敢开口，赵蕾蕾高兴的时候都能做出那些事来，万一生气了呢？

他埋着头，一直往里走。这座市场以前是周围几个村子赶集用的，后来盖上了房子，就成了市场，在大超市形成规模之前，人们买东西就到这里来买，应有尽有。后来有了超市，这里的功能减弱了，但还是有人来，毕竟便宜，还可以讲价。

市场的最里面都是最老的商铺，平常不做零售，只有来批发的老客户才会到这里来。每家店铺外面挂满了东西，铺子和铺子之间的通道上搭了花花绿绿的防雨棚，暗无天日，空气中弥漫着发霉的味道。大多数店铺敞着门，但里面没人，几家人都聚在其中一家的门口，或是打麻将，或是斗地主，也有喝茶聊天的，但没人读书。

高考完才没几天，但陈志好像很久都没有见过这么悠闲的人了，所有的人就算是装，也装成一副刻苦学习的样子，恨不得头悬梁锥刺股，囊萤映雪，凿壁偷光。

他呆呆地看着，这他妈才叫生活，做自己想做的事。哪怕像老爹一样，没有文化，跟木头过一辈子，那也叫生活。而不是学那些乱七八糟的东西，只为了一个数字，一个排名。

陈志站在阴影中，久久未动，生怕一走过去，就打扰到这片清净。这里仿佛就是旗东市的桃花源地——虽然这些人说起脏话来比在海上待了八年的水手还脏。

“陈志！”听到叫声，陈志叹了口气，被找到了。

赵蕾蕾和樊俊从远处走过来，破烂的防雨棚投下一道道光斑，照得二人脸上阴晴不定。

“你在这里干什么？”

“没什么？瞎转转，我们走吧。”

“我还没到过这里呢，是吧？”

“就是，看上去挺刺激的。”樊俊顺着赵蕾蕾的话说。

“几家老店，没意思。”

“我看看。”赵蕾蕾绕过陈志，往里面走。

那些打牌打麻将的人早就听到他们，但是无动于衷，继续玩着叫着。

“哎？你们怎么不读书？”赵蕾蕾问。

“二筒。”

“碰，哎呀老张，真是美啊，就等这张牌呢。”

“呦呦呦，转运了，要不是你碰我还拿不到这张牌呢，多亏了……”

樊俊等得不耐烦了，上去一脚踢翻了麻将桌，“跟你们说话呢，没听见？”

陈志皱起眉头，最近樊俊膨胀得厉害，不过不止他一个，所有的小孩都在利用这段时间报仇。

他拉住樊俊，过去扶起桌子，就这么一弯腰的工夫，他们三个已经被围了起来。

樊俊打量了一圈四周，哼了一声，这些铺子都有些年头了，铺子的主人也差不多。年轻人可在这呆不住，留下来的都是老人。

那些人虽说有二三十个，可平均年龄估摸着得在 70 以上，身上的皱纹加起来能绕地球两圈。

“怎么？想动手？”樊俊计算了一下局势，开始叫嚣。

“不打不打不打，”一个须发花白的老头连连摆手，“你这年轻人身子结实，我这老骨头怕挨你一拳就要散架。来来来，几位小领导坐下讲话，刚才啊，也是误会，我们老几个耳朵不好，没听见，你也谅解一下。那谁，小李，去沏点茶来。”

老头指挥着，被称作小李的那人看上去也有六十多了，满头银发，还有点驼背。小李晃晃悠悠回自己铺子里，铺子上挂着一块匾，兴义茶庄，字写的龙飞凤舞，还有点侠气在里面。

“几位小领导来干什么啊。”老头坐在麻将桌前，招呼陈志几人过去坐。桌子刚才被樊俊踢翻，麻将、骰子、零钱撒了一地，其他几个人在收拾。陈志看着这几个比自己父亲年纪还大的老头弯着腰一点一点的捡东西，总觉得不合适。

俗话说伸手不打笑脸人，樊俊这会儿也没那么大火气了，他大大咧咧地坐下，又拿了张凳子放在旁边，让赵蕾蕾坐下。

“我们呢，是来监督各位学习的，这是我们小组的组长。”赵蕾蕾说着指了指陈志。

陈志呵呵一笑。

“我们这把老骨头的，每天早上起来，能认得自己就不错了，再学新东西，恐怕是学不会了。”

“学不会也不能不学啊，能学一点是一点。这可是为了大家，还有十二天，那些外星人就要对全人类进行智力测验了。您们……都是知书达理，德高望重的老前辈了，万一考得不好，可拖了我们这些后辈的后腿啊，那多不好。”

“小领导，全民高考这事，我是举双手赞成的，提高大家素质了嘛，是吧。不过呢，做些高考题就能提高智商这事，是上面的意思呢？还是上面的意思？”老头指指天空。

“当然是……”赵蕾蕾一时语塞。

“咱们也不能确定到时候那什么，外星人？我老了不懂这些玩意，咱也不知道他们会考什么，对不对啊。你说，万一是考玉石鉴别呢，你考得过我吗？要是考泡茶，你考得过小李吗？”老头说着，转头大吼，“小李，怎么茶还没泡好，就拿大红袍，别抠门。”

“你这是狡辩，怎么会考什么玉石泡茶。”赵蕾蕾说。

“可你敢说不是吗？玉石鉴定里没有智慧吗？泡茶呢？”

“你不想学习就说不想学习，别在这绕来绕去的。”

“嗳，小领导，你也别急，今年多大？十八了吧，不是我老头自夸，你觉得你见过的世面比我多，还是走过的路比我多？你觉得比起老头我来，你够聪明吗？”

“这个……”

“你看，你还是知道谦虚的，谦虚也是一种智慧。”

“嗨，还跟他啰唆什么。”樊俊看着赵蕾蕾一直在口头上吃亏，早就不耐烦了，“不学就不学吧，等考的那天再说。”

赵蕾蕾站起来，“后天模拟考试，我倒要看看你够不够聪明。”她迈步就走，直接用腿撞开挡在面前的桌子，刚刚扶好的桌子又倒在一边。樊俊也跟着起来，在桌子上补了一脚。

小李终于烧好了水，连茶壶带茶杯摆了一托盘端出来，从陈志身边经过，一股清香扑面而来。

“陈志！快走！”樊俊喊。

“哦。”

三人走得很快，一直远离了那里，赵蕾蕾才停下，“我的娘啊，疼死了。”

“怎么了？”陈志问。

赵蕾蕾卷起长裙，露出小腿，“刚才跟他们赌气，撞桌子上了，疼死我了。”她指着腿上的一小片红印说。“陈志，你都不知道扶我一下。”

“哦。”陈志应道，但身子没动。

“我来，”樊俊倒是动作快，钻到赵蕾蕾胳膊底下，将她搀起来，“行不行，要不我背着你？”樊俊看向陈志，表情很奇怪，说不上是感激陈志给了他一个机会，还是责怪陈志不懂得怜香惜玉。

这下赵蕾蕾又没得了心意，一赌气，反而搂紧了樊俊，还故意翻了个白眼给陈志看。

陈志清了清嗓子，“那个，你说的模拟考试是怎么回事？”

“这不是马上就要面临大考了吗？我大伯说要不先组织一场摸底考试，看看这十来天的成效到底怎么样，到时候谁不行的，就得集中起来，高强度补课。”

“不是吧？”

“怎么？”

“那咱们市得有一半人须集中起来学习。”

“那有什么了不起，他们早就应该集中学习了。”樊俊恶狠狠地说。

“你们真觉得应该这样？”

“你觉得呢？”赵蕾蕾反问。

陈志停下脚步，他答不上这个问题，也不想答。他看着樊俊搀着赵蕾蕾越走越远，他们没有等他，他也不想追过去。

张老师很慌，非常慌。这种情绪从拿到模拟考试卷子的那一刻起就一直没有中断过，三十年前他从农大毕业，被安排到旗东二小，教了三十年语文，带过无数学生，获得过的荣誉无数。

然而当模拟考试的成绩出来后，一切都将不复存在。都是那些外星人，要考什么鬼试。还偏偏不考语文，它们在宇宙中不讲汉语，不代表语文不重要啊。

一个为教育学生兢兢业业勤奋工作了三十年的老资格教师，在模拟考试中竟然得了零分，这成何体统，这……还有没有天理！

他在办公室里转了一圈，又一圈，不行，不能让这事泄露出去。我一个人颜面是小，不能给整个教师群体抹黑，我们当老师的，为了教书育人，专心钻研一门功课，其他的知识不是没学，只是当时没回忆起来，这都不可以吗？

这都不可以吗？

张老师突然暴怒，飞起一脚踢在红木的办公桌上。可桌子不像那些淘气的学生，踢到时会后退，桌子又重又硬，张老师听到“啵”地一声，就像是吃鸡爪时咬到掌中宝时的动静，然后一阵剧痛袭来。他仰面栽倒，桌上装饰用的地球仪摔下来，“嗵”地一声砸在离他脑袋五公分的地方，咕噜咕噜滚远了。

他仰面躺着，办公室四周的墙壁上挂着一面面锦旗，都是多年来对他教育工作的证明，是无上的荣誉。

他要捍卫这份荣誉。

张老师爬起来，擦掉头上的汗珠。大脚趾大概是扭伤了，一碰就刺疼。他再次环视自己的办公室，然后一瘸一拐地离开。

钢管厂是旗东市的一个重点企业，有两千多工人。由于人员统一管理，也是市里考试工作的重点单位。

平时来来回回“帮助学习”的学生有不少，所以谢尔友进来的时候，也没什么人阻拦，生怕抽着问问题。

“现在考试都考完了，你们对自己到底什么水平，心里还没有数吗？”谢尔友背着手，在钢管厂的车间里来回走动，工人们不知道这小家伙是干什么的，但他说的似乎有些道理，“你们装模作样的假学习，有什么用？过几天分数一出来，咔嚓咔嚓！”他挥手做砍头状，“你们一个个都是零蛋，看你们怎么交代。”

“你怎么知道我们就考零蛋？”

“好好好，不是零蛋，你，”他指着其中一个工人，那工人身材不高，身体因多年搬运钢件呈酒桶状，“你 15，还有你，”他指向另一个，戴着眼镜，看上去文质彬彬的人说，“你，22，给的分够高了吧？怎么样？”

“哼。”酒桶冷哼一声，但没否认。

“你有孩子吗？多大了？”谢尔友问。

“有，上初二，怎么了？”

“打过他吗？”

有人笑了，酒桶挠挠脸，低声说：“打过。”

“为什么打？”

“嗯，有一次……数学考了 85。”

“数学考 85 就挨顿打？那你考 15 分，让你儿子把你凌迟了你冤枉吗？”

酒桶支支吾吾半天，说，“我家是女儿。”

“唉，你们还是没听明白我说的是什么意思。”谢尔友提高了声音。

“那你到底是是么意思，你直说啊。”

“外星人的考试，你们躲不过去，除非死了，必须有这么一次考试，对不对？”

“废话。”

“他们的考试方式，判分方式，公布成绩方式，大家都不知道，也有可能不开榜呢，对不对？”

“嗯，对，接着说。”

“如果外星人的考试不公布成绩，别人就不会知道你们到底什么水平。可这里有一个障碍，一个人为设置的障碍。”

“是什么？”

谢尔友清清嗓子，在工人面前兜了个圈子，“就是这次模拟考试，这次模拟考试一共有 30 多万份卷子，你们想想，谁会认真批改，说不定就把你们谁给耽误了，你们不应该让这么一次考试就耽误终生啊。”

“那你说怎么办？”

“那些卷子就集中在教育局保存，剩下的，看你们自己了。”谢尔友说完，对着那些还在发愣的工人一笑，转身消失在车间外面的阳光中。

“他什么意思？”

“他好像是说……”

“我感觉他是建议我们……去……”

“我觉得说的有道理。”

“这不好吧？”

“去他妈的不好，你想你儿子一辈子都看不起你？”

“对啊，万一你考了 5 分，你老婆看不上你，过来跟了我怎么办。”

“去你妈的，就你那脑子，最多考 7 分。”

“那也比你多 2 分。”

“去你妈的。”

“别吵了别吵了，去不去。”

“去！”

“去！”

到教育局的时候，已经都到了下班时间，大部分办公室都走空了，张老师轻车熟路，一瘸一拐地上了二楼，楼东头有一间大会议室，“老方，还不下班？”

“张老师，你怎么来了？”老方原来在旗东一中教体育，后来上调了，到教育局坐办公室，两人也算是熟识。

“来看看你，最近挺忙啊。”张老师找了张椅子坐下，把右脚翘起来，走了这么多路，脚趾一蹦一蹦的疼。

在他身后，从全市各处送来的模拟试卷堆成了山，桌上，椅子上，地上都是，半个房间都堆满了。

“胡球扯，”老方说，“你没事会来找我？”

“为啥不能，看看老同事嘛。还不下班？”

“下不了班，在这等着接收各地拿回来的卷子，唉，你说说，本来想着高考完了能轻松轻松，又赶上这事。”

“咱们旗东一中的那批，也都送回来了？”

“应该是送回来了，早上不是我当班。”

“我去看看？”

老方笑了，“老张，你别以为我不知道你怎么想的，你有什么话就直说，别跟我玩这个弯弯绕。今天到这找卷子的不止你一个，不过你来的最晚，我还以为你大义凛然了呢。”

“哈哈哈哈，”张老师尴尬地笑了几声，“老方你还是那么逗啊。”

老方在桌子底下翻了翻，拿出一沓卷子，“这是你们一中的，你自己找吧。”

“好嘞。”张老师接过卷子，与老方默契一笑，开始找自己的名字。这么多年还是第一次看自己的卷子，张老师仿佛又回到几十年前，兴奋中带着紧张。

“张老师，你怎么在这？”张老师好不容易找到自己的那份模拟试卷，刚抽出来，还没来得及看，身后就有人叫他。

他转过头，是自己班里的几个学生，陈志、赵蕾蕾、樊俊。

“你们几个怎么来了？”

“市场里有几个老头，死倔，就是不答题，我们几个在那看着他们来着。结果一磨叽就到现在了。”樊俊说。

“方老师，这些卷子放到哪？”陈志问。

“扔到那边去吧。”

这时赵蕾蕾发现张老师手里拿着的卷子，“呦，这是谁的卷子啊，怎么一个字都没写，比那些老头还差，不好，不好。”她说着，伸手去拿，张老师猛往回拽，“刺啦”一声卷子撕成两半。

赵蕾蕾看看手里的半张卷子，“张……？老师，这是……”她连忙把卷子塞回张老师怀里，吐了吐舌头，“我什么都没看到。”

张老师脸上阴晴不定，鉴于赵蕾蕾是赵局长的侄女，他也不好说什么。他把卷子假意扔到一边，正打算开口，楼道里响起一阵急促的跑步声。

声音由远及近，直奔这间会议室。所有人的目光都看向门口，谢尔友出现在那里，他停下，扫视了一遍，又转身跑开。

“谢尔友！”樊俊叫到，但谢尔友没有理他。

陈志跟着跑出去，但没两步就停下了。教育局的大楼是座老房子，大概七八十年代建的，总共三层，像以前的教学楼一样，每层只有一排是办公室，出来就是开放式走廊。后来用铝合金窗户把走廊全封住了，看上去高大明亮，提升了一个档次。

此时，从二楼的大窗户看出去，下面聚集了无数人，黑压压地，正向教育局靠近。

“你们快来，这是怎么了？”

樊俊，赵蕾蕾，老方都聚了过来，张老师一瘸一拐走在最后。

“我觉得……这不是什么好事。”老方说。

谢尔友又跑了回来，“你们怎么还在这啊，快跑啊。”

“去哪？”张老师问。

“你觉得那些人是干什么的？”谢尔友说，“差生啊，差生。他们考得不好，当然不满了。”

张老师咽了一口口水，他对差生两个字过敏，“那怎么办。”

“快跑吧，趁他们还没进来。”

“对，快跑。”樊俊反应最快，他一把拉住赵蕾蕾，“走！”

“等一下。”谢尔友抬手拦住樊俊，“你们不能下去。”

“为什么？”樊俊问。

“这段日子，你们把这些人折磨得够呛，他们会让你们走吗？”

“这……”

“我们最好兵分两路，方老师和张老师走下面，你们伪装成和他们一样的家长，混在人群里出去。咱们几个到楼上去躲一躲，等风声过了再走。”

没人提出新的建议。

“好，就这么办。”方老师说，他脱掉外面的运动衫，身上只穿一件跨栏背心，“你们注意安全。”他对着几个学生嘱咐道。

“老方，搀我一下，我这只脚不方便。”

“你真麻烦。”方老师口头上抱怨，但还是搀起张老师，快步向楼梯口走去。楼下的骚乱已经越来越响，那些愤怒的“考生”已经冲进了大楼，在各个办公室胡乱翻找。

“我们也走吧。”谢尔友说，他在前面带路，顺着楼梯向上。

教育局大楼有三层，上面都是器材室和设备室，平时都没什么人上来，所有的门都紧紧锁着，根本没有藏身之处。

“这怎么办？”赵蕾蕾开始慌了，她一屁股坐在地上，眼看着就要哭出来。

“别哭，别哭，有我呢。”樊俊拍着赵蕾蕾的后背，安慰道。

陈志在楼道里转了两圈，“有了，我们躲到天台上去，这里有梯子。”

通往天台的通道用锁锁着，但是因为久未使用，风吹日晒的，早就锈烂了，樊俊爬上去轻轻一推，锁还在，但铰链那边“砰”地一声就断了。

“快上来。”樊俊压低声音，向赵蕾蕾伸出手。

赵蕾蕾向樊俊投去感激的一眼，爬了上去，然后是谢尔友，最后是陈志。

张老师和方老师混进涌入大楼的人群中，被挤得转不了身，只能任由人流夹着他们向后退。无数只脚踩着张老师的大脚趾上，他却不敢吭气。有句俗话叫咬碎了牙往肚里咽，张老师现在知道这句话的含义了，中文真是博大精深，为什么外星人就是不懂呢。

每个人都瞪着双眼，但却盲目不能视物的样子，对一切视而不见，只用双手来感知世界，摸到什么就扔什么。办公室里的笔筒、茶杯、桌椅，如同暴风刮过一般瞬间碎为齑粉。

两位老师被挤在墙角动弹不得，还得留神躲开偶尔飞来的东西，“不对劲。”方老师说。

“怎么了？”

“看见刚才那些人了吗？带着家伙的。”

“有几个拿着大锤的。”

“他们没到楼上会议室，也没去别的地方。”

“我看见他们往那边走了。”

“那边是保密库。”方老师说，“高考的卷子都在那里锁着。”

张老师愣了几秒钟，意识到方老师说的是什么，他说：“都什么时候了你还管那个，快走吧。”

“对，反正咱们也拦不住。”方老师点头，他看到人群中出现了一个空档，“走！”

陈志站在天台边，向下看着疯狂的人群，天已经黑了，昏黄的路灯模糊了每个人的脸，他仿佛看到了自己的父母，还有那天替自己存车子的中年男人，好像旗东所有的人都聚集到这里来了。

“没想到大家都不喜欢考试。”谢尔友在他耳边说，同时重重地拍了他的肩膀一下。陈志重心一晃，差点从天台边翻下去。

他猛地后退，一屁股坐在地上，“你他妈有病啊！”

“开个玩笑而已，别激动。”谢尔友说，脸上没有一点开玩笑的样子。

陈志觉得有些不对，但是说不出是哪里出了问题。

他扶着天台粗糙的碎石，打算站起来，手心感觉到了一下颤抖，就像是隔着胸膛感受心跳。

然后又是一下。

颤抖密集起来，就像是遭遇一场小型地震。

“怎么了？”赵蕾蕾问到。

“没什么，别担心。”谢尔友说，“他们在砸保密库。”

“砸保密库干什么？”

“那里面有咱们的高考试卷啊。”

“他们不是来……”陈志猛然醒悟，“你让他们去砸保密库的？”

“开什么玩笑，我哪里能指挥地动他们，我只是……不小心说走了嘴。”

楼下又传来一次震动，这次震动比之前的都要剧烈，仿佛连整个楼房都晃了两晃，陈志站立不稳，往前一个趔趄。

楼下传来一阵欢呼，大概是保密库的门被砸开了。

“来，看看吧。”谢尔友招呼三个同学，自己先坐在了天台边，把双脚伸出去，胡乱摆着，仿佛面前是泳池，而不是十米高的落差。

其他三个人谨慎地远离谢尔友，也探出头去。

有人把白花花的试卷从地下保密库传递出来，在楼前空地上堆成一堆，有人点起了火，学生们十二年的寒窗苦读变成了巨大火炬。

火光照亮了周围人的脸，他们麻木而茫然，痴痴地望着火焰，突然，仿佛响应某种召唤一般，他们开始大笑，开始合唱，开始舞蹈。一队大妈走到前面，火舌几乎舔抵到了衣角，她们在火光中伸开双臂，像某种仪式一样做着整齐划一的动作。其他的人被她们感染，也跟在后面，笨拙地有样学样。舞蹈的队伍围着火堆旋转起来，一层一层的，仿佛一群蚂蚁发现了一块碎肉。人头组成的旋涡仿佛一个黑洞，时间，空间都不再有意义，只是偶尔，会有“苍茫的大地是我的爱”之类的低声吟唱逃逸出来。

过了一会儿，整个大楼也开始冒烟。搬运卷子的人烦躁了，索性直接在保密库点起了火。

“看，没人喜欢考试。但他们却又非逼着我们考。”谢尔友陶醉地看着下面发生的一切，“我也是到今天才知道，我也不喜欢考试。”

“那你喜欢什么？”樊俊问。

“我喜欢捣乱，”谢尔友说，“你知道我有多羡慕你吗？不用考试，也不用看别人脸色，想干什么就干什么。”

“其实……那也……没什么了不得的。”樊俊被这突如其来的夸奖搞得不好意思。

“不，那太了不起了。”谢尔友说，“相信我，太有意思了。”他又转向天台外面，对着下面大喊，“喂！你们听着，赵局长的侄女就在上面，在天台上！”

陷入某种集体意识的人群茫然地一起抬头，他们把思维的能力交给了集体，而集体听到召唤，立即行动起来。

“冲啊！”人们再次涌入大楼，就像洄游的沙丁鱼，他们彼此挤压、踩踏，但没人因此退缩，继续一往无前，那向上攀登的力量超越了肉体，超越了意识，仿佛镌刻在基因中一般。没有一个人停下来，自问一声，“这个陌生人的侄女是谁，关我屁事，为什么我要往上爬。”

赵蕾蕾惊叫一声，“谢尔友，你这是干什么？”

“没什么，就是喜欢看你脸上的表情。”谢尔友笑眯眯地说。

“妈的。”樊俊冲过来就要揍谢尔友。

“等等，”谢尔友被樊俊拽着衣领，也不躲闪，“你听，他们上来了，你是揍我？还是想办法逃跑？”

樊俊想了想，松开手，然后给了谢尔友鼻子一拳。他走回去，拉着赵蕾蕾的手，这是他第一次拉到她的手，赵蕾蕾没有甩开，而是也握紧了樊俊。她的手光滑柔软，但是冰凉。

“怎么办？”樊俊向四处张望，但除了上来的那个通道，并没有其他下去的路。

“樊俊，这边。”陈志在天台的一角喊道，从刚才开始，他就在寻找出路。

“怎么了？”

“你看，”他指着下面，那里原先是教育局的食堂，后来停业了，就那么空着。食堂紧挨着这栋楼，虽然只有一层，但楼顶比较高，大概距离天台有三四米的距离，楼顶上有厚厚的一层陈年落叶，看上去很松软。“从这……应该能下去吧。”

“怎么办？跳下去？”

陈志点点头。

“不不不不不不。”赵蕾蕾早就被吓得花容失色，她猛地甩开樊俊，连连后退。

“这是个好主意，”谢尔友慢悠悠地说，“跳下去，还是被那些人逮到，你知道他们有多恨你大伯吗？”

“跟我大伯又没关系！”赵蕾蕾哭喊道。

“跟他们解释去。”谢尔友指指后面，从通道口已经能够听到清晰的人声。

“樊俊，别耽误了，你身体素质好，”陈志对着樊俊说，“交给你了。”

樊俊看看赵蕾蕾，然后转向陈志，他郑重地点点头，“我明白了。”

他过去去拉赵蕾蕾，女孩虽然还想反抗，但已吓得瘫软无力。樊俊扶着赵蕾蕾，走到天台的边缘，“准备好了吗？”

“没有，别。”赵蕾蕾虚弱地说。

“我真的很喜欢你，愿意为你做一切。”樊俊说，然后拉着赵蕾蕾跳了下去。

陈志看着他们重重地落在食堂的房顶上，半天没有动静，他开始心慌，“樊俊！赵蕾蕾！你们怎么样？”

他看到樊俊动了动，翻身坐了起来，他松了口气。

谢尔友悄悄地来到他身后，“你也打算跳吗？”

陈志张了张嘴，看看下面，壮着胆说，“跳啊，有什么不敢的。”

“别吹牛了，你根本不敢。你跟我一样，你是怕输，才必须越考越好。”谢尔友笑着说，“我了解你。”

“你懂个屁，我有什么怕的，我只是觉得学习有意思而已，分数什么的，我根本不在乎。”

“你别骗我，你是在乎的。”

“随便你怎么想吧。”陈志耸肩。

“你是在乎的！”谢尔友吼道，扑上来要与陈志厮打。

可陈志除了学习之外，还要帮着陈大庆搬木头，胳膊上有些力气。他拦住谢尔友，想了想，又拖着这位同学远离天台边缘。

这时一个人从通道口冒出头来，指着这边，“他们在……”

大楼爆炸了，焚烧的试卷引燃了煤气，巨大的爆炸在地下室响起，火焰翻滚着在楼里横行，寻找出口。通往天台的通道给了火焰发泄的渠道向上喷涌而出，吞没了堆积在通道下方的人。然后是第二次爆炸，大楼猛地一晃，发出令人牙齿发酸的摩擦和碎裂声。陈志感觉到脚下的脉动，就像是站在一头沉睡的巨兽身上。

然后，巨兽苏醒了，将陈志和谢尔友高高抛起，然后重重落下。

陈志睁开眼睛，天台就像是星星一样遥远，他不知道自己是怎么下来的。他想坐起来，但感觉不到自己的身体。

大楼的正门，所有的窗户都在向外喷吐火焰，还夹杂着燃烧的试卷。那些试卷燃烧着，在热气流的作用下越飘越高，就像是之前放过的孔明灯，带着一个个考生的梦想飞向远方。

“陈志。”

听到声音，陈志转动脖子，谢尔友就趴在不远的地方，“怎么样？”谢尔友笑着说，“有意思吧。”

大楼“轰”的一声，最东面的房间塌陷了。那里是会议室，存放着的几吨模拟试卷压垮了楼板，冲破了墙壁。一捆捆试卷滑落下来，就像是白色的瀑布，正好盖在谢尔友身上，转眼之间，那里形成了一座小山。

“谢尔友！谢尔友！”陈志叫着，但是没有回应。

一张写得密密麻麻的试卷飘落在那座小山的山脚，崭新的油墨开始燃烧，越烧越旺。

所有的火花了一天一夜才浇灭，之后的几天，旗东市的上空飘散着所有人的试卷，有的已经化为黑色的雪，还有的保留着或整齐或潦草的字迹，飘到谁的头顶，谁的手心。人们默默地留下那些残片，打算作为纪念，但无论保存在哪里，过不了多久，那些试卷就变得字迹模糊了。

外星人的测试没有顾及旗东人民的感受，照常开始，不知道谁答了什么，也不知道谁考了多少。考试过后，飞船离开了地球，人们等了一年，两年，都没有再等来他们，也没人知道成绩如何。

高考成绩宣布作废，如果愿意的，可以在第二年重新参加考试。

樊俊去南方当兵，然后就留在了那里，再也没有回来。

赵蕾蕾摔断了腿，艺校的梦彻底泡了汤，第二年她考了个护士学校，然后跛着脚在人民医院当护士，为孩子们打针。她的笑容很有感染力，见到她，孩子们就不哭了。

陈志没有参加考试，他离开旗东，去了北京，上海，武汉，成都，但是谁会要一个只有高中文凭的人。辗转几年之后，他又回到这里。他娶了赵蕾蕾，伯父把他安排在了教育局。这时的局长是原来的张老师，对陈志不错。

家里出了个公务员，这让老陈高兴了很久，但当他兴奋地向别人吹嘘时，并没有得到热烈的回应。

陈志喝了一口茶，望向窗外，今年的报考率又没达标。孩子们高中三年拿到毕业证之后就不想再继续了，没人想再参加高考。

不过这也不怪他们。

旗东还是旗东，冬天很冷，秋天刮风。

夏天，全是伤痛。